新潮文庫

約束の果て

黒と紫の国

高丘哲次著

新潮社版

11698

目次

第一章　旅立ちの諸相　九
第二章　壙国の都　一四一
第三章　伍州の境界　二三七
第四章　目前　三〇五
最終章　黒と紫　三四五
解説　杉江松恋

梁斉河《りようせいか》　考古学研究者。伍州《ごしゆう》の南端で発掘された矢形の装身具の研究を命ぜられる。
梁思原《りようしげん》　斉河の息子。朱白島《すはくとう》の中学校で教鞭《きようべん》をとる。
田辺幸宏《たなべゆきひろ》　朱白島で中学生記者の引率中に思原と出会う。
田辺尚文《たなべなおふみ》　失職中に無理矢理、父・幸宏の遺言を託される。

南朱列国演義《なんしゆれつこくえんぎ》

編者不明。素乾代（1425-1639）中期に成立したものと目される。天地開闢から古代にかけての、朱州南部に興った国々の歴史が語られている。通俗的な読本として流通した〈小説〉と見られている。

真気《しんき》　壙《こう》国の第四三二〇一王子。祭祀《さいし》をおこなうため截南《じなん》国へと赴く。
瑤花《ようか》　截南国の氏族を束ねる。
炎能《えんのう》　截南国の文事を司《つかさど》る。大音声《だいおんじよう》の持ち主。
微鳳《びほう》　截南国の武事を司る。隠形《おんぎよう》に長《た》ける。
大敦《だいとん》　壙国の第一皇子《こうし》。貪《どん》の性質を持つ。
少沢《しようたく》　壙国の第五皇子。疑の性質を持つ。

歴世神王拾記《れきせいしんのうじゆうき》

茱賢（1528-1601）の撰で、上古から中世に至るまで伍州に存在していた聖王についての伝記。奇怪奇抜な内容から史実と取るものはなく〈偽史〉と見られている。

螞九《ばきゆう》　瘦身矮軀《そうしんわいく》の少年。幽谷の岩肌を掘った壙《あなぐら》を住居とする識人《しきじん》。
珀媼《はくおう》　螞九ら一族を束ねる老女。無類の酒好き。
禺奇《ぐうき》　商隊を率いる沽人《こじん》。
摯鏡《しきよう》　地神代を務める、黄金の四つの瞳《ひとみ》を備えた識人。

約束の果て

黒と紫の国

疾風が野を駆けた。

堰《せ》き止められていた時が、いま流れ始めた。

吹き抜ける風は、私の体を激しく打ちながら過ぎ去ってゆく。

椋鳥《ムクドリ》の大群が飛び立つように、野を埋め尽くす紫の花びらが空に舞い上がった。無数の花びらで視界が紫一色に染まってゆく。

菫《すみれ》の花々はこの瞬間を待っていたのだろう。

大地に根をはり、五千年もの間。

その紫に黒が混ざりだす。

文字だ。

私が手にしている古びた紙の束は、吹き付ける風によって千々に砕かれていった。そこに綴《つづ》られていた数多《あまた》の言葉たちは、意味を喪失しながら文節に分かたれ、さらに個々の文字だけとなって花びらと混ざり合ってゆく。

文字が、物語が、どこか遠くへ飛びさろうとしている。

偽史と小説によって編まれた真の歴史は、ようやく終わりへ辿《たど》り着こうとしている。遠古の伍州《ごしゅう》に樹《た》てられた壙《こう》と栽南《じなん》という二国の結末を、私は運んできたのだ。

長い旅だった。

残された五メートルの旅路を終えるまでに、五千と七十年もの月日が費やされた。

風は、まだやむ気配はなかった。

それどころかいっそう強さを増し、菫の花々は遠い空までを鮮やかに彩《いろど》ってゆく。私が手にした紙の束は完全に砕け、風に乗り花びらを追った。

黒が舞っている。

紫に包まれながら。

壙と栽南を統《す》べた二人の王が辿った数奇な歴史が、この光景を作り上げたのだ。彼らが歩んだ道のりを、私は一条の物語として思い起こす。その果てに私がいるなら、起点は彼となるだろう。

伍州の考古学研究者であった梁斉河《りょうせいか》が、この物語を辿りはじめたのだ。

第一章　旅立ちの諸相

梁斉河《りょうせいか》は、口の中に土の味がしてようやく自分が転んでしまったことに気付いた。

「慣れないことはするべきではないな」

一寸先も見えぬ暗闇《くらやみ》の中、彼は独り呟《つぶや》いた。

全力で駆けたのは、いったい何時《いつ》以来だろう。考えてみれば、伍州《ごしゅう》科学院に所属してから運動らしいものをしたことすらなかった。こんな夜道を、全力で走ろうというのが無謀なのだ。

斉河は横たわった姿勢のまま、右手を上着の内ポケットに差し込んだ。指の先で硬質な感触を確かめると、安堵《あんど》の吐息をもらした。

同時に、いっそ失《な》くしてしまえば楽だったのにという考えもよぎった。

この古びた青銅器を手にしたことで、苦労して手に入れた伍州科学院考古学研究所員という立場を失おうとしている。自分だけでなく、妻や幼い息子にまで迷惑をかけることにもなる。

斉河は、闇のなかで首を振った。

この青銅器が、所長の虚栄心のために利用されるのは許せなかった。感情の問題ではなく、明らかに間違っているという確信があった。そして実に遺憾であったが、正すことができるのは自分しかいないのだ。

「考えても仕方ない」

斉河は地面に両手をつき、上体を起こした。

地下の収蔵棚から、この青銅器が持ち出されたことが発覚するのは、まだ先になるだろう。内戦により研究員の数は足りておらず、収蔵品の管理はずさんになっている。あのうかつな所長が、すぐに勘付くとは思えなかった。

それまでに、家族をつれて安全な場所へと逃れなくてはならない。

「道はあるはずだ」

斉河は膝《ひざ》についた土を払い落とすと、暗闇のなかへ消えゆく道の先をじっと見据え、再び全力で走り出した。

＊

事の始まりは一ヶ月ほど前に遡《さかのぼ》る。

斉河は途方にくれていた。

机上には、偽史と小説が積まれている。別にここが市井《しせい》の古書店なら問題はない。だが、伍州における学術の中心である科学院でそのようなものを考古資料として扱わねばならぬ状況に、頭を抱えたい気持ちになった。

積まれた本の傍らには、緑青《ろくしょう》の浮いた青銅器が置かれていた。半年ほど前に、伍州の南端に位置する三石県にて発掘された、矢を象《かたど》った装身具だ。矢筈《やはず》の部分に小さな輪があることから、首飾りとして用いられたものと見られている。

時の彼方《かなた》から飛来したこの矢は、斉河に懊悩《おうのう》をもたらした。

もっとも、武具を象った装身具が出土することはそう珍しいことでない。古代の伍州において身を飾ることは、単なるファッションとしてではなく、呪術《じゅじゅつ》的な意味を併せ持っていた。邪を払うための剣などを象ったものや、妖魔《ようま》を退ける怪獣をモチーフとしたものなど、一見すると身を飾るには相応《ふさわ》しくない意匠がこらされた装身具の例は数多《あまた》ある。

問題は、矢の軸に刻まれた銘文にある。そこには細かい字でこう記されていた。

「壙《こう》国の螞九《ばきゆう》、载南《じなん》国の瑤花《ようか》へ矢を奉じ、之《これ》を執らしむ。枉矢《おうし》、辞するに足らざるなり、敢《あ》えて固《こ》く以《もっ》て請う」

つまり、壙という国の螞九という者が、载南国の瑤花にこの粗末な矢を捧《ささ》げ、受け取って欲しいと請うているわけである。友誼《ゆうぎ》を結ぶために装身具を贈ること自体は、とりたてて注意すべき内容でもない。

斉河は矢に刻まれた文章を見つめながら呻《うめ》くように言う。

「壙と栽南、そんな国がどこにあるというのだ」

古代の伍州においての「国」とは、現代でいう国家とは意味合いが異なり、外郭を持った城塞《じょうさい》都市を指す。ここに記されている壙と栽南とは、伍州の統一王朝というわけではなく、多くの聚落《しゅうらく》を従える大邑《たいゆう》を示しているのであろう。

青銅器を製造しうる文明を持った国であったのなら、いずれかの史書に記録されていて然《しか》るべきである。しかし、いくら出土文献の古文書や伝世文献の頁《ページ》をめくっても、そのような名前の国など見当たりはしなかった。

壙と栽南という国は、歴史のなかに存在しないのだ。

そのことを所長に報告したところ、

「素晴らしい発見だ。文献にすら残らない、さらに古い時代の青銅器を見つけたということではないか」と、彼は小躍りして喜んだ。

信ずるに足る文献にその名が記されていないのなら、出土資料の真正性を疑ってかかるべきであろう。そう指摘するべきか斉河が逡巡《しゅんじゅん》していると、所長はつばを飛ばしながら言い放った。

「この青銅器こそ、我らが伍州の正統な継承者であると示す天啓なのだ。朱白《すはく》軍の支配する地から、伍州が興《おこ》ったということを証明するため、天が地上に顕《あらわ》した徴《しるし》に違いないではないか」

所長は、先の大戦で民衆のアジテーターとして名を馳《は》せた文芸活動家である。彼の書いた扇情的な檄文《げきぶん》は、何万という若者を戦場へと駆り立てた。現在の立場はその対価として与えられた名誉職であり、考古学に微塵《みじん》も興味を抱いてはいないのだ。

所長の昂奮《こうふん》に赤らんだ顔を見て、斉河は呟く。

「むしろ、災厄をまねく呪《のろ》われた銅器ではないか」

青銅器の発見と時期を同じくして、伍州を南北に分ける内戦が勃発《ぼっぱつ》した。戦後復興の利権をめぐる党派闘争が、武力紛争にまで発展したのだ。

所長がこうして口を挟んでくるのは、かつての栄光を取り戻すためなのであろう。この青銅器を伍州の歴史を一変させる大発見に仕立て上げ、それを手土産として朱白軍国民啓蒙《けいもう》局の重役にでも就こうという腹積もりなのだ。

所長は、民衆を焚《た》きつけるための道具を必要としているに過ぎない。彼の頭のなかでは、国威発揚のための記念碑としてこの青銅器を掲げ、民衆たちの歓声を受けている自身の姿が既に出来上がっているに違いなかった。

「所長、しかしですね」

斉河はおずおずと申し出る。

「壙と栽南という国の発見により、伍州の国家年表を刷新しようとするのであれば、それを証するものが必要です。ひとつの青銅器にその国名が記されていたというだけでは、根拠として弱すぎます。少なくとも、それらがどのような国であるか、文献から導き出さなくてはなりません」

伍州は、歴史のなかで多くの文献を残してきた。欧州で活版印刷が普及するまでは、世界に存在する書物のうち約七割がこの国に集中していたという。それゆえ、伍州において歴史を研究するということは、すなわち文献を読み解くということであった。

その伝統は現在に至るまで受け継がれている。伍州の考古学研究は、文献史学的な指向が極めて強い。書物のなかに見出《みいだ》せぬということは、存在しないことと同義なのであった。

しかし、所長はこともなげに言い放った。

「ならば、見つければ良いだけの話であろう」

絶句する斉河に向かって、彼はため息まじりにこう告げた。

「鈍いやつだ。その根拠とやらを見つけるのが、お前の仕事だと言っておるのだ。こんなところで言い訳をしている暇があったら、図書館に籠《こ》もらんか」

梁斉河にとって更なる不幸は、それを発見してしまったことにある。

考古学研究所の附属図書館に籠もり、書物に埋もれ夜を徹しての作業を続けること二ヶ月。
南朱列国演義《なんしゅれっこくえんぎ》
歴世神王拾記《れきせいしんのうじゅうき》
という二書のなかに、壙と戴南という国名が記されているのを見つけたのだ。
『南朱列国演義』とは、天地開闢《かいびゃく》から古代にかけての、朱州南部に興った国々の歴史を語った書である。編者は不明だが、素乾代（一四二五—一六三九）中期に成立したものと目されている。上古の史書をもとに俗伝で装飾したものとされ、典拠として引かれている書名は他に確認することができない。収められた物語の多くは南朱地方で古くから講談として受け継がれてきたものであり、実際のところ南朱列国演義とは通俗的な読本として流通してきた小説なのである。
もう一方、『歴世神王拾記』とは茱賢《しゅけん》（一五二八—一六〇二）の撰《せん》で、上古から中世に至るまで伍州に存在していた聖王についての伝記である。その奇怪奇抜な内容から史実と取るものはない。歴世神王拾記は偽史、好意的な表現をしても奇書の類《たぐい》だと見られている。版により大きく異同があり、おそらく書物が流通した地方の伝承や神話を取り込むかたちで増補されたのであろう。考古学研究所附属図書館には、複数の歴世神王拾記が所蔵されているが、壙という国名が記されている版はたった一冊しかなかった。
要するに、どちらも虚構の産物なのであろう。

だが、件《くだん》の青銅器は紛れもなく存在している。斉河があらためて確認したところによると、発掘の指揮を取っていたのは欧州にて科学的発掘法を学んだ先輩研究員であった。彼の見立てによれば、矢形の装身具の製造年代は上古に遡るという。少なくとも、怪しげな土産物を摑《つか》まされたわけではなかった。所長の山勘があながち的外れではなかったことも、斉河の苦悩を深くする。

なぜ、壙と裁南という国は正史に残されていないのか。

なぜ、壙と裁南という国は偽史と小説のなかには残されているのか。

しかし、いつまでも頭を抱えているわけにもいかない。答えを求めるべき相手はすぐ傍にいるのだ。

書物の疑問は、まず書物に訊《たず》ねなければならない。それが文献史学の基本であり、考古学者として守らねばならぬことであった。たとえ、伍州の考古目録に収まらぬ通俗的な白話文学であろうと、それを精読せねば何もはじまらない。

壙と裁南。

それが、いかなる国であったのか。

歴史の真実を求めるため、梁斉河は虚構のなかへと手を伸ばした。最初に彼が手にとった書は――

南朱列国演義《なんしゅれっこくえんぎ》　戴南《じなん》　第一回

冥昭瞢闇《めいしょうぼうあん》たる渾沌《こんとん》から天地が切り開かれ、邃古《すいこ》がはじまった。地はしばらく羹《あつもの》のごとく煮立っていたが、冷えるにしたがって徐々に固くなっていった。最初に平らかになったのは、中心にある黄原である。そこから青州、朱州、白州、玄州が固まってゆき、伍州《ごしゅう》となった。地が定まると、そこに地神が顕れた。

地神は大地を支配するため、伍州の端々にまで馳道《ちどう》を行き渡らせた。完成した道のうえを巡りながら、流れる河をひき、地を這《は》う虫たちを生み、野を花で飾っていった。ただ、地神は大地の全《すべ》てを治めるもの。小さな虫や花などにまで拘《かかずら》ってはいられなかった。そこで地神は、それらを分掌する存在――識神《しきじん》を生み出した。

以上を踏まえれば、馳道は蝸帝《ばてい》が敷設《ふせつ》したとする通説は誤りだと分かる。邃古に地神が巡らせた馳道を蝸帝が整備しなおした、と言うべきであろう。

いずれにせよ、馳道は伍州に敷かれたものであるから外へは繋《つな》がっていない。戴南国は伍州ではなく外界、つまり蛮地とされていたので、そこへ通じる道は石敷きでもなければ土が均《なら》されてもいなかった。草が踏み倒されているだけの、ほとんど獣道である。濃緑の草原をどこまでも貫く、一条《ひとすじ》の淡緑。

伍州と戴南とを繋ぐこの道のうえを、無数の黒点が連なっていた。広い草原のなかで見れば点に過ぎなかったが、近寄ればそれは人頭。彼らは黒光りする金属片を結び合わせた冑《かぶと》を被《かぶ》り、黒色の胴鎧《どうよろい》を纏《まと》っていた。

漆黒の武装は、彼らが壙国の兵であることを示している。何百という兵たちはいずれも苦しげに顔をゆがめていた。皆が歯を食いしばり、堪えるようにして歩を進めていた。

戴南、そこは熱暑の国であった。

伍州の全てを治める壙国といえど、戴南の暑さを知らなかった。兵たちにとって不幸なことに、壙国は黒を好んだ。日の光を受けた漆黒の武装は、触れれば火傷《やけど》をするほどに熱されてしまっていた。

それにしても奇妙な行軍である。兵たちが立てる規則的な足音にくわえて、滑らかな笛の音も聞こえる。隊列のなかには楽人《がくじん》の姿もあったが、彼らが奏《かな》でる音曲は戦意を高めるためには風雅に過ぎるようだった。

ならば、それは貴人を慰めるためのものに他ならない。

兵たちに護《まも》られ、四頭立ての巨大な軒車《けんしゃ》が進んでいた。車箱のかわりに黒漆で塗られた大きな輿《こし》が据えられており、中を窺《うかが》うことができなかった。

その更に先では、一台の戦車が長い隊列を導いていた。

車上にある士官の名は、他の兵と同じく伝えられていない。彼は隊列全体の指揮を任され、何より貴人の安全を預かる者である。片時の油断もなく、厳しい視線を周囲に配り続けていたが——おもむろに、てのひらで目をこすった。

自分の見たものが信じられないのか、身を乗り出すようにして前方を確かめた。

それから首をひねり、傍らの馭者《ぎよしや》をこぶしで小突く。

戦車は速度を落とし、やがて停止した。後ろに続く軒車も、それを護る兵たちも止まり、つられて楽人たちも笛を口元から離す。隊列は完全に静止し、裁南の草原に静寂が戻った。

道の中央には童女の姿があった。

見渡す限り何もない草原のなかに、ぽつりと一人だけで。

士官はその童女に向かって声をかけた。

「道を空けよ」

壙国の貴人を妨げるような者があれば、ただちに処断して然《しか》るべきである。童女が妖邪の類であると警戒したのかも知れない。

声をかけられた童女は、首をかしげるばかりで道を空けようとしなかった。

士官は、伍州の言葉を解さなかったのかと考え、

「道を空けよと言っておるのだ」と手で払うような仕草を見せた。

「おじさんって、壙の国からやってきたひと？」

童女は訊ね返してきた。

士官は対応に迷う。軍装から壙兵だと分かるなら、裁南においてそれなりの地位にある者の子女かもしれぬ。そうだとすれば、我らの進軍を妨げることがいかに危険か知っておくべきであろう。

「我らが壙国の兵なら、道を空けねばどうなるか」

士官は脅すように矛《ほこ》の穂先を向けた。

だが童女は怯《おび》えるどころか、顔を輝かせさらに訊ねてくる。

「やっぱり壙から来たんだ。真気《しんき》さんを迎えに来たのだけれど、あなたのこと?」

士官は絶句した。

真気というのは、裁南へと送り届けようとする王族の名である。壙の王族をその諱《いみな》で呼ぶなど、何人《なんぴと》にも許されない行為。何より、軒車に誰を乗せているかは士官を含め数人にしか知らされていない。

「やはり妖邪か」

士官は両手で矛を握り直した。

そのとき、彼の背後から声が轟《とどろ》いた。

「童女よ苦労をかけた。壙国嗎帝が第四三二〇一王子の真気とは余のことである」

軒車から降りた真気が、すぐそこに立っていたのである。

士官は戦車から転げ落ちんばかりの勢いで、その足元に平伏する。

壙国の王子、真気とは童子であった。至ると年の頃は、道を塞《ふさ》いでいる童女と同じくらいであろう。彼が纏う漆黒の衣は、至るところに軟玉が縫い付けられ、日の光を受けて燦然《さんぜん》と輝いていた。頭に被った冕冠《べんかん》はいささか大き過ぎ、目元までがすっぽり覆《おお》われてしまっていた。

童女は真気の方に向き直り、

「栽南国瑤花《ようか》が第一の王女が、真気王子のことを迎えにまいりました」と倣《なら》うようにして名乗りをあげた。

士官は再び言葉を失った。

栽南国の瑤花といえば、彼《か》の国を統《す》べる女王の名。栽南の王は、年端《としは》もいかない自らの娘ひとりを迎えに遣わしたのである。

予想もつかぬ栽南流の出迎えに固まる士官を尻目《しりめ》に、真気はするすると童女の方に歩み寄った。

「では瑤花の王女よ、栽南の都まで案内して貰《もら》おう」

それから振り返り、士官らに迷いなく告げたのである。

「遠路遥々《はるばる》の随行、大儀であった。お主たちは都に戻り、余が無事に栽南へ辿《たど》り着いたと兄《けい》たちに報告してくれ」

それには、士官も黙って頷《うなず》くわけにもゆかなかった。

「畏《おそ》れながら申し上げます。ここは蛮地ゆえ、どのような危険があるか分かりませぬ。せめて裁南の都まではお伴いたします」

すると、真気はかすかに笑い声をたてた。

「このような童女がひとりで歩いてきた道であるのだぞ。いかなる危険があるというのだ」

言われてみれば道理であり、士官に返すべき言葉はなかった。

彼は傍らの馭者に命じて、馬首をめぐらせた。壙の兵たちは身に纏った鎧をかちゃかちゃと鳴らしながら、北方へと引き返していった。

真気は耳をそばだて音が遠ざかるのをじっと待ってから、童女に声をかける。

「では、裁南の都に向かうことにしよう」

「じゃ行こうか。これから歩けば、日暮れまでには到着すると思うよ」

日はまだ、天の最も高くに昇りきってもいない。

「歩くというのか」

真気はうわずった声をあげた。

「輿も、車もないというのか」

「なんで驚くの。真気さん歩けるでしょう？」

「確かにそうだが……」

「だったら問題ないよね。王宮があるのはこっち」

童女はそう言い、真気の手を取った。

真気はびくりと身体《からだ》をこわばらせたが、相手は年端もゆかぬ童女であるのだと思い直し、その手が導くままに歩調を合わせる。

壙と栽南の狭間《はざま》にある草原を二人は歩き始めた。

どこからか、縞白鷴《シマハッカン》の調子を外したような鳴き声が運ばれてきた。

その姿を探すように童女は視線を遠くへと向けた。鳥は見えず、彼女の目に映るのはどこまでも続く草原だけ。そこを貫く一条の淡緑は地が果てるまで続き、空の青と混ざりあっていった。

目指す先は、遥か遠く。

その旅路の果てに何が待ち受けているのか、幼い二人は知る由《よし》もなかった。

歴世神王拾記《れきせいしんのうじゆうき》　蟇帝《ばてい》　巻一

伍州《ごしゆう》に生を受けたなら、蟇帝を知らぬ者はない。日に臨むことない土中の蚯蚓《みみず》にも、たった一日の生しか受けぬ蜉蝣《かげろう》にも、伍州の全てを手中にした王のなかの王の名は轟《とどろ》いている。だが一方で、広い伍州でもこの問いに答えられる者はただの一人もいないのだ。

いったい蟇帝はどのような姿をされている？

知ると称するぺてん師があれば、その舌を抜かれても已《や》む無い。古《いにしえ》の書物に触れようと長老に古伝を訊ねようと、答えは得られぬはずなのだ。地神の外貌《がいぼう》を目にした者など、何処《いずこ》を探しても見つけることは出来ない。

それを知る者は、愚老《わたし》の他には潰《つい》えた。

偉大なる壙《こう》王の事績を正しく伝える者たちは、尽《ことごと》く伍州から消えてしまった。これは由々しき事である。多少歴史を識《し》ると自任する者であっても、彼《か》の偉大なる王を評することは出来ないのだ。

ある者は蟇帝をこう呼んだ。

狂王であると。

短見浅慮も此処《ここ》に極まれり。伍州に生を受けこの地を踏む者であれば、彼の偉大なる王に頭《こうべ》を垂れるべきであろう。この地の礎《いしずえ》は全て蟜帝が創《つく》り上げたのだ。

かくして、愚老が論を立てねばならなくなったわけである。もし地神の正体を識ろうと思うのであれば、蟜帝の姿を見ようと所望するのであれば、この先へと進むが良い。

だが一足飛びに披露することは出来ない。これまで地の底に秘されていた蟜帝の事績を白日のもとに晒《さら》そうとするなら、壙国の礼だけは守らねばならない。この愚老が語るのなら、尚更《なおさら》。

礼に欠かせないのは序列であり、語るにも順番が肝要である。よって蟜帝の伝は、蟜九《ばきゆう》と呼ばれた少年から始めねばならない。——愚老自序

＊

時は邃古《すいこ》より新しく上古より古く、神と人が交わっていた民神雑糅《みんしんざつじゆう》の世のことである。ところは玄州の北端。蟜九は、珀嫗《はくおう》という老女に率いられた名もなき小部族の子として生を受けた。

蟜九が珀嫗の実子であったのかは分からない。定かであるのは、珀嫗が一族の者たちすべてを子と呼んでいたこと。それは方便かもしれぬ。子であるなら、親である珀嫗の言いつけを守って当然であると。むろん、部族の者たちすべてがその老女に産み落とさ

れた可能性もある。

少年であった蟖九に、冴《さ》えたところを見つけるのは難しい。身体を見れば、痩身矮軀《そうしんわいく》で薄汚れたような浅黒い肌。表情に乏しく、自らの意思を示そうとすることもなく、つまりは愚鈍であった。もっともこれは、彼ら族人に共通する性質といえる。珀嫗の命令に従うばかりで、自ら何事かを成そうとすることはなかった。

珀嫗に率いられた愚鈍なる一族は、その生活も獣とさほど変わらぬものであった。幽谷の岩肌を掘った壙《あなぐら》を住居とする彼らは、自生する果実を採取し、捕らえた獣の肉を喰らい、細々と露命を繋いでいた。

蟖九は十三の齢《よわい》を過ぎた頃、唐突に現れた岐路に足を踏み入れた。それは伍州の王に繋がる道であった。

「今から宴礼射儀《えんれいしゃぎ》に向かう。伴《とも》をせよ」

小楢《こなら》に実る団栗《どんぐり》をあらかた採り尽くした折のこと、珀嫗は前触れもなくそう言った。

蟖九は、ただ己の頭を上下させた。宴礼射儀が何たるか知らなかったが、意外にも思わなかった。珀嫗の言葉を疑うという習慣を持たなかった為《ため》であろう。

かくして、珀嫗と蟖九を含む五人の子らは壙を発《た》った。そのとき蟖九の他に伴をした者の名は、蟖三、蟖七、蟖三十二、蟖六十五であったと伝えられている。

珀嫗たちの一行は窮山の淵《ふち》を縫うようにして進み、一路南を目指した。数日が過ぎると、周囲を城塞のように取り巻いていた峻峰《しゅんぽう》は、穏やかな丘陵へと変わった。

そこから日ならずして、螞九の視界は開けた。なだらかな大地がどこまでも続き、果てに引かれた一本の線により、天と地が分かたれていた。まばらに低草が茂るだけの荒涼としたその風景に、螞九の目は奪われた。自身の居る世界の広さに、打ちのめされつつも心惹《ひ》かれた。

平地に入ってからというもの、珀嫗は落ち着きなく辺りに首を巡らせてばかりいる。螞九が訝《いぶか》るように老女の視線を追うと、遠くに見慣れぬ獣を見つけた。その獣を馬と呼ぶことを、まだ彼は知らない。

珀嫗は草原に現れた馬に向かって大きく手を振った。

「禺奇《ぐうき》よ、待ちわびたぞ」

馬の胸部は皮帯で繫がれ、後方に車を牽《ひ》いていた。車上にある男は胸まである長い鬚《ひげ》を揺らし、珀嫗に笑顔を向けた。手綱を鳴らして馬首を巡らせると、ゆっくりこちらに近付いてくる。彼の後ろには、馬の列が長く続いていた。

禺奇と呼ばれた男は、節をつけて歌うように応《こた》えた。

「酒、干肉に塩辛、お望みのものは何でも禺奇にご用命あれ」

当時の伍州には、定住する土地を持たず商いをしながら旅に暮らす者たちがあった。螞九が他の部族に遭遇するのは初めてのことであったが、その出会いは快なる感情を彼に与えなかった。禺奇に貼《は》り付いた笑顔は不気味に映った。何がおかしくて笑っているのか蝪九には分からなかった。

珀媼がずっと探していたのは、禺奇たちのことであった。慌《あわ》てたように傍に駆け寄ると、馬の背に担《かつ》がれた行李《こうり》を覗《のぞ》き込んでゆく。

「なんだ、酒はこれだけしかないのか。少し品揃《しなぞろ》えが悪いのではないか」

文句混じりに物色を続け、珀媼の腕には抱えきれぬほどの食料が乗せられてゆく。しばらくして納得したように頷《うなず》くと、禺奇に向かって小袋を差し出した。

「では御代《おだい》だ」

禺奇は結ってあった紐《ひも》をほどき、袋の中身を手のひらに受けた。

「これは、なんとも素晴らしい」

彼はそのひとつを指先でつまんで、日に翳《かざ》した。

禺奇が眺めるのは――石塊《いしくれ》である。

蝪九は目を剝《む》いた。珀媼は食料と引き換えに、何ら用を成さぬ石を渡したのである。

壙を掘り広げる際、淡翠《うすみどり》の石が採れることがある。蝪九たちが見向きもしないその石を、珀媼だけは慌てて懐《ふところ》へと仕舞い込んでいたことを思い出した。

蝪九は、あまりの不可解さに気分まで悪くなってきた。腹を満たすことができる食料と、使い物にならぬ石塊とを交換して何の意味があるのか。禺奇という者は、石を眺めて恍惚《こうこつ》とした表情を浮かべ続けている。

「今後とも、どうぞご贔屓《ひいき》に」

禺奇は再び作り物めいた笑顔を向けると、原野の彼方へと去っていった。

その姿が消えても、蝺九の裡《うち》に生じた違和感は腹を壊した後の鈍痛のように居座り続けた。


旅が続くにつれ、辺りの風景は異なった姿を披露してゆく。足を捉えていた柔らかな砂地は土へと変わり、短く茂る茅《かや》で覆われるようになった。さらに進めば、季節が移り変わってゆくように茅から緑が失われ、だが枯れることなく黄金に靡《なび》いた。

蝺九が足を踏み入れたのは、伍州の中心にある黄原という平野だった。

大地が始まった場所とされるこの特別な領域を、先頭をゆく珀嫗でさえ厳粛な面持ちとなり言葉少なに歩いた。黄原の遠くには、他にも茅を掻《か》き分ける一行が望めた。彼らが向かう先には、多くの人影が行き交っている。

「いやいや、今回はずいぶん遠く感じたな」

珀嫗は疲れたように腰をさすった。

蝺九はその言葉で、宴礼射儀なるものが行なわれる場所に辿り着いたことを知った。

黄金の茅原には、幾つもの天幕が張られていた。同じ形のものはなく、小山のごとき巨大な天幕もあれば、長細い形のものも見受けられた。そのうちのひとつの前を通り過ぎようとして、螞九はびくりと身体をこわばらせた。

天幕の入口の布をたくしあげ、内側から現れた者は——異相である。その体表はびっしりと黒い鱗《うろこ》に覆われ、背中からは鋭い棘《とげ》のようなものが突き出ていた。余人と異なる外貌を持つのは彼だけでない。辺りを見回せば、蛇のような長細い体軀《たいく》を持った者がするすると茅のあいだに消えていった。風切り音に天を仰げば、大きな翼をはためかせ頭上を越えゆく者があった。

黄原に集っていたのは、識人《しきじん》と呼ばれる者たちである。

伍州の全てを支配する地神は、自らの権能を分け与えて識神を作り上げた。かしこき地神は彼らを使役するだけでなく、報いることも忘れなかった。年に一度、彼らをねぎらう宴を開くことにしたのである。

それが宴礼射儀であった。

時代はくだり、地神は伍州へと姿を顕すことはなくなった。識神たちも転生して識人と呼ばれるようになったが、今に到るまでその風習は受け継がれている。

黄原を所在なく歩いていた珀媼は、ようやく落ち着く場所を見つけた。

「ここにしよう」

その言葉とともに、蝺九たちは茅のなかへと崩れ落ちた。重い荷物を延々と背負わされた疲れが出たのであろう。腰を下ろすと、短い茅の穂先が蝺九の鼻をくすぐった。他の識人に比べれば、彼ら一族の体軀はずっと小さかった。

蝺九が辺りを窺うと、漫然と集まっているように見えた識人たちは大きな輪を成していた。

「なぜだろう」

蝺九が呟いた声に応えるように、中央のぽっかりと開けた場所をひとり進む者が現れた。口には猛禽《もうきん》の如《ごと》き嘴《くちばし》を持ち、背から大きな翼を生やしている。黄金に輝く双眸《そうぼう》には、それぞれ二つずつ瞳《ひとみ》が備えられていた。

その姿を捉えた珀嫗は、蝺九たちに小声で説いた。

「あれなる御方は、地神代の摯鏡《しきよう》さまだ」

摯鏡が歩を進めるに従い、割れんばかりの歓声が沸き起こってゆく。円形に刈り取られた茅原の中央まで来た摯鏡が何をするでもなくその場にすっくと立つと、その威に圧《お》されたように自然と声が鎮《しず》まっていった。しんとなった黄原に、摯鏡は朗々とした声を響かせる。

「地天四方の識人の氏族たちよ、遠路遥々ご苦労であった。地神曰《いわ》く、諸氏の敬譲を以て相接《あいまじわ》れば、伍州全て安んじられる。大射を以て相競えば、伍州益々《ますます》盛んになる」

摯鏡は四つの瞳で周囲を睨《ね》めつけ、「予は敬《つつし》みて地神の祐《さいわ》いを拝し、宴礼射儀の開催を宣言する」と、天に向かって喙を大きく開き、轟《ごう》と火炎を吐いて見せたのである。

かくして始まった宴礼は、識人たちが友誼を交わして不要な諍《いさか》いを避けるために行われるものである。要は、酒を酌《く》み交わすだけのこと。

珀嫗は、禺奇から仕入れた酒を両手に抱えると、

「では、あまりうろつくでないぞ」

そう言い残すなり、そそくさと識人の輪のなかに消えてゆく。

老女の子らは、あくまで荷運びとして連れて来られたのであった。だが、螞九は酒食に与《あずか》ることができぬことを気にも留めなかった。黄原を行き来する識人たちの姿は、壙の中にいては知ることのない新しい世界そのものに映った。

他の子らが暇を持て余しかけた頃、ようやく顔を真っ赤に染めて珀嫗が戻ってきた。

「どうだお前たち、ただ座っているだけでは退屈であろう?」

吐く息には、酒の臭《にお》いが強く混じっている。

老女の子らは、戸惑ったように目を逸《そ》らした。螞九だけが、真《ま》っ直《す》ぐに見つめ返した。

珀嫗は口の端《は》を上げる。

老婆が促した先は黄原の中心である。そこには摯鏡の眷属《けんぞく》であろうか、有翼の識人たちが集まっていた。地面に竿《さお》のようなものが立てられている。先端に取り付けられた四角い板の中央には、黒い円が描かれていた。

蝸九が目を細めながら見つめていると、

「蝸九よ、あれを見よ」

「板に描かれた円を鵠《まと》と呼ぶ。あそこを狙《ねら》うのだぞ」

珀嫗はその背中を強く押した。

蝸九は黄原の中央へと向かって、ふらふら進み出てしまう。突然のことに彼は思わず珀嫗を振り返る。老婆は早く向こうへ行けと言わんばかりに、鵠のある方へ顎《あご》をしゃくるばかりだった。

蝸九は不安げに視線を漂わせながら、識人たちの輪のなかを進む。周囲から、鵠へと進み出てくる者たちが続いていた。見るに逞《たくま》しい偉丈夫ばかりだが、蝸九との違いは体格だけではなかった。

彼らは皆、その手に弓を携えていたのである。

宴礼射儀とはその名が示すとおり、宴礼の後に射儀が催される。蝸九が向かっているのは、弓射の術を競うための場所だった。

この時代、弓射の術に優れていることは、たんに技倆《ぎりょう》を有する以上の意味合いがある。

鵠の正中を得るためには、仁を実行する道を識らねばならず、不肖の者はそれを違《たが》える。最も能《よ》く弓を操る者は、最も識人を統べるに相応しい者とされた。

つまり射儀とは、むこう一年間にわたって識人たちを統べる地神代を決める場なのであった。

それに挑もうとする識人たちは、いずれも各部族から選りすぐられた弓の達人ばかり。射儀について何ら知るところのない蝸九でも、いかに自分が場違いであるか嫌でも気付かされた。全身を瘤《こぶ》のような筋肉に覆われた識人が、丸太のような剛弓をしごいている。指先が地を擦るほどに前腕が伸びた識人は、背丈よりも長い弓を携えている。そして、識人たちの中には摯鏡の姿もあった。

重瞳《ちょうどう》を預かる彼の異相は、王者の相と呼ばれている。瞳の数が多く備わることは、それだけ広い領土を見分するためだとされていた。

やにわに金属音が響いた。

蝸九は、弾《はじ》かれたように首を振った。有翼の識人が紐《ひも》のついた銅鐘を片手でぶらさげ、撞木《しゅもく》で鳴らしていた。有翼の識人たちは各々《おのおの》が楽器を手にし、ひとりが太鼓を打ち鳴らせば、別の者が笙《しょう》を吹いて旋律を乗せてゆく。

すると、長い腕を持った識人が鵠へ向かって進み出た。彼と鵠との距離は歩数にすれば五十あまり。長腕の識人が弓を構えると、太鼓が小刻みに激しく打たれる。音曲の調子に合わせるように、識人は引き絞った弦《つる》を解き放った。

竿が大きくしなる。

揺れが収まってくると、鵠板の中央に矢が深々と突き刺さっているのが見て取れた。長腕の識人は弓をおろし、沸き上がる歓声に満足げな表情を浮かべ、もと居た場所に戻ってゆく。音曲が静かな調子になると、別の識人が進み出た。

様子を眺めるうち、螞九にも射儀というものが分かってきた。奏される音曲の調子に合わせて、識人たちは順番に矢を放ってゆく。鵠を射た者は射場に残り、違《たが》えた者は観衆のなかに戻る。射手が一巡すれば、鵠までの距離が遠ざけられまた同じことが繰り返されるのであろう。

そうする間に、まだ一度も弓を取っていないのは螞九と摯鏡の二人だけとなった。螞九は居たたまれない気持ちになった。弓もないのに、どうして鵠を射ることができよう。すると、摯鏡が先に足を進めた。その様子に観衆はどよめく。本来なら、地神代の順番は最後となるはずだった。

摯鏡の射は、瞬《また》く間に終わった。

矢は弦へと番《つが》われたと見るより先に、右手から消えている。矢は鵠の正中へ移っているというのに、竿はしなりもしなかった。

神技を見た観衆は、破《わ》れるような歓声をあげる。

その異様とも取れる雰囲気に、蝸九は呑《の》まれた。

「いったい、どうしろと言うのだ」

彼を急《せ》き立てるように、奏される音楽は激しさを増してゆく。いっそ逃げ出してしまおうかと蝸九が考えたとき、

「これを使うが良い」

摯鏡が自らの弓を差し出してきた。

蝸九は、ぽかりとした表情でその弓を見つめた。しばし迷うように手を泳がせてから、差し出された弓柄《ゆづか》をしっかと握った。

満足げに頷いた摯鏡は、諭すように言う。

「内志正しくして、外体直《なお》しくして、はじめて鵠を捉えることが出来る。過ぎたる執着は矢を曲げるのみ。顧《かえり》みるのは己であり、鵠に当てようと思わぬことだ」

蝸九は見よう見まねで弓を構えてみる。鵠に目を遣《や》れば、なぜか遠ざかるように霞《かす》んでいった。慌てて弦を引こうとしたが、鋼《はがね》で作られたように固く動こうとしない。

この時代の射法は、弦に親指をかけて引くのが常道である。親指を守るための指環《ゆびわ》が使われることが多いが、むろん蝸九が用意しているわけもない。力任せに弦を引くと、蠟《ろう》を塗り込んだ細い麻糸が食い込み激しい痛みが走った。

不格好な彼の射法を目にした観衆から、忍び笑いが漏れ聞こえてくる。力をこめたせ

いか、それとも羞恥心《しゅうちしん》からか、蝪九は自分の顔が赤らんでゆくのが分かった。

蝪九は矢を放った。

実際は、弦の力に右手が耐えられなくなったという方が近い。放たれた矢は鵠を捉えるどころか、彼の足元に力なく突き刺さる。

観衆から沸き起こったのは歓声ではなく——耳を聾《ろう》するほどの笑声《しょうせい》であった。

射儀を終えた蝪九は、茅のなかに埋もれるようにして寝転んでいた。視界の縁《ふち》にせり立つ茅の間から、茜《あかね》色に染まる空が覗《のぞ》いていた。

「不思議だ」

壙を発ってから知らないものを知り、見たことのないものを見た。夕空の色でさえ故郷の玄州と違う色に映る。この世は、新奇なものばかりで占められていた。

不思議といえば、珀嫗の反応も実に不可解なものであった。鵠を射るどころか、まともに矢を飛ばせもしなかった蝪九のことを、珀嫗は満面の笑みをもって迎えた。

「いやぁ、よい働きぶりであったのう。おぬしに任せたのは間違いではなかった」

珀嫗は勝利など望んでいなかったのだろう。貧弱な体軀しか持たぬ自らの族人から地神代が出る可能性など、一毛も信じていなかった。あえて蝪九のような未熟者を送り出し、道化を演じさせたのである。

ただ珀嫗の意図が察せられても、螞九は腹を立てることもなかった。既に彼の心は弓に占められかけていた。

今年も、最も遠くの鵠を射抜いたのは摯鏡だった。どうして彼は、他の識人より能く弓を扱うことができるのであろうか。同じ弓具を使っても、摯鏡が放てば鵠へ向かって正しく飛び、螞九が引けば力なく落ちる。膂力《りょりょく》だけが問題なわけではないだろう。力だけであれば摯鏡よりも優《まさ》るであろう筋骨隆々の識人たちも、彼に敵《かな》わなかった。

螞九はじっと己の手を見つめる。力任せに弦を引いたがために、親指の関節から血が滲《にじ》んでいた。

「内志正しくして、外体直しくして、はじめて鵠を捉えることが出来る」

摯鏡の言葉を呟《つぶや》いてみる。弓を操るに相応《ふさわ》しい心と身体を持ってはじめて矢は鵠に当たる、という意味であろう。

それが真実ならば——、

「己の在り方が、間違っているということか」

「そんなことないよ」

頭の上から応える声があった。

螞九は跳ね起きる。

いつの間にか、傍らに童女が立っていた。飾り気のない麻の衣をすっぽり被っているだけで、異相の顕《あらわ》れは見て取ることが出来ない。だが短く切り揃《そろ》えられた前髪の下からまっすぐ蝸九に向けられたその眼差《まなざ》しは、どんな識人の姿よりも強く印象に残った。

「自信を持ちなよ」

童女は、よくとおる大きな声で言った。

「わたしは、あなたの射方がいちばん良いと思った」

蝸九は腰が砕けそうになった。

「何を見ていたのだ。おれが射た矢はまともに飛びもしなかったのだぞ」

「そんなことなかったよ」

蝸九は馬鹿《ばか》にされたのかと思いかけたが、自らに向けられた眼差しに嘲《あざけ》る色は無かった。

「なぜ、そう思ったのだ」

「小さい板に矢を当てたひとはたくさんいたけど、大地を射抜いたのはあなただけだった」

それから童女は、どこまでも広がる茅野に目を遣った。

「捉える鵠がその人のあり方を表しているのなら、自分のことを誇って良いと思うよ」

蝸九も彼女が見つめる先に視線を揃える。暮れかけた日の光を受け、茅は輝きを増していた。その景色を眺めていると、胸のなかにあったわだかまりが溶けてゆく気がした。

「おれは弓を知らなかっただけだ。次はもっと上手《うま》くできる」

少女は驚いた表情になり、屈託のない笑みを見せた。

「この大地よりもすごい鵠を捉えられるっていうなら、見てみたい」

花だ。

蟜九の目にはそう映った。

枯色の茅野に、鮮やかな一輪の花が咲いた。自らの胸中に浮かび上がったその唐突な思いに、蟜九はぼそぼそと口ごもる。

「まずは鵠板を射抜けるようにならないとな」

そのとき、彼は心のなかで誓っていた。次こそ、必ずや彼女に見事な弓射を披露するのだと。

二人は短く言葉を交わしただけで、名乗り合うこともなかった。

この出会いは、二人の運命ばかりでなく伍州の歴史を大きく変えてゆくことになった。

南朱列国演義《なんしゅれっこくえんぎ》　戴南《じなん》　第二回

日が高くなるにつれ、暑さはさらに増していった。

戴南国へと続く荒道を進んでゆくと、辺りを包んでいた草原には灌木《かんぼく》が混じるようになった。灌木はやがて喬木《きょうぼく》になり、そこに榕樹《ようじゅ》がうねるようにして絡《から》みついていた。南国の樹木が作る隧道《すいどう》のなかを、幼い二人は木深《こぶか》い森のなかへ分け入るように手を取り合って進んだ。

真気《しんき》が被った冕冠《べんかん》からは幾筋もの汗が滴《したた》り落ちている。それでも泣き言のひとつも溢《こぼ》さないのは、壙《こう》の王族としての矜持《きょうじ》がなせるものだろうか。

一方の童女は涼しい顔。歩くのにも飽きてきたのか、真気へ質問を投げかけてきた。

「なんで真気さんの着ている服って、そんなにきらきら輝いているの？」

「軟玉という鉱石を使った飾り玉を縫い付けているのだ。この石は邪を退ける力を持つ。豪奢《ごうしゃ》に見せるだけではなく、旅の安全を護《まも》ってくれるのだ」

童女は気になることを見つける端から、真気に訊《たず》ねてゆく。

「変わった帽子だけどそれ重くない？」

「これは冕冠と呼ばれるものだ。冠するは礼の始まりという言葉もあり、壙の王族には欠かせぬ儀装である。重いかと問われればそうだと答えるしかない」

真気の装束がよほど珍しかったのか、童女は無遠慮に彼の格好を眺めまわした。そして、真気が手にしているものにふと目を留めた。

「それなに？」

掌《てのひら》よりもやや大きな方形の銅板で、中心が円形にくり抜かれていた。身ひとつで童女に従っている真気が、唯一《ゆいいつ》携えているものがそれであった。

「これは方璧《ほうへき》と呼ばれる祭具である」

「何それ？」

「ひとことで説明するのは難しい」

「くどくても大丈夫だよ」

真気は、しぶしぶといった様子で説明を与えた。

「これが取る四角い形状は東西南北、つまり伍州《ごしゅう》を表している。中心の孔《こう》は壙邑《こうゆう》に当たる。方璧は小さいながら、壙国全体を象《かたど》っているのだ。これを祀《まつ》ることであらたかなる地神、蟵帝《ばてい》その人から守護を得ることができる」

童女は首をかしげ、しばし考え込むようにしたが、

「で、何に使うの」

真気は溜息《ためいき》をついた。

「祭祀《さいし》に決まっていよう」

真気は、童女を嘲るつもりで言ったのではない。祭祀をおこなう以外の理由で壙の王族がこの地を踏むわけがなかった。

壙国とは巫祝《ふしゆく》の王朝である。

真気ばかりではなく、壙の王族とは全《すべ》て祭祀を司《つかさど》る者であった。この時代、伍州に生を受けたものであればそれを知らぬ者はない。裁南は伍州の外にあるとはいえ、裁南王の娘であれば知っていて然《しか》るべきであろう。

壙国が王子を遣わすのはその地を支配するためではない。王子は巫祝であり、教えを授けることが目的となる。相手の国に求めるのは隷属《れいぞく》ではなく、壙国が奉ずる神を信じることだった。一方でそのことは、単なる信仰に留まるものでもない。壙の奉ずる神が問題となるからだ。

壙国にとっての神とは――蟜帝。

伍州の全てを手中にした壙王その人であった。

蟜帝は、自らを地神が転生した存在であると称していた。俄《にわか》には受け入れがたい話ではあるが、彼《か》の王が余人とは異なった力を持っていたことは多くの伝承によって証されている。

傳《でん》に曰《いわ》く、とある聚落《しゅうらく》が螞帝へ納めるべき米穀を隠し持っていたところ、蝗《いなご》たちによって全てを喰い尽くされた。ある王が壙国から離反すると宣言した瞬間、地が割れ土中に飲み込まれてしまった。等々、類話をあげるに事欠かない。

螞帝は伍州の全てを知る者であった。

もし彼に背こうというのであれば、その身に災いを受けることを覚悟せねばならない。どこへ隠れようとも、地上には螞帝の目から逃れうる場所などありはしないのだ。

とはいえ、螞帝を乱神の類《たぐい》だと決めつけるのは早計である。

偉大なる力というものは表裏一体。螞帝に背けば恐るべき災いを受けるが、反対に螞帝を受け入れ祝したのであればその地は安んじられる。螞帝の神威に打たれた国々は、自ら頭《こうべ》をたれて壙国の王子を迎え入れた。

伍州の全てを支配した壙国は、外界にまで版図を拡《ひろ》げつつあった。

それほどの賓客である真気の手を、童女は無造作に引いてゆく。冕冠が揺れ、天板からぶらさがった簾《すだれ》状の旒《りゅう》がしゃらしゃらと音をたてた。次第に日は傾き、暑さもやわらいできた。

「栽南の都も、そろそろ近づいてきた頃合いであろうか」

「そうだね。暗くなる前には着きそう」

「それは何より。暗闇《くらやみ》のなかを歩くのは避けたいからな」

するとと、童女は不思議そうに首をかしげ問うてきた。

「どうして？」

「どうしてと言われても……当然であろう。夜道を歩くのは避けねばなるまい」

「暗くても平気なのかと思ってたけど」

そう言って、真気がまぶかく被《かぶ》った冕冠のなかを覗き込み、けたけた笑い声をたてた。

「だって、ずっと目を閉じてるじゃない」

軒車から降りた時から、真気はずっと目を瞑《つぶ》り続けてきた。童女がその手を引いたのは彼を導くためである。

「でも真気さんは目が見えないんじゃなくて、閉じているだけなのでしょう？」

道すがら真気の所作を見守っていた童女は、彼の目が生来閉ざされているわけではないことを察していた。

真気は、しばし間をおいてから口を開いた。

「余がこの裁南の地へ遣わされたのは祭祀をおこなうため。祭祀とはひとことで言えば、盟《ちか》いの言葉を地神へ届けること。言葉の力を強くするため、視覚は妨げとなる」

巫祝の者が視覚を封じるというのは、時代を問わず見られる風習である。のちの時代においても、古伝の語部《かたりべ》たちは辛《はり》で己の目を刺して盲人となった。

「へぇ。そうなんだ」

童女は興味を失ったように、ずんずん歩を進めてゆく。

質問が途絶えたのは、真気にとって幸いであった。これほど長い距離を歩いたことはなく、言葉を発するのも辛《つら》くなってきた。二人は無言になり、ただ足を進めていった。

しばらくして、童女の明るい声が沈黙を破った。

「見えてきたよ」

その視線の先では、立ち並ぶ樹々《きぎ》の頭越しに王宮の大屋根が覗いていた。

だが、暫《しば》く経《た》っても二人は王宮には辿《たど》り着かない。空はいよいよ暮色が濃くなり、真

気も汗が冷え肌寒さを感じてきた。

真気はさすがにしびれを切らした。

「先ほど王宮が見えたと聞こえたが？」

「もうついたよ」

童女が天を仰ぐと、そこには王宮が切り立つように聳《そび》えていた。棕櫚で葺《ふ》かれた鋭角の屋根を、巨木から枝を払った太い柱が支えていた。壁は土をつき固めた版築と、風通しの良い竹を組んだ格子の部分に分かれていた。中は細かい室に区切られておらず、広いままに使われている様子だった。

この巨大な王宮は、王の威を示すために造られたわけではない。栽南という国のありかたが、ここまでの大きさを必要とさせたのだった。

栽南は王朝ではなく、氏族が寄り集まったものに過ぎない。女王である瑤花《ようか》も、族長たちを命令で縛るようなことはなかった。それでいて、栽南の紐帯《ちゅうたい》は非常に強い。瑤花が果たしていたのは、家族を結びつけるかすがいのような役割である。女王を助けようとする心が、個性のばらばらな族長たちを結びつけていた。何事かを為《な》す時には族長たち全員が王宮に集まり、膝《ひざ》を突き合わせいかにすべきか考える。

それゆえ、栽南には巨大な王宮が必要となったのだ。

目を閉ざしている真気のもとに、慌ただしい雰囲気が伝わってきた。王宮の周りでは、なにやら騒々しく声が飛び交っているようだ。

「まだ見つからんのか」

「以前、西の洞穴で居眠りをしていたことがあったな。そちらへも人を遣わすのだ」

「夕飯までに戻ってこないというのは、只事《ただごと》ではない。民たちも総出で捜した方がよいだろう」

「王宮のなかで隠れていそうな場所は、あらかた捜しました。壺《つぼ》のなかには隠れておりませんでしたが、大鍋《おおなべ》もあらためた方がよろしいでしょうか」

誰かの行方を捜しているようである。真気は、傍らの童女へと恐る恐る問いかけた。

「念のため確認したい。そなたは余を迎えに行くということを、他の者にも伝えていたのであろうな」

しばし間があって、

「いやぁ、どうだったかな」と童女はそらぞらしく言った。

真気はこめかみを押さえた。それから胸の奥深くまで息を吸い込み、轟《とどろ》くような声で叫んだ。

「捜す者は、ここにあるぞ」

辺りがしんとなる。

直後、遠くから地鳴りのような音が運ばれてきた。どれだけの者たちが捜しまわっていたのか、無数の足音が渾然《こんぜん》となって近付いてくる。

足音は止まり、真気の鼻に土埃《つちぼこり》の匂いが届いた。

「どこへ行っておられたのですか！」

真気の鼓膜が震える。並外れた大音声《だいおんじよう》の持ち主が、童女へ訊ねたのだ。

「炎能《えんのう》も他のみんなも、心配をかけてごめんなさい。真気さんのことを迎えに行ってたのだけど、言うのを忘れてたね」

「ということは」

炎能と呼ばれた大声の持ち主は、はっと息を呑《の》む。途端、どうと大樹が倒れたような音がした。慌ててその場に平伏したのであろう。

「そちらの御方は、壙国の王子様であらせられますか」

真気は応えて言う。

「いかにも。余は壙国螞帝が第四三二〇一王子の真気である。この童女は余を迎うるという大義を果したのだ。咎《とが》めるのは止《よ》して貰《もら》いたい」

炎能は恐縮するように声を震わせる。

「お心遣い恐悦至極に存じます。王子様の御前で、大変お見苦しいものを晒《さら》しました」

その遣り取りを聞いていた当の童女は、どこ吹く風といった様子。

「こんなところで立ち話もなんだから、とにかく中に入ろうよ」

真気の手を力強く引いて王宮へと導いていった。


王宮の広堂の突き当りに玉座があった。籐《とう》で編まれた飾り立てのないその椅子《いす》は、群臣が座る床と同じ高さに置かれていた。童女は玉座に真気を座らせると、自らは傍らにぺたりと腰をおろした。

幸いにと言うべきか、二人の前には裁南の族長たちが揃《そろ》っていた。童女の捜索に皆駆り出されていたためである。壙国から貴人がやって来るなど、裁南が樹《た》てられて以来のこと。族長たちは壙国の王子をひと目見ようと互いに押し合い、がやがや騒々しい。

それに堪《たま》りかね、炎能が怒声を張り上げた。

「真気王子の御前であるのだぞ。もっと行儀良くはできぬか！」

王宮の壁を吹き飛ばしかねない勢いであった。

水を打ったような静けさを取り戻した広堂に、童女の声が響く。

「族長のみんな、集まってくれてありがとう。それと心配をかけてごめんなさい。遠い壙国から真気王子が来てくれたので、みんなに紹介します」

真気はゆっくりとその場に立ち上がった。

「裁南にある諸氏、諸族の長《おさ》よ。余は壙国螞帝が第四三二〇一王子の真気。地神を奉じ、その威をもってこの地を安堵《あんど》する者である。余の務めは、社を徹《おさ》めて祭祀をおこなうことであり、俗世の政《まつりごと》は与り知らぬ。諸氏、諸族の長においては、従前どおり裁南国女王瑤花に篤《あつ》く従うが良い」

族長たちは沈黙を続けている。

真気が、反応がないことを不審がると、

「裁南のみんなが安心して暮らせるように真気さんはお祈りをするから、族長たちもいつもどおりがんばって、と言っているの」

童女がそう嚙《か》み砕いて説明すると、みな納得したように頷《うなず》いた。

「では、こっちからも紹介するね。族長のみんなのまとめ役をしてくれている二人から」

童女が水を向けると、どすりと床から震動が伝わってきた。

「ご挨拶が遅くなり恐縮の至りでございます。わたくしは栽南国の文事を司っております、輔弼長《ほひつちょう》の炎能と申します！」

緊張のあまり、箍《たが》の外れた大声を出していることにも気付いていないらしい。真気は耳を塞《ふさ》ぎたくなる衝動をおさえ、鷹揚《おうよう》にうなずきかえした。

「では、もうひとりから」

童女が促したが、声は聞こえてこない。真気は直立の姿勢を取り続けるが、いつまで経っても名乗りをあげる者はなかった。

「そなたは、もうひとりと言ったようだが……？」

「じゃあ、息をひそめてみて」

訳が分からなかったが、言われたとおり呼吸を止めてみた。すると、耳元で蚊の鳴くほどの声が聞こえてきた。

「御無礼をつかまつりました。それがしは栽南の武事を司っております、観軍長の微鳳《びほう》と申します。殿下の御身は我らがお護《まも》り致します」

「こちらこそ宜《よろ》しく頼む」

真気は内心の動揺を抑えながら返した。

むやみに声の大きな文官の長に、やたらと声の小さな武官の長。それに加えて、ときおり行方をくらます王女。真气はこのとき少しだけ、自分が満足に祭祀をおこなってゆけるか不安になった。

「じゃあみんな。これから真气さんのことよろしくね」

俯《うつむ》く真气を尻目に、童女はその場を締めくくろうとする。

「待ってくれぬか」

慌《あわ》てて、真气は彼女を留めた。

「まだ、瑤花女王の姿が見えぬようであるが」

「そりゃあ見えないのは当然だよ。真气さんはずっと目を閉じているんだから」

「そのような意味ではなくてだな……」

真气はいよいよ困り果て、二の句を継げずにいると、

「畏《おそ》れながら申し上げますが」と、炎能がおずおず口を開く。

「そこにあらせられるお方が、裁南国女王の瑤花様であります」

炎能が示唆《しさ》したのは、真气の傍らに座る童女であった。

「は」

真气は言葉を失う。

「あれ、言ってなかったかな」

「言っていなかったも何も、そなたは名乗っていたではないか。自分は、女王瑤花の第一王女であると」

するとの炎能が声をひそめるように、

「畏れながら、瑤花様は偽りを申された訳ではございません。瑤花という名は、栽南国の王号のようなものでございまして、歴々の女王に受け継がれているものなのです。瑤花女王の御母堂も、同じ名を持っていらっしゃいました」

「そうであるか」

真気は声を落とし、静かに頷いた。この幼い瑤花が王号を引き継いでいるということは、彼女の母はすでにこの世を卒しているのであろう。

「壙国螞帝の第四三二〇一王子、真気様。この地にて地神を祀り栽南に平穏を齎《もたら》してくださること、女王として心から歓迎いたします」

瑤花は、愁色を帯びた様子の真気に威儀を正して言い、

「これからよろしくね」

と戯《たわむ》れのように付け加えた。

歴世神王拾記《れきせいしんのうじゆうき》　蝸帝《ばてい》　巻二

宴礼射儀《えんれいしやぎ》で新たな道が覗いたのも束の間、郷里である玄州の壙《あなぐら》に戻ってきた蝸九を待っていたのは、以前と変わらぬ暮らしであった。

「飢えたくなければ、もっと喰い物を集めてこぬか」

珀嫗《はくおう》は、勢いこんで子らに命令を飛ばした。

伍州《ごしゆう》でも北端に位置する蝸九の聚落は、冬になれば雪で閉じ込められてしまう。ひと欠片《かけら》でも多くの食べものを蓄えておく必要があった。この時期ともなれば、食べられる草木などはあらかた採り尽くしている。羚羊《レイヨウ》ですら寄り付かぬ崖にでも登らねば、なにも残っていなかった。必死に冬支度を進める子たちは夜になると疲れ果て、壙の奥で身を寄せ合い泥のように眠る。

だが蝸九はひとり寝所を抜け出し、月明かりがこぼれる洞穴の入口で背中を丸めていた。石造りの小刀を握り、一心不乱に桑の枝を削っていた。蝸九は弓を拵《こしら》えねばならなかった。獲物を捕らえるために弓矢を用いることのない彼の部族は、たった一張の弓すら持ち合わせていなかったのだ。

蝸九は目を閉じ、摯鏡《しきよう》の弓を思い出す。左手で握った弓柄《ゆづか》はどれほどの太さであったか。右手で引いた弦《つる》はどこに結び付けられていたか。自らに残る感覚に尋ねながら、弓の姿を再現していった。

それは、あまりに無謀な試みと言えた。摯鏡の弓は様々な素材を組み合わせて作られており、同じ材料を揃《そろ》えることすら叶《かな》わない。代替となる材料を探すところから始めねばならなかった。弓幹《ゆがら》には、剛性と柔性の調和が取れた木材が適している。様々な素材を試した末、太くねじれが少ない桑の枝を森から切り出し、小刀で形を整えていった。

大まかに弓の形ができたら、続いて弦を張る。麻糸を束ねて弓に結びつけてみたところ、張力に耐えきれず切れてしまった。やむなく選んだのは樹皮だ。槐樹《えんじゅ》の皮を薄く剝《は》ぎ、細く撚《よ》って糸にした。太く不格好だが、弦として使うに足る強さを持たせることが出来た。

矢には、地から生え始めたばかりの若木を使った。このとき、まだ蝺九は金属を加工する技術を持っておらず、青銅の鏃《やじり》を作ることはできなかった。細い若木の先端を炭になるまで炙《あぶ》り、鋭利に研いで鏃の替わりとした。

月明かりの下、蝺九はようやく完成した自らの弓に手を這《は》わせた。見目は悪かったが、充足感の方がまさった。蝺九は、洞穴から見える小さな空に浮かぶ月に向かって、弓を構えた。

雪が降り始めていたのだ。眇《すが》めた目の先に、ゆっくり落ちる影が見えた珀媼の一族にとって、冬は試練となる。

雪に閉じ込められてしまえば、息を潜めて春の訪れを待つしかない。だが、寒気は壙の奥にまで忍び込んで来る。夜のうちに身体《からだ》の芯《しん》まで凍えてしまい、朝の目覚めを迎えることができぬ子も少なくはない。

それほどまでに厳しい冬である。

「あやつは気が触れてしまったのか」

珀媼が、洞穴の外に飛び出してゆく螞九を啞然《あぜん》として見つめるのは当然だった。

螞九には、春の訪れを待つ余裕は無かった。弓具を手に入れても、それを操る技倆《ぎりょう》が伴わなくては意味がない。腰まで積もる新雪をかき分け、峡谷に流れる小川のほとりへ向かった。両側を崖で挟まれたそこには雪が吹き込まず、弓の鍛錬をするには持ってこいの場所だった。

川岸に立つ槐樹の傍らに立ち、幹についた雪を払い落とす。鱗《うろこ》状の木肌には、穿《うが》たれたような傷が幾つも打たれていた。螞九は手に息を吹きかけると、槐樹に背を向けて二十歩数える。振り返ると、その樹がずいぶん遠くにあるように映った。

螞九はすっと弓を構える。

その時思い浮かべていたのは、摯鏡の姿だった。足はしっかりと大地を摑《つか》み、上半身は蕩《とろ》けるように脱力させ、鵠《まと》を貫くがごとき鋭い視線を送る。最後に、矢自身がいつ放たれたのか気付かぬほど自然に右手を離す。

そのようにして射たはずだった。だが矢はゆるやかな弧を描くばかりで、あげく幹に弾《はじ》かれ藪《やぶ》のなかに消えてゆく。

「ああ」

蝺九は思わずため息をもらした。

用意している矢は五本しかない。一本たりとも失うわけにはいかなかった。藪を掻《か》き分けるうち、雪に埋もれる足から痛みが伝わってくる。

そこで蝺九は己を鼓舞するように声を発した。

「内志正しくして、外体直《なお》しくして、はじめて鵠を捉《とら》えることが出来る」

辛くとも、音をあげるわけにはいかない。蝺九は、名も知れぬ童女に誓ったのだ。次の宴礼射儀までに、見事な射法を己のものとすると。

蝺九の鍛錬は続く。

自らの鼻先も見えぬ激しい吹雪の日も。吐く息すら氷の粒となる凍《い》てついた日にも。

彼は小川のほとりで、槐樹に向かい矢を放った。

暫《しばら》く時が経ち、強さを取り戻した日の光が壙を塞《ふさ》いでいた雪を溶かした。

珀嫗を先頭に据え、壙の奥に潜んでいた子らが外に出てきた。ぬかるんだ大地を踏みしめ、みな両腕を天に突き上げる。日の当たる場所で互いの姿を見るのも、久方ぶりのことであった。

すると珀嫗は、螞九を見て訝《いぶか》しげに首を傾げた。

「おぬしは螞九であろうな」

そこに痩身矮軀《そうしんわいく》の螞九はいなかった。厚い胸板が纏《まと》った衣を内側から押し上げ、腕には彫ったような筋肉の筋がくっきりと浮き出ていた。長い冬の間に、彼は弓を操るに相応《ふさわ》しい外体を得ていたのである。

春になっても続けられた螞九の鍛錬については、詳《つまび》らかにする必要はない。次の射儀で彼が見せた射法から、推して知ることができよう。

あくる晩秋のこと。

「宴礼射儀の伴《とも》をさせてください」

螞九のその申し出に、珀嫗は焦《あせ》りのような感情を覚えた。

族長の座を取って代わるつもりではないかと疑う一方、無下にするのも得策ではないと思われた。螞九が弓の鍛錬に異常なまでの執念を見せていたことは、よく知っている。

「認めてやれば、かえって恩義に感じるかもしれぬな」

珀嫗は口のなかで呟《つぶや》いた。同行を認めてやれば、今後の働きぶりにもせいが出るに違いない。

かくして、蝸九は再び黄原へと向かうことになった。彼の目には、昨年と同じ道が全く新しいものに映った。童女と再会することへの期待と、自らの射法が通用するのかという不安が、眺める景色に異なった彩りを与えていたのだ。

出立から十日あまりが経った頃。道がなだらかな平野に差し掛かると、どこからか聞き覚えのある歌声が響いてきた。

「酒、干肉に塩辛、お望みのものは何でもご用命あれ」

馬に牽《ひ》かれた車の上には、禺奇《ぐうき》の姿があった。

珀嫗は大きく手を振る。

「おおい、ここであるぞ」

禺奇は馬の背に手綱を叩《たた》きつけ、馬首を巡らせた。

近付いてくる彼らの様子に、蝸九は腹を下したような鈍い痛みを思い出す。馬という獣に大荷物を負わせる風習も、隊列を組む者たちの不自然なまでに揃った歩調も、そして顔に貼り付けられたその笑みも、蝸九の目には不気味に映った。

そこで、ふと気付いたことがあった。

「そういえば、昨年の宴礼射儀の場にあの者たちの姿はなかったようですが」

黄原には、禺奇たちの姿は見当たらなかった。品物を売るのであれば、あれほど適した場所はないだろうに。

その問いに、珀嫗は呆《あき》れたような表情を浮かべた。

「それはそうだろう。禺奇らは識人《しきじん》ではなく、沽人《こじん》であるのだからな」

地神から地上を治める権限を分け与えられた識神たちが転じ、識人となった。ただ、伍州にあるのは彼らばかりではない。人のなかには、地神から権能を預らぬ者たちもあった。

それが沽人である。

彼らは治める土地を持たないため、伍州を彷徨《さまよ》うようにして暮らしていた。

「沽人ですか？」

初めて聞く言葉に、螞九は首をひねる。

「やつらの姿を見れば、おのずと分かるだろうが」

珀嫗は次第に大きくなる禺奇たちの姿の方へ顎《あご》をしゃくった。

「どこに異相の顕《あらわ》れがある」

黄原に集う識人たちは、頭に大きな角を備えていたり全身が鱗で覆《おお》われていたりと、余人とは異なる外見を持っていた。禺奇の姿には、人の形を取るより他の特徴は見当たらない。

「異相を持たぬ者たちは、黄原に入れないのですか」

蟵九が質問を重ねると、珀媼は気が乗らぬ様子で説明を与えた。

宴礼射儀とは、地神が自らの代わりに地上を治める者たちを労《ねぎら》うために開かれるものであり、そもそも権能を分け与えられていない沽人は参加が許されていない。識人の身体に顕れる異相は地神から預った権能を証するものであり、それを持たぬ沽人たちは黄原に入ることすら出来ないのだ。

「黄原とは大地の始まりの場所であり、地神が我々に与えた特別な領域。地神が敷いた結界により、沽人どもは彼《か》の地を踏むことが出来ぬ。禺奇たちの姿が見当たらなくて当然というわけだな」

珀媼は話を切り上げ、禺奇たち一行に視線を移した。二人が何を語っていたかを知ってか知らでか、禺奇は満面の笑みを顔に貼り付かせながら近付いてくる。

珀媼は、ふと思い出したように蟵九を横目で見ると、

「宴礼射儀というのはそれだけ特別なものなのだ。おぬしも、その末席に加われることを有り難く思えよ」

と恩着せがましく付け加えたのであった。

南朱列国演義《なんしゅれっこくえんぎ》　載南《じなん》　第三回

族長たちとの顔合わせを済ませた真気《しんき》は、再び瑤花《ようか》に手を引かれていた。

「疲れてるだろうし、ゆっくり休んでね」

連れてゆかれた先は、彼のために造られた邸宅である。

「僭越《せんえつ》ながらわたくしめが指示して造らせました邸《やしき》でございます。壙《こう》国の王宮と比べれば粗末なものではございましょうが、この載南で暮らしていただくために適した造りとなっております」

ほのかに自信を漂わせながら説明するのは、炎能である。

湿気がこもらないよう、高床のうえに竹を組んだ格子状の壁が二重にめぐらされ、風は抜けるが内部に視線が届かない。使用されている木材は、節の少ない上質な素材が厳選されている。炎能自慢の、凝った普請《ふしん》であった。

だが、その話を聞くうち真気の表情は徐々に曇っていった。

「どうしたの」

様子を見て取った瑤花が、横から訊ねる。

「大変な手間をかけたと聞き、心苦しいのだがな。余はあくまで巫祝《ふしゅく》として載南へ来たのであって、贅《ぜい》を凝らした住まいは不要であるのだ」

真気は小さく首を振った。

「余には、祭祀をおこなうための場がなければならない。さらに苦労をかけるが、あらためて廟社《びょうしゃ》を造っては貰えぬか」

真気が命じて造らせたのは、一風変わった建物であった。

「本当にこれで大丈夫であろうか」

人夫たちの指揮を取っていた炎能は、何度も心細げにそう繰り返した。

そこには、栽南の常識では考えられぬ様式がいくつも採用されていた。炎能を最も驚かせたのは、真気が床を掘り下げよと命じたことである。そのような建物を造れば早晩水没してしまうと訴えると、真気は次のように指示を与えた。

まず、円形の広い竪穴《たてあな》を背丈の深さほどに掘り下げる。底は杵《きね》を使ってしっかりと突き固め、湿気を吸収するための石灰を敷き詰める。竪穴の側面は、崩れてこないよう板塀で全体を覆う。

続いて、その竪穴の中にひと回り小さな社殿を建てた。建物のかたちは方形で、それを覆う屋根は円形に葺《ふ》かれていた。建物の大半は地下に埋もれ、外からは屋根しか見えない。屋根の円は、竪穴の円よりも若干大きい。雨水は地面に掘られた溝に流れ込み、竪穴に貯《た》まらないよう工夫されていた。

「確かに、これなら水没の心配はございませんね」

炎能は納得したように声を漏らした。

完成した廟社に真気を連れてゆくのは、瑤花の役割であった。

「なんだか、息が詰まりそうな場所だね」

室内へ足を踏み入れた瑤花は、素直に思ったままを述べた。

廟社は地下に建てられているせいで、光が差し込むことはない。入口の扉を閉ざしてしまえば完全な闇に包まれてしまった。土によって囲まれているため、外の音さえもあまり届かない。

「いや、これで良いのだ」

廟社の仕上がりに満足したように、真気は言った。

「余の務めとは、地神に語りかけて栽南の安寧を乞《こ》うことである。外光は不要であるし、外の音が届かなければそれに越したことはない。外部から隔絶された環境こそ、余が欲するところなのだ」

自ら命じて造らせた廟社のなかに、真気は完全に引きこもった。

彼がおこなうのは祭祀のみであり、一歩たりとも外に出ようとはしなかった。廟社に出入りするのは、身の回りの世話をする数人の童子だけである。童子たちは、一筋の光すら差さない闇の中を手探りで進み、夜が明けると水瓶《みずがめ》を満たし、朝と夕に食膳《しょくぜん》を運び、二日に一度新しい麻衣を差し入れ、そして機に応じて馬桶《おまる》を清めた。

童子たちが廟社に入っても、真气は地神への祈りを止めることはなかった。

室の中央には小さな祭壇が築かれ、真气が壙から携えてきた方璧《ほうへき》が祀《まつ》られている。真气はそれに向かって祝文《じゅもん》を捧《ささ》げているようだが、当然様子を見ることはできない。童子たちは暗闇のなか、怪しげな呪文が響くのを聞くばかりである。幼い彼らは薄気味悪さに震えながら、そそくさと廟社を後にする。

童子たちの他には、廟社に近づこうとする者もなかった。やんごとなき壙国の貴人への遠慮と、なにやら怪しげな儀式がおこなわれている不気味さが、裁南の者たちをそこから遠ざけていた。それは、真气自身が望んでいる状況そのものであった。暗闇のなかで独りぽつねんと蹲《うずくま》る、彼の祈りを妨げようとする者はなかった。

たった一人の例外を除いては。

「瑤花様、どこへ行かれたのですか」

姿は見えずとも、誰が声の主であるかは知れた。土のなかに埋まっている廟社まで届くのは、炎能の大声以外にはなかった。

「良いのか、出ていってやらなくて」

真气は唱えていた祝文を止め、傍らにある者に語りかける。

「大丈夫、わたしが居ないほうが上手《うま》くゆくんだから」

ごろりと寝転んだままで応《こた》えたのは、瑤花だった。

宮殿の広堂では、水路の補修について族長たちが議論を交わしているところであった。次第にその議論は有耶無耶《うやむや》になり、今や単なる酒宴と化している。その隙《すき》に瑤花は王宮を抜け出したのだが、生真面目《きまじめ》な炎能はたとえ酒席でも座長があらねばならぬと探し回っているのだった。

「炎能が諦《あきら》めるまでここに居るから、そのまま続けて良いよ」

瑤花は言ったそばから寝息をたて始めてしまった。

「仕方のないやつだ」

真气も気にせず、言われたとおり祝文を唱え始める。

地下にあるこの建物は、外の熱が伝わりづらいため中は涼しい。闇に閉ざされているというのも、昼寝をするには持ってこいである。加えて、瑤花にとってこれ以上に便利な避難場所はなかった。王宮の隣にあるので素早く逃げ込むことができ、ここに居ることが露見しても礼を重んじる炎能ならば中を検《あらた》めようとは思わない。

いつしか瑤花は廟社に入り浸るようになっていた。

真气の方も、瑤花の訪れを拒むことはなかった。壙の王族として、あるいはそれ以上の決意によって己を律している真気であるが、齢《よわい》は瑤花と変わらぬ童子。心の底では、話し相手を欲していたのかも知れない。

真気が廟社に籠もって、二月ほど経った頃。

「真気は、外にも出ないで退屈しないの？」

祭祀《さいし》を続ける真気に、瑤花はいつもどおり寝転びながら訊《たず》ねた。

真気は、暗闇《くらやみ》のなか瑤花へと正対する。

「退屈しようが、退屈しまいが、そのようなことは問題にもならぬ。裁南の平穏を求めるのであれば、地神へと乞い続けねばならない。それが祭祀であり、余の務めである」

祭壇に向き直ろうとする真気に、瑤花は再び話しかける。

「少しくらいさぼっても誰も怒らないと思うよ。真気は偉いんだから、誰も怒れる人なんていないし」

「怒られたくないがために、祭祀を続けているわけではない。いや、怒られるのかも知れぬな。そなたや族長たちが何とも思わなかったとしても、祈りを止めればこの地にある神たちが荒ぶる。乱神の怒りを買わないよう、余は祭祀を止めてはならぬのだ」

「大丈夫だと思うけどなあ」

瑤花はなおも言う。

真気はそれ以上論じようとせず、祭壇へと額《ぬか》づいて祝文を唱えはじめた。瑤花はしばらくおとなしくしていたが、長くは続かなかった。

「じゃあ、真気はこんな暗いところでずっとお祈りをしてなくちゃならないの？」

「ずっと、とは言えない」

真気が栽南に遣わされたのは、壙国の仕来《しきた》りに従ってのことである。壙の王子は十の齢を迎えると、兄である皇子《こうし》から祭祀についての手ほどきを受け、蟎帝《ばてい》を奉ずる国々へと派遣される。

そして十五歳になれば、再び壙邑《こうゆう》にある蟎帝のもとへ帰らねばならないのであった。

「なので、余が栽南にて祭祀をおこなうのは十五の齢を迎える前日までとなる」

真気の声は僅《わず》かに憂《うれ》いを帯びているようにも聞こえた。

壙国は極めて正確な暦を持っており、一日たりとも日程を過《あやま》つことはない。真気が十五歳となる日、壙の兵たちは彼を迎えに栽南までやって来ることだろう。

「なんだか大変だね。壙の王子に生まれるって」

その壙国への侮辱とも取りうる発言を、真気は薄く笑ってやり過ごした。

「そなたの言うとおりかも知れぬな」

瑤花が壙という国に興味を示したのは、この会話がきっかけとなった。彼女は廟社を訪れるたび、真気が生まれ育った壙国について訊ねた。どのような王宮で育ったのか。

いったい家族はどのような者たちだったのか。真気は彼の国の王族である立場を弁《わきま》えながら、それを語って聞かせた。

真気が生を受けたのは、伍州の中央にある黄原に位置する壙国の都、壙邑である。壙邑の中央には封宮《ほうきゅう》と呼ばれる巨大な宮殿がある。封宮の最奥《さいおう》にある室に、壙王螞帝は鎮座している。

螞帝は地神が転生したものであるとされ、俗人が接することは出来ない。彼のある封宮へ入ることができるのは、螞帝の血を引く王族のみ。そのため、螞帝という神に仕える王族たちは巫祝としての性格を帯びる。

封宮は螞帝を祀る廟社としての側面だけでなく、壙国という巨大国家を運営する行政機構の役割をも担《にな》っている。封宮のなかにいるのは王族だけである以上、彼らは官吏として働かねばならない。真気のような王子は幾人かの兄たち——皇子によって管理されている。螞帝は俗事に関わることがないため、実質的な壙国の統治者は皇子といえた。

真気が巫祝として栽南へ遣わされたのち、封宮へ戻らねばならぬというのはそのような背景に拠《よ》る。壙国を支えているのは、彼のような大勢の王子たち。地方で見聞を広めるのも、その職務のうちに含まれていた。

「真気が栽南にやってきたのは、お兄さんに命じられたからなんだね」

「まあ、そういうことであるな」と真気はなぜか浮かぬ様子で応えた。

「都からいちばん遠くの栽南に来たってことは、真気っていちばん下っ端《したっぱ》の王子？」

「まあ、そうなのだろう」

「そのおかげで栽南に来られたんだから良かったじゃない」

「かしましい童女がたまにやってくること以外はな」

真気はやり返すように言う。

瑤花は意に介さず、口の中でぶつぶつと呟く。

「せっかく栽南に来たっていうのに、こんなとこに籠もってばかりじゃつまらないよね」

それから、ふと思いついたように、

「いちど外に出てみようか」

「無理を申すな！」

真気はつい大声を出した。

「教えたはずであろう。祭祀とは弛《たゆ》まず続けることが肝要、気まぐれに止めたり出来るものではない。栽南の平穏を守るため、外には出られぬ。それに余は目を閉ざしているのだ」

「確かに、外の様子が分からなければ仕方ないものね」

真気はなぜか嫌な予感がした。瑤花が、一度言い出せば簡単に諦めるような性格でないことは既に知っていた。

真気はその胸騒ぎを鎮《しず》めるように、祭壇に向かって一心不乱に祝文を唱え始めた。

歴世神王拾記《れきせいしんのうじゆうき》　蝿帝《ばてい》　巻三

蝿九が黄原に足を踏み入れるのは、二度目のことであった。

風に波打つ黄金の茅原《かやはら》には、昨年と同じく数多《あまた》の識人《しきじん》たちが集っていた。蝿九たち一行は、六本の足を巧みに操る識人の股の下をくぐり、岩のような肌を持つ巨大な識人の背中をよじ登り、有翼の識人がたてる突風に身を低くしながら、茅原を掻《か》き分けてゆく。

すると蝿九の耳に、ひそひそと噂する声が届いた。

「見よ、あれは去年の童子ではないか」

「少し肥えたようだが、確かにそうだな。なにやら自分の弓らしきものを携えているぞ」

「性懲《しょうこ》りもなく射儀に参加するつもりか」

蝿九は、周囲にある識人たちを見回した。噂話を気にしたわけではない。その目は自然と名も知らぬ童女を捜している。再会を約束したわけではないが、黄原のどこかに彼女があることを信じていた。

蝿九は手にした弓を固く握りしめた。

射儀が始まってしまえば、いやがうえにも識人の全てが彼の姿に目を留める。今すべきは童女の姿を追い求めることではなく、自らの弓に集中することに違いない。

そこで一行を率いる珀嫗《はくおう》はぼやくような声をあげた。

「いやいや、すっかり遅くなってしまったな」

螞九たちがうろつく間に、黄原の中央には摯鏡《しきよう》が現れていた。

辺りの識人たちは、一斉に動きを止める。

摯鏡はぐるりと周囲を睨《ね》めつけ、

「予は敬《つつし》みて地神の祐《さいわ》いを拝し、宴礼射儀《えんれいしゃぎ》の開催を宣言する」と、天に向かって火焔《かえん》を噴き上げた。

珀嫗は紐《ひも》のついた酒瓶を片手にぶら下げ、揚々と見知った識人たちの間を行き来している。しばらくして草原のあちこちに空の酒壺《さけつぼ》が転がると、深酒が過ぎたのか大声で歌いだしたり、叢《くさむら》へと倒れ込んだりする識人が見られるようになった。

むろん螞九は一滴の酒も口にしてはいない。しらふのまま黄原の中央へ顔を向けると、そこには木像のようにじっと動かない摯鏡の姿があった。彼が送る合図に、有翼の識人たちが長い竿《さお》を運んできた。

いよいよ射儀が始まるのだ。

螞九が珀嫗を探すと、酒瓶を抱えながら茅の中で眠りこけているのを見つけた。この分ではまともに話をすることも出来ない。彼は小さく首を振り、自らの意思で射場へと足を進めた。

周囲からは、射場に向かう識人たちが続々と進み出てくる。いずれも各部族から選《よ》りすぐられた腕に覚えのある者たちばかり。そのうちの一人が近付いてきた。長腕の識人で、手には背丈よりも渡りの広い大弓を携えている。

「小僧、ずいぶんと立派な弓ではないか。羨《うらや》ましいものだ、おれなどずっとこのおふるを使っているというのに」

長腕の識人はそう言って、自慢気に大弓をしごく。

蝸九は、口元を歪《ゆが》ませるその識人に向かって、

「小僧ではない。蝸九だ」

「おお、それは失礼した。では蝸九よ、長猩《ちようしよう》という名を覚えておけ。伍州《ごしゆう》でも名だたる弓の使い手である、おれの名前をな。長猩様から声をかけられたことを、田舎で自慢すると良い」

長猩が吐いたのは、ただの大言壮語ではない。彼が大弓を操る腕は確かであり、昨年の射儀でも最後の五名となるまで残っていた。だがいくら弓の達人であろうと、蝸九には知ったことではない。

「では長猩へ教えてやろう。弓の正道とは、自らのなかに見つけるもの。他人の弓を羨

む不肖の者が、どうしてその道を歩くことができようか」

と、蟆九は辺りに大声を轟《とどろ》かせた。

長猩は虚をつかれた。機知に富んだ返答も思い浮かばず、年端《としは》もゆかぬ蟆九を怒鳴ることもできず、怒りと羞恥《しゅうち》にその顔は見る間に赤くなっていった。

丁度そのとき、鐘音がひとつ鳴った。

その響きが残るなか、軽快に太鼓が打たれてゆく。射儀の始まりを告げる音楽が奏され始めたのだ。

それを耳にして、長猩は薄ら笑いを浮かべた。

「いいか、見ておれ」

蟆九に吐き捨てると、鵠《まと》に向かって真っ先に進み出た。

長猩は大弓を構え、弦《つる》を引いた姿勢のまま慎重に狙《ねら》いを定める。放たれた矢は見事に鵠を捉え、竿《さお》が大きくしなった。

興奮する観衆の喝采《かっさい》を背に受けながら、ゆったり蟆九へと振り返る。

「次はお前の番だ。達者なのは口だけではないのだろう。その正しい弓射の道とやらを見せてみろ」

蟆九は応えるかわりに、決然と足を踏み出した。

途端、彼へと浴びせられたのは笑声《しょうせい》である。

「弓を持っているだけ格段の進歩だ」

「ああいった半端者が加わるとは、射儀を愚弄《ぐろう》することにはならぬか」

「いいや、余興がある方が盛り上がる」

だが、それらの雑口《ぞうこう》は蝸九の耳には届いていない。鵠に視線を定めると、草のさざめきも遠ざかり、空の青も色を失うように消えていった。唯一《ゆいいつ》、竿の上に掲げられた鵠の姿だけが大きく映った。

弓を構える蝸九の姿に、観衆たちは奇妙な感覚をおぼえた。あがっしりとした体格の蝸九が足を踏み開くと、茅原に岩が置かれたように見えた。あたかも岩のうえを蛇が這い上がり鎌首《かまくび》を擡《もた》げるがごとく、蝸九の右手が別の生き物のように動きゆっくり弦を引いた。

音がした。

空気を切り裂く甲高い音だった。観衆たちが慌てて視線を動かすと、鵠はどこかに消え去り、竿だけがゆらゆら揺れていた。辺りを見渡すと、遠い茅のなかに矢に貫かれた鵠が転げているのを見つけた。

黄原は静けさに包まれた。

蝸九を見つめる識人たちは、声をあげることさえ忘れていた。

射儀が続くにつれ、鵠は徐々に遠ざけられていった。いつの間にか、射場に長猩の姿が見当たらなくなっていたが、蝐九はそのことに気付いてもいなかった。彼の目は、食い入るように摯鏡を見つめていた。

摯鏡の射法は他とまるで異なっていたが、とはいえ奇を衒《てら》ったものではない。摯鏡は自然と矢を放ち、当然の事として鵠を捉えてゆく。手を伸ばして梢《こずえ》から梅の実をもぎ取るような気安さで。

あのような相手と、いかにして競えば良いというのだろうか。迷いが生じそうになり、蝐九はぶるぶると頭《かぶり》を振った。考えても詮《せん》ないと分かっていた。射儀においてすべきは、自らの術を尽くして鵠を射抜くだけである。

いつしかその場に残る射手は、蝐九と摯鏡の二人だけとなっていた。鵠は幾度となく遠ざけられ、二人を囲む観衆の目には胡麻粒《ごまつぶ》ほども定かに映らない。

蝐九が目を細めて鵠のある方を見遣《みや》っていると、

「見事である。たった一年でそれほど深く弓を識《し》ることができようとは」

傍らにある摯鏡が、彼へと顔を向けていた。

蝐九はまっすぐに視線を返す。

「内志正しくして、外体直しくして、はじめて鵠を捉えることが出来る。過ぎたる執着は矢を曲げるのみ。顧みるのは己であり、鵠に当てようと思わぬことだ」

それから付け加えた。

「あなたの言葉です」

「なるほど、道理である」

摯鏡は喉《のど》を鳴らして愉快そうに笑った。

観衆たちは声を潜めて二人を見守っていた。雑口を叩こうとする者などもはや一人も無かった。静まり返った黄原に、遠慮深げに鐘を打つ音が響く。

「弓射の道は遥《はる》かなれば、一日で踏破すること能《あた》わぬ。そなたには時間がある。焦りは禁物であろう」

摯鏡はそう言い残すと、鵠に足を向けた。

彼は弓を構えると、僅かに間を置いた。すると重瞳《ちょうどう》に変化が生じる。ひとつの目に宿る二つの瞳《ひとみ》は、蓮《はす》のうえの雨粒が触れ合うように互いに吸収しあって大きな瞳となり、眼球の全てを黒く覆った。その瞬間、矢は放たれた。

矢は天と地を分かつ一条《ひとすじ》の線となり、鵠を目掛けて突き進んだ。観衆たちの目には、遠くにある鵠板が矢によって貫かれたか、確かには見えなかった。それでも外れたと疑う者はなかった。

観衆たちは忘我の境に入ったように、摯鏡を讃《ほめたた》える言葉を叫んだ。冠絶した彼の術に、涙する者もあった。識人たちは興奮にみな顔を紅潮させていたが、ひとり蝺九だけは血の気が引いたように青褪《あおざ》めていた。

己では伍《ご》することの能わざる相手だ。蝸九は、そのことをまざまざと思い知らされた。だが勝負を捨てることも出来ない。自分を見つめる識人たちの中には、きっとあの童女があるはずだ。

蝸九は意を決し、鵠へと歩を進めた。

「ゆっくりと弦を引くのだ」

背中から、摯鏡の声がした。

弓構えの姿勢に入った者に声を掛けるのは、避けるべきこととされている。だが彼が気を逸《そ》らすような真似《まね》をするとも思えない。訝しく思うものの、意図を問い質《ただ》す暇はなかった。

蝸九が矢を番《つが》え、ゆっくりと引き始めると――、
ぼくり、と耳元で鈍い音がした。

右手にかかる力が一瞬で消えた。弾《はじ》かれたように目を遣ると、握る弓の先端があらぬ方向に曲がっていた。弦を引く力に耐えかね、折れてしまったのである。

摯鏡はこうなることを察し、注意を与えてくれたのであろう。

気付いたが、もはやどうすることも出来ない。

蝸九の右手には、放たれぬままの矢が残されていた。

射儀は終わりを迎えた。しばらく蝸九は折れた弓を見つめ続けていた。

敗者の身となった蝸九を待っていたのは、予想もせぬ歓待だった。

珀媼は、その場で小躍りして言う。

「わしにはこうなることが分かっていたぞ。黄原へと連れてきたのは、その才を見込んでのことだ」

周囲からは、他の部族の識人たちも一斉に押し寄せてきた。小柄な蝸九たちを潰《つぶ》そうとするように、酒盃《しゅはい》を掲げながら迫ってくる。

「ぼうず、素晴らしい術を見せてくれたな。吾《わ》の酒を受けてくれ」

「いや、先に俺と盃《さかずき》を交わしてくれ」

「横入りするな、こっちの方が先に待っていたのだぞ」

宴礼において、杯送し合うことは重要な作法だとされている。だが蝸九は酒を嗜《たしな》むことはない。目を白黒させる彼の代わりに、次々と盃を受けてゆくのは珀媼であった。

「礼を贈り合うことで友誼《ゆうぎ》は結ばれる。酒を拒む愚か者など、どこにある」

などと喚《わめ》きながら、自らが地神代に就いたかのように片っ端から酒を呷《あお》ってゆく。識人たちが入り乱れてゆくなか、蝸九は身を低くしてそっとその場から抜け出した。

蝸九は、金色に輝く茅野に身を沈めて横たわった。

空の高くには薄雲がぽつりと浮かんでいた。摯鏡であれば、あれも射抜けるのではないか。なかば本気でそのようなことを思った。

果たして、自分は摯鏡の域まで達するのであろうか。蟵九は折れた弓をじっと眺める。摯鏡と自分との間には、埋めがたい技倆《ぎりよう》の差があるのは間違いない。だが、それ以外にも確実に彼より劣る点があった。

それは道具である。

腕も、弓も、彼には及ばない。

「おれは、永遠にあの者には勝てないのだ」

蟵九が天に向かって吐き捨てると、

「なんでそう決めつけるのかな」

応える声があった。

蟵九は逸《はや》る気持ちを抑え、ゆっくりと身体《からだ》を起こした。彼の視界にせり上がるようにして映ったのは、あの童女の姿。短く切りそろえられた髪が、野を吹き抜ける風に柔らかく靡《なび》いていた。

「一年であれだけ出来るようになったのだから、そのうち摯鏡さんにも勝てるんじゃない」

童女は軽く言った。

「弓射の道とは、そう単純なものでもないだろう」

今の蟆九には、自らが摯鏡に勝つことなど想像も出来なかった。

「今回だって最後の二人までは残れたんだから」

「負ければ意味がない」

童女が励ましの言葉を口にすればするほど、蟆九はむきになったように否定する。

「最後まで残れなかったみんなだって、すごい弓の使い手なんだし」

「彼らに優《まさ》ったところで、摯鏡は格が違う」

そのような遣り取りを繰り返すうち、童女は堪《こら》えきれなくなったように吹き出した。

「良かった、あまり落ち込んでないみたいで」

おもむろに童女は歩み寄ってきた。茅の中に座り込んでいる蟆九は退くことも出来ない。童女はさらに近付き、手を伸ばせば届く距離にまで迫る。蟆九は、思わず瞼《まぶた》を閉ざした。

「じゃあ、しばらくはこれで我慢してね」

ふわりと、何かを頭に載せられたような感覚があった。蟆九は頭の上にあるそれを摑《つか》んで、目の前に掲げてみる。

花冠であった。

葛《かずら》の蔓《つる》を編んで輪が作られており、所々に菫《すみれ》の花が散らされてあった。穏やかな芳香が蟵九の鼻をくすぐる。素朴な花冠だが、どことなく気品が漂うようにも見えた。

「おれのためにか」

童女は頷《うなず》く。

敗者の自分には冠など似合わない。蟵九は思うが、じっと向けられた童女の視線にそれを頭に戻した。背筋を伸ばして冠を戴《いただ》けば、沈んだ気持ちが引き上げられるようでもあった。

「礼を言いたい……」と言いかけ、蟵九は気付く。

先程珀媼は、礼とは贈り合うものだと言っていた。花冠を貰《もら》ったなら、何かを返さねばならないのではないか。焦《あせ》ったように身の回りを探るが、自分が手にするのは折れた弓しかなかった。だが、こんなものを貰ったとて迷惑なだけだろう。

「もしかして、それをくれるの？」

逡巡《しゅんじゅん》する彼の様子を察し、童女は訊《たず》ねてきた。

蟵九は、なかばやけになって、

「折れた弓では、使い物にならぬとは思うがな」と押し付けるように渡した。

両手で弓を受け取った童女は、悲しげに顔を曇らせた。

「これじゃ使えないかも」

確かに、こんな使えもせぬ弓など邪魔なだけであろう。蟵九はあたふたと詫《わ》びる言葉を探した。

童女はそんな蝸九をにんまりと見つめ、

「弓だけじゃ使えないでしょ。次に会うときには、矢も貰わなくちゃ」

屈託のない笑顔を咲かせたのである。

蝸九は、射止められたようにその場から動けなくなった。

固まる彼をよそに童女は弓を抱えて走り去ってゆく。だが、何かを思い出したように
不意に立ち止まり、

「栽南国《じなん》の瑤花《ようか》」

風に揺れる花のように、彼女はひらりと身体を翻《ひるがえ》した。

「それが、わたしの名前」

瑤花は、それだけ言うと黄金の茅原を再び駆けてゆく。

蝸九は小さくなってゆく彼女の背中に向かって、咄嗟《とっさ》に叫んだ。

「おれは蝸九だ」

ちらりと振り返った瑤花に向かって、胸を反らせて言い放った。

「次こそ、この大地より素晴らしい鵠を捉《とら》えてみせよう。矢を贈るのはそのときだ」

このときの約束を、彼は自らの裡《うち》に深く刻み忘れることはなかった。

＊

宴礼射儀を終えた鳰九たち一行は、足取り重く帰路についていた。

先頭をゆく珀嫗は、しこたま飲んだ酒が残っているせいであろうか、顔をしかめて歩を進めている。だが表情が鈍いのは一滴の酒も口にしていない鳰九も同じか、それ以上と見えた。

瑤花に相応《ふさわ》しい者となるためには、当然ながら摯鏡より遠くの鵠を捉えねばならない。技倆を伸ばす余地なら、まだ残されている。鍛錬を積めば、摯鏡を凌《しの》ぐほどになるかは別としても、今より上達することは間違いないだろう。

問題は道具の方である。

遠くにある鵠を狙うためには、より剛性のある弓が必要となる。ただ硬すぎる木材を使えば、繊細な狙いをつけることが難しくなる。弓を作り直すにしても、その両者を調和させる技術はなかった。

思案を続けるうち、いつしか黄金に輝く茅原は去り、砂礫《されき》に覆《おお》われた平地に変わっていた。視界の奥には、うっすらと山々の稜線《りょうせん》が覗《のぞ》いている。黄原を抜け、玄州に差し掛かっていた。

すると螞九の耳にやけに陽気な歌声が聞こえてきた。

「日用の品でも、それ以外でも、お望みのものは何でもご用命あれ」

馬に牽《ひ》かれやって来たのは、禺奇《ぐうき》の商隊である。

その姿を目に捉えた瞬間、珀媼はどこに力を隠していたのかその場に飛び上がった。

「おお、ずいぶんと早いではないか」

珀媼にとって帰路の楽しみといえば、禺奇から物を買うことしかない。

近付いてきた禺奇は、両腕を大きく広げた。

「伍州じゅうをめぐって逸品珍品を仕入れております。ぜひともお手に取って御覧《ごろう》じろ」

禺奇の手の動きに従うように、配下の沽人《こじん》たちは横一列に広がって行李《こうり》を降ろした。

珀媼は、興奮気味に行李の一つひとつを覗き込む。

「これはすごい。見たことのない品ばかりだわい」

伴《とも》をする螞九たちは、その様子を冷ややかに見つめている。彼らは商品の御代《おだい》となる石塊《いしくれ》を持ち合わせていない。珀媼が買い込む品が多くなるほど、運ばねばならぬ荷物が増えるだけだった。

するとと商隊を率いる禺奇が、するすると螞九に身を寄せてきた。

「なにか、ご入用のものはありませんかな」

「何も無い」

蝎九がすげなく返すと、視線の先に禺奇が回り込んできた。

「本当に、欲しているものは無いのですかな」

「どういう意味だ？」

「たとえば……」

禺奇は右手の人差指をぴんと立て、小刻みに動かした。その合図に、彼の配下が行李の中から取り出してきたものがあった。

「これも、あなたのような方に使ってほしいと願っているはずです」

弓だった。

それも一目して分かるほど飛びきり上等な。

しなやかに弧を描く弓幹《ゆがら》は、光沢のある漆で塗られていた。持ち手は青銅で作られ、細かい文様で装飾されている。張られた弦も樹皮を撚《よ》ったものなどではなく、麻糸に何度も蠟《ろう》を含ませて丈夫にしていた。

「手製の弓であの摯鏡様と争われたと聞いております。この弓をもっと早く手にしておられましたら、いかなる結果となったでしょう」

欲しい。その弓に吸い寄せられるように、気付かず蝎九は手を伸ばしている。

「ですが、ただでとはゆきません」

禺奇はさっと弓を引いた。

「沽人であるわたしとしても、鍛錬によって弓射の術を磨かれたあなたのような方に勝利を収めてほしいと願っているのです」

禺奇は眉尻《まゆじり》を下げ、さも申し訳なさそうな顔を作る。

「しかし、ただで弓を渡すということは出来ません。何かをお渡しするためには、何かを頂かねばならない。それが、わたしたち一族の決して曲げられぬ掟《おきて》なのです」

その言葉に蝺九は腕を組む。

「おれが、翠《みどり》の石を持ち合わせていないことは知っているだろう」

禺奇も同じように腕を組み、思案するように首を捻《ひね》った。しばらくして、大げさに手を打った。

「こう致しませんか。あくまで形の上でのことですが、御代としてそれを頂戴《ちょうだい》するというのは」

禺奇の視線は、蝺九の頭の上に向けられていた。

「だがこれは……」

蝺九は言いかけた口を閉ざす。瑤花は、敗者となった自分を慰めるためこの花冠を授けてくれた。だが胸を張って彼女と再会するには、勝者とならねばならない。どうしてもこの弓が必要だった。

「これは、素晴らしい御代をありがとうございます」

いつしか花冠は禺奇の手の中に移っていた。少し遅れて、自分の手がきつく弓を握りしめていることに気付く。

「互いにとって、良い取引きとなることでしょう。心から感謝を申し上げます」

禺奇はそう言うなり、花冠を自らの頭に載せた。そのとき、螞九を捉えたのは激しい後悔であった。瑤花の花冠が、得体のしれぬ沽人の頭に収まっている。それは彼女に対する大きな裏切りに思えた。

今さらそれを取り返すこともできず、未練がましく花冠を見つめていると――螞九は己の目を疑った。

たちどころに花冠の姿は衰えていった。ちりばめられていた菫の花は萎《しお》れ、輪に編まれていた葛の蔓も色褪《いろあ》せるどころか、黒く爛《ただ》れて腐臭まで漂わせ始めた。

「どうされましたか」

腐《くさ》れた葛から、禺奇の額に黒汁が幾筋も流れ落ちる。汁は顎鬚《あごひげ》を伝い、その先からぽとり、ぽとりと滴《したた》っていった。

あまりの異様さに螞九は言葉を失った。瑤花の花冠が、ただ野草を編んだものではなかったことに今更ながら気付いた。螞九は、手が痛くなるほどきつく弓を握りしめた。この選択は間違っていなかったのだと、自らに言い聞かせるように。

南朱列国演義《なんしゅれつこくえんぎ》　載南《じなん》　第四回

真気《しんき》が地下に籠《こ》もってからというもの、載南国では至って平穏に日々が過ぎた。それが祭祀の効果のためかは分からぬが、大いに結構なことである。

廟社のなかにある真気は、変わらず暗闇のなかで祈り続けている。他にすることと言えば、側仕《そばづか》えの者が運んでくる食膳《しょくぜん》に箸《はし》を伸ばし、水瓶《みずがめ》に布をひたして身体を清め、時おり馬桶《おまる》に楚々《そそ》と排泄《はいせつ》をするくらい。室の片隅にある牀《しょう》で眠るときでも、その口は寝言のように祝文《じゅもん》を詠じるのであった。

常人であれば、一日たりとも耐えられない生活であろう。息のつまる地下廟社に閉じこもり、ろくに身体を動かすこともできず、さらには目を閉ざして地神へ祈り続けるのである。

真気がそれを為《な》しえていたのは、彼の卓絶した忍耐力のたまものである。ただ他に理由を探すなら、彼の心を慰める者の存在があったことに気付く。

これまでも瑤花は昼寝するのに適した場所を求めて、あるいは口煩《くちうるさ》い炎能《えんのう》から逃れようとして、たびたび廟社に忍び込んでいた。そんな彼女が、さらに足繁《しげ》く通わざるを得なくなる出来事が訪れた。

「瑤花様、いったいどこへ行かれたのですか。せめてお相手の顔だけでも見てやってください」

廟社の壁がびりびりと震えた。それほどの大声を持つのは広い栽南においても炎能の他にはいない。

「良いのか、出ていってやらなくとも。このままでは廟社が崩れてしまいかねんぞ」

真気は祈りを止め、室《や》の片隅に声をかけた。

「出ていかない。たとえ廟社が崩れてもね」

「そうは言ってもだな……」

「出ていったところで相手を追い返すだけなんだから。結果は同じでしょ」

これで話は終《しま》いだと言わんばかりに、瑤花は語気を荒らげた。

炎能が瑤花に引き合わせようとしていたのは、王配の候補者である。栽南国の女王は必ずしも夫を必要としないのだが、炎能は政《まつりごと》に関心を持たぬ彼女のため、補佐役を立てようとしていたのであろう。

いずれにせよ、栽南では十五ともなれば立派な大人である。瑤花とて、いつまでも気ままな暮らしを続けるわけにはいかない。王配であろうが補佐役であろうが、彼女を支える者の助けを得て国を導かねばならなかった。

ただ炎能の気遣いは、当の本人には余計なお世話にしか映っていない。

「お互い気まずい思いをするより、わたしが悪者を買って出たほうが丸く収まるってもんなの」

瑤花はもっともらしいことを言うと、さっそく昼寝を決め込んだ。

そんな二人の穏やかな日々も、永遠に続く訳ではなかった。

壙国《こう》の王子が従国へ遣わされるのは、十五の齢《よわい》を迎えるまでの期間。長じれば壙邑《こうゆう》に戻って蝠帝《ばてい》を補佐せねばならない。真気に残された栽南での日々は、一年を切っていた。

瑤花もそのことを忘れたわけではない。

「やっぱり真気って、来年になると壙へ帰っちゃうんでしょ」

暗い廟社のなか彼女は尋ねた。

「そのとおりだ」

「やっぱり、あんまり気が進まないんでしょう」

真気は小さくため息を溢《こぼ》した。

「自らの行く末を選べる身ではない。遣わされた国にて地神へと祈りを捧げ、長じれば壙邑に戻って直接に蝠帝を支える。それが壙国の王子として生まれた者の定めである」

「いちばん下っ端の王子でも」

「そのとおりだ」

真気は素直に認めた。

「だったら仕方ないか」

　こんどは瑤花がため息をつく番だった。

「この国の行く末を見守れぬのは心残りであるがな」

「今の裁南だって見てないじゃない」

「そう言われては返す言葉もないな」

「やっぱり、一度くらい見といた方が良いんじゃないかな」

　瑤花の口調は真剣だった。

「何を申すか。いつぞやも言ったであろう。余は目を封じているゆえ裁南の姿を見ることは叶《かな》わぬのだと」

「見ることが叶わぬ、ね……」

　瑤花は口の中で呟《つぶや》くと、暗闇《くらやみ》の廟社から這《は》うようにして出ていった。


　それからしばらく、瑤花は廟社に姿を見せなかった。

　真気は心細くなった。彼女の身に何かあったのではないかと案じられてならないが、外に確かめに行くわけにはいかない。不吉な予感を振り払うように、祭壇に向かって一心不乱に祝文を唱え続けた。

　瑤花が再び廟社を訪ねたのは、七日後のことである。

「どうしたのだ。しばらく姿が見えぬようであったが」

「ごめん待たせたね」

憮然《ぶぜん》とした声を出した真気に、瑤花は軽い調子で詫《わ》びた。

「じゃあ、行こうか」

「……行こう、だと」

彼のもとに驚愕《きょうがく》が届いたのは、少し遅れてのことだった。

「瑤花よ、いかなる意味で言っておるのだ。余が行けるところなど無いというのに」

「あるよ。だから外に行こうって言ってるの」

「何を言い出すのだ。そなたも理解しているであろう。余が廟社に留まるのはこの地を安堵《あんど》させるため。僅《わず》かの間でも祭祀《さいし》を怠ればかならず報いが訪れる」

「僅かの間って言うけど、真気もご飯を食べることも眠ることだってあるよね」

真気はぐっと言葉を詰まらせる。

「じゃあ、行こうか」

瑤花はそれで結論は出たとばかりに、闇のなかを這い寄っていった。

「瑤花よ待つのだ！」

真気は後退《あとじさ》り、背中を廟社の壁にぶつけた。

「考えてもみよ。余は祝文の力を減じさせぬよう、目を閉ざし続けねばならない。外へ出たとしても、何も見ることができぬ。そなたが、余を外へ連れ出したとしても意味がないのだ」

「意味はあるよ」

瑤花は断言した。

「外に出てみれば、きっと分かるから」

瑤花は真気の手をしっかと握り、なかば彼を引きずるようにして廟社の外に連れ出した。

その瞬間、紗幕《しゃまく》のように柔らかく肌を撫《な》ぜる、風の感触を真気は思い出した。僅かな痛みを伴い、じりじりと照りつけてくる太陽の強さのことも。忘れかけていた外の世界に、自分は立っているのだ。だが分かったのはそこまでである。

「久方ぶりの外だな。だが瑤花よ、余には何も見えぬのだ」

「それは知ってる」

瑤花は少し鬱陶《うっとう》しそうに言い、

「とにかく、そこまで歩いてみようよ」と真気の手を引いた。

真気が一歩ずつ慎重に歩を進めると、足の裏から草の感触が伝わってきた。瑤花が手を引いてくれるおかげで転ぶことはなかったが、長いこと身体を動かしていなかったせいで関節から軋《きし》むような音がする。

次第に足元から伝わってくる感触は、砂礫混じりのでこぼこした荒道のそれに変わってきた。王宮の敷地を外れ、民たちが暮らす土地に移ってきたのであろう。ここまで来ればひとりで廟社に戻ることはできず、瑤花の気が済むまで付き合う他はない。

「おやおや、瑤花様も隅におけませんなあ」

しわがれた老人の声が耳に届いた。

「そんなんじゃないよ。大老爺《おじいさん》もよそ見して転ばないようにね」

瑤花はそうあしらうと、足を止めずに進んでゆく。

「良いのか、挨拶《あいさつ》も交わしていないが」

「気にしなくて大丈夫。わたしも名前まで知ってるわけじゃないしね」

いましがた瑤花に語りかけた者の言葉は、臣下から女王に向けられるものではなかった。とはいえ瑤花が名前も知らぬのだから、王族に列する者でもない。ならば彼《か》の老人は、肩書を持たぬ市井《しせい》の民ということになろう。

壙国では到底考えられぬ話だった。壙王の姿はむろん民草が目にすることはできず、王族に声をかけようものなら即座に首が刎《は》ねられる。真気にとって、あり得ぬはずの光景がそこに広がっていた。歩を進めているとあちこちから声を掛けられ、瑤花はそれに挨拶を返したり、ひやかしに声を荒らげたりしている。

「余は、間違っていたようだな」

と真気は足を止めた。

「こうして歩くだけで栽南という国を知ることができた。女王であるそなたと、民たちがいかに強く結ばれているかをな。廟社から連れ出してくれたことに、礼を言いたい」

真気は、しみじみと感謝の言葉を述べた。

「だからこそ戻らねばならない。この栽南に災いが訪れぬよう、廟社に籠もって祭祀をおこなわねばならぬのだ」

だが神妙な面持ちになった真気に向かって、瑤花はぶるぶると首を振った。

「いやいや。今ので栽南が分かったつもりになられては困るよ。いいから、もうちょっと付いてきて」

瑤花は手を引っぱり、これまでより早足になってずんずん進み始めた。その勢いに、真気は足がもつれそうになる。

「ちょっと、ちょっと待ってくれ」

瑤花は応えず、土を踏む足音だけが辺りに響く。すっかり体力の衰えた真気は息も絶えだえとなり、立ち止まってしまおうかと迷い始めたところで、

「このへんでいいかな」

ようやく瑤花は足を留めた。

真気は呼吸を整えながら辺りに耳をそばだてたが、様子はまるで分からない。

「せっかく連れてきてもらっても、余には何も分からぬ」

真気は嘆くように言う。

「本当にそう？」

瑤花は含みのある声で問い返してくる。

どういうつもりなのであろうか。自分が目を開けられないことは、瑤花も理解しているはずだった。何の意味もなく、この場所まで連れてきたとは思えない。真気が頭を悩ませているそのとき、びょうと風が吹き抜けた。

「これか」

真気は小さく呟く。鼻先をくすぐる風が、彼に答えを教えてくれていた。

大きく息を吸い込んだ。鼻孔から伝わってきたのは、柑橘《かんきつ》の実を割ったような鮮烈な香りだが、熟れた果実が持つ特有の甘さは感じられない。

「花が、咲いているのだな」

瑤花は応えるかわりに、彼の手を取ってゆっくり歩みはじめた。

歩調に合わせ、香りもくるくると変化してゆく。摘みたての茶葉のような奥行きのある芳香。熟れすぎた桃のように、快と不快の境を漂う噎《む》せ返るほど甘ったるい匂《にお》い。鼻孔の奥にわずかに刺激を与える、爽快感《そうかいかん》を伴う香り。

それらの香りは、真気の奥底にある記憶と結び付いていった。

いつしか真気は咲き乱れる花のなかを歩んでいた。彼の固く閉ざされた瞼《まぶた》の奥には、花々で彩られた鼓南の大地がありありと映し出されていた。

「美しい」

思わず真気は笑みを溢《こぼ》した。

その小さな呟きを瑤花は捉えて、

「でも、花は鼻だけで愛《め》でるものではないからね。いつかその目で確かめてみて」

真気は何と返すべきか迷った末、憂《うれ》いを帯びた笑みを浮かべて言った。

「願わくばな」

年が明ければ真気は十五となり、壙邑に帰らねばならない。二度とこの地を踏むことは叶わないと理解していた。

時の流れは、瑤花と真気が子供であり続けることを許してはくれない。

二人の幼年時代は終わりを迎えようとしていた。

歴世神王拾記《れきせいしんのうじゅうき》　媽帝《ばてい》　巻四

山の木々も末枯《うらが》れた玄州に戻ってきた媽九は、さっそく弓を抱えて小川のほとりに向かった。彼が鵠《まと》の代わりに狙《ねら》う川岸の槐樹《えんじゅ》には、ちらほらと白い花が散り残るのが見えた。

媽九はその樹《き》を遠く窺《うかが》う岩場に立ち、弓を構えた。弦《つる》を引き絞ると、漆で塗られた弓《ゆ》幹《がら》は力を入れずして大きな弧を描く。手を離せば、筋肉の蠕動《ぜんどう》めいた動きで矢を前方へ跳ね飛ばした。

矢は糸を引くようにして槐樹に向かい幹に深く突き刺さった。

「これは、弓か」

媽九は思わず眉《まゆ》をひそめた。自分が作った弓とはまるで別の道具を扱っているようだった。

その感覚を確かめるべく、二射、三射と続けざまに矢を放ってゆく。いずれも狙ったとおりに飛び、些《いささ》かもぶれることがない。幹に刺さる矢を、続いて放った矢はぴったりと捉え、軸を引き裂きながら同じ場所へと突き立つ。何度矢を放とうが幹に突き立つ矢は一本だけ。直前に射られた矢を真っ二つにし、さらに深く穿《うが》ってゆく。

ぱちぱちと薪《まき》が爆《は》ぜるような音がし、槐樹はゆっくりと傾《かし》いでいった。蝎九の矢が脈所を断ったのだ。槐樹は花を宙へ撒《ま》き散らしながら、どうと倒れた。

蝎九は啞然《あぜん》として言った。

「あまりに過ぎた力だ」

これまでは弓と自らが一体となることを目指していた。狙うとおりに飛ばなければ射法を改善し、弓を調整し、術を高めるため互いに歩み寄る。だが禺奇の弓は違った。正しく射さえすれば鵠を違《たが》えないため、弓が求めるよう自らを馴致《じゅんち》せねばならないのだ。

それは蝎九が武具の一部となることを意味していた。口には持たぬはずの牙《きば》が生え、指先に鉤爪《かぎづめ》が備わるが如《ごと》き感覚である。力が増してゆくのは快感だった。いつしか彼は動かぬ樹木を狙うのでは飽きたらず、空をゆく鳥に矢先を向けるようになっていた。

蝎九が、弓に囚《とら》われそうになる己の心をかろうじて律することが出来たのは、瑤花《ようか》との誓いがあったからであろう。

毎夜、人気《ひとけ》のない森の中からかちかちという音が響いてくる。壙《あなぐら》をしのび出た蝎九が立てる音だった。彼は、青銅で出来た細い棒状の鏨《たがね》で一心不乱に砂岩を削っていた。石材には一本の溝が引かれ、その両端にあるのは鏃《やじり》と矢羽の形。

蝎九は、矢の形に石を彫っていたのである。

先の宴礼射儀《えんれいしゃぎ》において、瑤花に矢を贈ることを誓った。ただ花冠の返礼に武具を渡すというのでは、あまりに無粋である。そこで螞九は、矢を象《かたど》った首飾りを拵《こしら》えようと思いついたのだった。

素材として用いるのは青銅である。その扱い方は、弓を購《あがな》った際に禺奇から教わっていた。沽人《こじん》たちの矢は鏃に青銅を用いる。矢は消耗品であるため、その作り方を螞九に伝えておかねばならなかったのだ。

今、螞九が作っているのは鋳型《いがた》である。石型を二つ組み合わせ、隙間《すきま》に溶かした青銅を流し込む。冷え固まれば、刻まれた形どおりに青銅器が出来上がるはずだった。

その細工には緻密《ちみつ》さが必要とされた。少しでも左右の石型がずれてしまえば、完成品は歪《いびつ》になる。金属を流し込んだ際、その熱で石に罅《ひび》が入ることもあった。何度も試作を繰り返した末、満足のゆくものが完成したのは宴礼射儀を間近に控えたあくる年の秋のことであった。

鋳型から取り出した矢形の首飾りは、月の光を受けて冷たく輝いていた。それを眺めるうち、次第に螞九は不安になってきた。果たして、うまく瑤花に渡せるだろうか。彼女の前に立てば、伝えるべき言葉が出てこない気もする。

そこで螞九は珀嫗《はくおう》から文字を習い、矢の軸となる部分にこのような一文を刻んだ。

「壙《こう》国の螞九、栽南《じなん》国の瑤花へ矢を奉じ、之《これ》を執らしむ。枉矢《おうし》、辞するに足らざるなり、敢《あ》えて固く以《もっ》て請《こ》う」

自らの暮らす壙《あなぐら》を「壙国」と記したのは、彼のわずかな虚栄心が現れたと見るべきであろう。

蝸九は自らに言い聞かせるように独りごちた。

「愈々《いよいよ》もって負けられなくなったな」

瑤花へと矢を渡すのは、そうするに相応しい者となったとき。つまり射儀において勝利を収めねばならないのだ。

「おれに出来るのか」

蝸九は自らに問う。

出来ずともやらねばならなかった。その勝利は、瑤花の花冠と引き換えに求めたものなのだから。

*

蝸九にとって三度目の、そして最後となる射儀が始まった。

射場には見覚えのある顔ぶれが集まってくる。蝸九が茅《かや》を掻《か》き分け歩を進めていると、のっしのっしと大きな歩幅で近付いてくる者があった。

「昨年のようなまぐれが続くと思うなよ」

長猩《ちょうしょう》は目を剝《む》いてそう言うと、蝎九の手元にある新しい弓に気付いた。

「弓具を新調して技倆《ぎりょう》を補おうとするのは、お前のような初学の者が考えがちなことだ。だが、それで地神代の座を得ようとは実に浅はかな――」

蝎九は僅《わず》かにも目を向けようとはしない。

「聞いているのか」

長猩は声を尖《とが》らせる。

実際、その言葉は蝎九に届いていなかった。彼を侮《あなど》ったわけでなく、自らの感情を制するのに必死だった。禺奇の弓が持つ力に囚われそうになる己の心、摯鏡《しきょう》と競わねばならぬ不安、そして瑤花への誓いを果たさねばならぬという覚悟。それらが、胸のなかで綯《な》い交ぜになっていた。

ほどなくして射儀の開始を告げる鐘音が鳴り響く。

真っ先に歩み出たのは蝎九だ。

射手たちは顔を見合わせた。射儀において最後に弓を取るのは地神代だが、先《ま》ず以て行うのもまた名誉なこと。新参者である蝎九の行動は、あまりに礼を失したものであった。

だが他の者が止める間は無かった。

弓を構えたはずの蝎九の右手には、既に矢の姿が見当たらない。

外した。

他の識人《しきじん》たちはそう考えた。鵠に刺さる矢はなく、掲げる竿《さお》がしなることもなかった。蝺九が放った矢はいずこかへ飛び去ってしまったのである。

だが摰鏡だけは表情を険しくし、眼光鋭く蝺九を見つめた。

弓をおろした蝺九は、順番を待つ射手たちの中へと戻った。これには他の識人たちも困惑の表情となる。鵠を違《たが》えれば射場から去らねばならないことは、いくら新参者でも知っているはずだった。

「なにか問題があろうか。蝺九の矢は鵠を捉えている」

突如響いた摰鏡の声に、射手たちは驚いたように目を見開いた。

いくら地神代の言葉とはいえ、素直に頷くことは出来なかった。眼前の景色がそれを否定しているのだ。

出し抜けに駆け出したのは長猩だった。地神代が何と言おうと、確かめてみれば明らかになる。竿の傍に辿《たど》り着いても、やはり目に映るものは変わらなかった。突き立つ矢はどこにも見当たらない。

「間違いなく、あの坊主《ぼうず》は鵠を違えたのだ」

長猩はほくそ笑んだ。

そのとき黄原を一陣の風が吹き抜けた。竿が微かに揺れ、長猩は鵠板の中央に目を凝らした。そこには小さな穴が穿たれ、竿の揺れに合わせて青に白にと色を変えている。背後にある空が透けているのだ。

「まさか……」

つまり蟵九の矢は竿を揺らしもせずに鵠を貫き、さらに目の届かぬ彼方《かなた》へ飛び去ったということか。

長猩は思わず振り返った。射手たちの中に、小柄な蟵九がぽつんと佇《たたず》んでいた。その姿は、殺気を押し隠しながら身を伏せる虎狼《ころう》をどこか思わせた。

蟵九が見せた不気味なまでの弓の冴《さ》えに動揺したのか、射手たちは例年よりも早く射場から去っていった。むろん、摯鏡と蟵九は射場に留まっている。二人が上り詰めた術の高みに届く者は他になかった。

射儀を取りしきる有翼の識人たちは、鵠を遥《はる》か遠くへと運んでゆく。二人が過《あやま》たぬがゆえに、鵠板の中央に描かれた黒円はもはや胡麻粒《ごまつぶ》よりも小さく、虱《しらみ》の目ほどにも定かに見えなくなっていた。

蟵九がその様子を見守っていると、

「いったい、その射法はどうやって身につけたのだ」静かに摯鏡は問うてきた。

「この弓に求められるよう射ているだけです」

「そうか」

摯鏡は自らの弓をしごいた。

「おかしなことを訊《き》いたようであるが、気になったものでな。弓というものは目的があって形づくられる。予の弓は、従える鳥どもになにか咎《とが》があったとき、それを処断するためのもの。早く飛ぶものを捉えるため、取り回しのよい姿をしているのだ」

摯鏡は螞九の持つ弓にちらりと目を遣った。

「しかし、そなたの弓がいったい何のために作られたのか、予にも見当がつかぬ。それはまるで……」

そのとき遠くで鐘が鳴った。鵠を据え終えたことを告げる音だった。

摯鏡は喙《くちばし》を閉ざした。語らうべきときは終わったのだ。

螞九の足は竦《すく》んだように動かない。

視線の先には、風に揺れる金色の茅が広がるだけ。鵠は霞《かす》んで見えなかった。目でも捉えきれぬものを、矢で射ることなど出来ようか。螞九の胸に臆《おく》するような気持ちがよぎった。

その様子を見て、摯鏡がゆっくりと歩み出た。

彼はいつもと変わるところがない。肩幅よりも広めに足を踏み、上体は脱力して弓をやや上方へと構えた。重瞳《ちょうどう》は互いに引かれ合い、ひとつの大きな虹彩《こうさい》を作った。黒一色となったその目で鵠を鋭く見つめる。

摯鏡が矢を放った瞬間、螞九は確信した。

「当たった」

矢は天に駆け上がり雲を掠《かす》めて大きな弧を描くと、鵠へと向かって真《ま》っ直《す》ぐに驀進《ばくしん》してゆく。彼が見せた射は非の打ち所がなかった。たったひとつ、時機を得ていなかったということを除いて。

ひょう、と音がした。

黄原を鋭く風が吹き抜けた。茅の穂先が風に引きちぎられ、無数の羽虫が飛び立つように宙へと撒き散らされる。それでも摯鏡の矢の勢いは衰えることもなかった。鏃《やじり》の先で茅を砕きながら、引きつけられるように鵠の正中へ向かってゆく。

だが鵠はあまりに遠く、僅かな狂いさえも許されない。

摯鏡の矢は、鵠板を掠めて茅原の中に消えた。

「発したが中《あた》らず」

すぐさま摯鏡は声を上げ、その結果を識人たちに知らしめた。

黄原はどよめきに包まれる。

識人たちは不安げに視線を交わした。地神代が鵠を違えるということは、それだけの重みを持っていた。その場に集う者たちは、なにか凶事の前触れではないかと声を落として囁《ささや》き合った。

集った観衆以上に、螞九は心を乱していた。彼にとって摯鏡の射法は目標そのものだった。摯鏡ですら違えた鵠を自分が射抜けるわけもない。そう思うと、弓を握る手がぶるぶると震えてきた。

遠くから、有翼の識人が奏《かな》でる音曲が運ばれてくる。

螞九が顔を上げると、周囲から向けられている数多《あまた》の視線に気付いた。摯鏡を慕う識人たちは、螞九が地神代となることを望んでいなかった。数百、数千という目が彼を睨《にら》みつけていた。

「おれが何をしたというのだ」

螞九は呻《うめ》くように言い、はっと目を見開く。

たった一人、輝く瞳を自らに向ける者がいることに気付いた。

瑤花がこちらを見つめていた。

遠く距離をおいて、二人の視線が触れ合った。

瑤花は、ひらひらと手を振った。

「がんばってね」

と言うように、彼女の口が動いた。

螞九は思い出す。自分は何のために弓を取ったのか。地神代として識人を従えたいわけでもなければ、摯鏡を打ち負かしたいわけでもない。単に、瑶花との誓いを守りたいだけなのだ。

いつしか手の震えは止まっていた。

蟵九はすっと目を上げ、彼方にある鵠に視線を向けた。黄原を覆《おお》う茅は、光を受けた川面《かわも》のように金色に輝いていた。さざなみ立つ茅原の上に、鵠板の中心に描かれた黒点がぽっかり浮かぶのが、手に取るほど近くに映った。

その瞬間、蟵九は矢を発していた。

「見事」

背後から摯鏡の声が聞こえた。

やや遅れて、有翼の識人が地に突き立っていた竿を引き抜き、大きく左右に振った。

今年の射儀において、最も遠くの鵠が射抜かれたことを示しているのだ。

「当たったのか」

蟵九はぽつりと呟く。

その声に応えるように、割れんばかりの歓声が沸き起こった。蟵九が振り向くと、摯鏡は満足げに頷《うなず》いた。観衆の中に目を向ければ、無邪気に飛び跳ねる瑶花の姿があった。

「勝った」

蟵九は嚙《か》みしめるように言い、自然と己の懐《ふところ》に手を添えた。

服の内側には、瑤花に贈る首飾りが仕舞われていた。安堵が螞九の胸に広がってゆく。これで矢を渡すことが出来るのだ。約束を果たすため、瑤花に向かって足を踏み出した

そのとき——、

激しい衝撃に、天地は翻《ひるがえ》された。

南朱列国演義《なんしゅれつこくえんぎ》　戴南《じなん》　第五回

月日が巡れど、真気《しんき》は判で押したような日々を繰り返していた。日がな一日、祭壇に向かって祈り続けるだけである。傍らに昼寝をする瑤花《ようか》があるのも変わらなかった。真気はしばし祈りを止め、すぅ、すぅといつ終わるとも知れぬ寝息に耳を傾けていた。

すると闇の向こうから声がした。

「どうしたの」

「なんだ、起きていたのであるか」

真気は少しばつが悪そうな声を出した。

「何か言いたいことがあるんだよね」

真気はしばし口を噤《つぐ》んで考え込んだが、

「壙《こう》国へと帰らねばならぬときが来たのだ。余が五年のあいだ戴南で祭祀を続けてこられたのは、全《すべ》てそなたのおかげだ。少し早いが礼を言いたくてな」

「そっか。もう五年も経《た》つんだ」と瑤花は驚く素振りも見せず、

「それで、帰るのはいつになるの？」

真気は些《いさ》か落胆した。五年も月日を共にしてきたのである。愁嘆場を演じたいとまで

は思わなかったが、多少なりとも悲しんでくれると期待していた。

「明日だ」

真気はなかば憮然《ぶぜん》として言った。

「出発するのは明日ね。だったら今日はゆっくり休んだほうが良いよ」

だが瑤花は気にするそぶりもなく、そそくさと廟社を出ていってしまったのである。

「なんだ、冷たいものだな」

暗い室内に真気の声だけが響く。

あまり気にするべきでない、と真気は己に言い聞かせた。瑤花も悲しみを押し殺し、あえて気丈に振る舞っている可能性もある。それに彼女も一国の王なのだ。真気が壙へ帰ることになり、急に現実へと引き戻される心持ちがしたのかも知れない。

ただひとつ、真気には困ったことがあった。それは帰路である。栽南を去るまでは視界を封じておかねばならないので、誰かに国境まで連れていって貰《もら》おうと考えていた。そのことを相談しようにも、既に瑤花は去っている。

「瑤花の言うとおり、今日は早く休むことにするか」

真気はため息まじりに呟き、慣れた様子で室の片隅にある牀《しよう》に身体《からだ》を横たえた。

しばらく彼のもとに眠りは訪れてくれなかった。姿勢を変えつつ横になっているうち、次第に波間を漂うような心持ちになってきた。意識が夢寐《むび》へと落ちゆくのかと思ったが、実際に身体が揺れているような気もする。

「そろそろ起きなくて良いの」

夢ではなく、瑤花が揺すっているのである。

「もう、そんな時間であるか」

「まだ日は昇ってないけれど早すぎたかな？」

「いや礼を言う。今日は何があっても遅れるわけにはゆかぬ」

真気は牀から立ち上がるなり切り出す。

「夕刻にもなれば壙兵がやってこよう。それまでに国境に辿《たど》り着いておらねばならぬ。誰か余をそこまで送って貰えぬ――」

「そんなことは後で良いから」

言い終わらぬうちに、瑤花が手を引っ張った。

「これは今すべき大事な話であるのだぞ」

「分かってるって」

瑤花は引く手をゆるめず、そのまま真気を廟社の外に連れていった。

真気が訳も分からず付いて行くと、

「足元に気をつけて」

と声をかけられた。足を進めると、そこにあったのは高床に上る階段だった。栽南の王宮に足を踏み入れたのだ。

広堂はしんとしていた。五年前のような無遠慮なざわめきは無かった。真気の耳に届くのは微かな息遣いや、衣擦《きぬず》れの音だけ。だがそれだけで、多くの者達がこの場に犇《ひし》めいていることが察せられた。

そこで真気はふと足を止めた。

彼のもとに届いていたのは音だけではない。辺りに満ちたその香りは――、

「花だ」

真気は呟いた。

花畑の中に佇んでいるように、芳醇《ほうじゅん》な香りに包まれていた。一つひとつ異なる花々がそこに咲いている様子が、ありありと伝わってきた。

「これはいったい、どういうわけだ」

「良い香りでしょ」

瑤花は自慢気に言った。

「ここにいるみんなは花冠をかぶっているの。花冠は、頭に載せたそれぞれの人となりを映して、異なった花を咲かせる。二つとして同じ色も香りもない。これなら目を閉じていたって、みんなのことが伝わってくるでしょう」

あらためて、真気は大きく息を吸い込んだ。彼の身体を、花の香りが満たした。そこ

には、栽南の人々が抱く思いまでが含まれているように感じられた。この地を護《まも》るため己の身を捧《ささ》げるようにして祈る真気の姿に、栽南の人々はいつしか畏敬《いけい》の念を抱くようになっていたのである。

「真気様！」

感極まるように大声を発したのは炎能《えんのう》だった。

彼がその場に立ち上がると、向日葵《ひまわり》のような青さを含んだ力強い香りが漂ってきた。

「これまで五年の長きにわたり、栽南に平穏を齎《もたら》してくださった御恩、この地にある者たちは忘れはしません。壙国に戻られましても、真気様が健やかにあらせられることを心より願っております」

炎能の言葉によって堰《せき》が切られたように、広堂のあちこちから声が飛んできた。

「これまでありがとうございました」

「栽南に穏やかな日々が続いたのも真気様のおかげでございます」

「くれぐれもお体には気をつけて」

喧騒《けんそう》のなか、真気の耳元で瑤花は言った。

「真気が急に帰るって言うから、みんな慌《あわ》てて集まったんだよ」

彼女がそそくさと廟社を出たのは、花冠の準備をするためだったのだろう。それなのに彼女を薄情だと早合点してしまった。真気は心のなかで瑤花に詫《わ》びた。

「裁南にある諸氏、諸族の長《おさ》、そして民たちよ」

真気は声を轟《とどろ》かせた。

「余の祭祀の本旨とは、先にある災いを避けようとするもの。今後も女王瑤花を補翼し国を強くすることが、やがて己《おの》が身を助けよう。今後余と見《まみ》えることは無くとも、この言葉だけはゆめ忘れずにおくことだ」

それが彼の別辞だった。

やや場にそぐわない言葉とも取れたが、喧騒のなかそのことに勘付く者はなかった。ただ一人、このときも気配を消しながら広堂の片隅にいた観軍長の微鳳《びほう》を除いて。

「ひとつ頼みがある」

真気は名残り惜しさを僅かに滲《にじ》ませ、瑤花に切り出した。

「夕刻までには、余を迎えに壙兵がやってくる。いくら友宜《ゆうぎ》を結ぶ国とはいえ、兵たちを都に入れるのは賢いおこないではない。それ故《ゆえ》、余は国境で待つつもりなのだが……」

「なんだ、そんなことか」瑤花は軽く笑って、

「わたしが連れて行くよ。真気がやってきた所まで」

「心遣いはありがたいが、王たる者はそう簡単に自ら動かぬものだ」

諫《いさ》める真気の言葉を、

「それは、わたし自身が決めることでしょ」

瑤花はぴしゃりとはねつけた。

真気と瑤花の二人は、国境へと続く道を北に向かっていった。

その背後からは、別れを惜しむ栽南の民たちの声がどこまでも響いてきた。それが聞こえなくなると、辺りはすっかり森に包まれている。道脇《わき》には棕櫚《しゅろ》の巨木が並び、その幹に榕樹《ようじゅ》が絡《から》みついている。二人は密生する樹々がつくる緑の隧道《すいどう》を抜け、国境を目指した。

真気にとっては、これほどの距離を歩むのは久方ぶりである。彼が纏《まと》っていたのは栽南で作られた麻の衣だったが、それでも暑いことには変わりない。指先から汗が滴《したた》るほどであったが、それでも瑤花は真気と繋《つな》いだ手をゆるめなかった。

「壙に帰ったら蟎帝《ばてい》を支えるって言ってたよね。それってつまり、どういうことなの」

瑤花の問いに、真気はしばし言い淀《よど》んだ。

「どうであろうな。余が栽南へと遣わされた時分には幼かった故《ゆえ》、仔細《しさい》を聞いておらぬ」

瑤花はふんと鼻を鳴らした。

それから二人は無言で歩を進め続けた。道脇に生える樹々は高さを減じてゆく。栽南を包む森を抜けようとしていた。

「壙の都で蟎帝を支えた後は、また色んなところを旅したりは出来ないのかな」

「できぬ」

真气は即座に返した。

「壙国の王子が他国へ出るのは、祭祀《さいし》をおこなうときのみ。壙邑《こうゆう》に戻れば、生涯そこで己が役割を果たすのだ」

「ずっと蟎帝を支え続けなきゃいけないの？」

「そうだ」

会話を続けるうち、真气は吹き抜ける風を感じた。風を防ぐ樹々は消えていた。空気はたっぷりと湿り気を帯び、咽《むせ》るほどに青い草の匂いが染み付いていた。

五年前、瑤花と初めて出会った時に感じた匂いを真气は忘れていなかった。目指す国境はここだった。幼い頃に歩んだ道を、十五となった二人は反対に辿って来たのだ。

「もう十分である」

真气はそっと繋ぐ手を離した。

「しばらく経てば、壙兵たちが余を迎えにやってくるであろう。王であるそなたが、他国の兵と相対するのは避けねばならない。都に戻ってくれ」

「そうだね」

瑤花もその言葉を素直に受け入れた。

真気は小さく頷いた。

「では瑤花よ、本当に世話になった。いくら礼の言葉を尽くしても足りぬ。壙の地で、そなたが健やかであり続けることを願おう」

すると瑤花は軽い調子で返した。

「真気も身体に気をつけて。それじゃあ、また会う日まで」

「ん？」

真気は己の耳を疑った。

「また会う日までと聞こえたようだが」

「そうだよ。また会う日まで」

瑤花は繰り返した。

「そなたは何を聞いておった。これから余は終生蝺帝を助けねばならぬ」

「知ってるよ」

「では、いったいどういうつもりか……」

真気は戸惑いに声を震わせる。

「真気はもう壙邑の外に出られないんでしょう。だったら、わたしの方から会いにいけば良いだけじゃない」

瑤花は恬《てん》として言い放った。

「しばらくしたら迎えに行くよ。わたしは女王なんて柄じゃないから、支えてくれる人が必要でしょう。真気のこと、家族として引き取ってあげる」

真気は驚愕《きょうがく》のあまり目を見開いた。

はっとしたが時遅し。

固く閉ざされていた両の瞼《まぶた》は、大きく上下に分かたれていた。

彼の目は初めて瑤花を捉えた。

短く切り揃《そろ》えられた前髪が、吹き付ける風にやわらかく揺れていた。薄く色づくその唇が、おだやかに微笑《ほほえ》んでいる。そして、裁南の日差しにきらきらと輝く彼女の瞳《ひとみ》が、こちらに向けられていた。

瑤花の姿は、真気の脳裏に深く刻み込まれた。

「ああ、なんということを……」

真気は呻《うめ》き声を漏らした。

自らが犯したことの意味に気付いていた。

真気は己が頭を地へと叩《たた》きつけ砕こうとしたが、すんでのところで思い留まる。蝸帝は対価を求める。壙の王子を損じれば、その代償は裁南が払うことになろう。だからこそ敢《あ》えて己の目を突くことはせず、閉じ続けることを選んでいた。

だが、その禁を自ら破ってしまったのである。

「いますぐ、ここから去るのだ！」

真気は叫んだ。

その顔は死者よりもさらに蒼《あお》く、血の気が失《う》せてしまっていた。

「良いか、けっして壙邑へと近づいてはならぬぞ。何があってもだ！」

そう叫ぶ彼の表情に染み付いているものは、恐怖である。

そのとき真気は、闇よりなお暗き場所から己を見つめる蝎帝の視線を、確かに感じ取っていた。

歴世神王拾記《れきせいしんのうじゆうき》　蟇帝《ばてい》　巻五

　天を見上げながら、蟇九《ばきゆう》は思い返す。

　先ほどまで自分は、射儀にて矢を放っていたはずだった。最後の一射は、最も遠くの鵠《まと》を捉えたのではなかったか。あの摯鏡《しきよう》も讃《ほめたた》えてくれ、喜ぶ瑤花《ようか》の姿も見つけた。そして自分は瑤花の方へと足を向けたはずなのに――こうして見上げるのは、空である。

　その茫漠《ぼうばく》とした頭で、蟇九はぼそりと呟《つぶや》く。

「雨だ」

　ただの降り方ではなく、驟雨《しゆうう》だった。同時にそれが有り得ぬことだとも理解していた。顔には雨粒ひとつ当たる感覚も無いのだ。どういう訳であろう。自分の耳は、確かにその激しい雨音を捉えているというのに。

　地上に降り立つ大粒の雨が、大気を切り裂くようなその音を。

　蟇九が覚醒《かくせい》するにつれ、記憶が蘇《よみがえ》ってきた。こうして地に転げる前、何か衝撃を感じたのではなかったか。それによって自分は弾《はじ》き飛ばされてしまったのだ。上体を起こし辺りを窺《うかが》うと、摯鏡の姿を見つけた。彼ならば自分に起こったことを見たに違いない。

「無事であったか」

と摯鏡が声をかけてきた。喉《のど》の奥から振り絞るような声であった。

蝿九ははっと息を呑《の》む。

摯鏡は数多《あまた》の矢によってその身を貫かれていた。その瞬間、蝿九は完全に記憶を取り戻した。自分を突き飛ばしたのは、彼であった。摯鏡は我が身を顧みず、飛び来る無数の矢から守ってくれたのだ。

あまりのことに蝿九は言葉を失い、自ら無事を知らせるため何度も頭を縦に振った。

その様子を見た摯鏡は、

「無事で何より」

と言うなり、喙《くちばし》の間からごぼりと大量の血を吐いた。握る弓の端を地に突き立て、崩れ落ちそうになる身体を支えた。彼の灰色に濁った目は、既に事切れていることを伝えていた。それが摯鏡の最期《さいご》であった。

蝿九は叫び声をあげることも出来ず、呆然《ぼうぜん》と立ち尽くす。自分は宴礼射儀《えんれいしゃぎ》に参加していたはずだ。祝宴で、なぜ摯鏡が死なねばならぬのだ。

驟雨の音は続いている。

音のする方へ顔を向けると、天から降り注ぐ射線がはっきりと見て取れた。

雨ではない。

無数の矢が降っている。

何者かが、大量の矢を此方《こちら》へと射掛けて来ているのだ。それは蝸九の知る射法とはまるで異なっていた。狙《ねら》う先もなく放たれたものが、ただ地に落ちているというだけだ。それだけなのに、何もかも射殺そうとする強い意志が伝わってくるようだった。

蝸九は弾かれたように走り出す。

瑤花が危ない。全《すべ》てを射殺そうとするのであれば、その鏃《やじり》の先が彼女を捉えぬとも限らなかった。既に黄原は逃げ惑う識人《しきじん》の坩堝《るつぼ》となっている。瑤花のもとに向かおうとしても、走り回る者たちに阻《はば》まれ容易に進むことはできない。

そのとき、引き裂くような悲鳴があがった。

炎である。天幕に、ぽっ、ぽっと炎がともってゆく。火矢が射掛けられている。天幕は激しく燃え上がり、炭化した布が火の付いたままに激しく巻き上げられてゆく。炎は地を覆う茅へと燃え移り、黄金に輝いていた黄原は赤に塗り替えられていった。

その間にも矢が止《や》むことはない。炎に逃げ道を阻まれた識人の頭上から、無数の矢が降り注いでくる。蝸九の視線の先でも、続けざまに一人、二人と識人が崩れ落ちていった。

蝸九はひたすらに駆けた。逃げ惑う識人たちの流れに逆らって。小柄な蝸九では前方を見ることもままならない。どこに瑤花がいるか、その目で捉えるのは不可能だった。

「瑤花！」

そこで蟵九は、喉が張り裂けんばかりに叫んだ。

だが周囲は轟音《ごうおん》に満ちていた。逃げ惑う識人たちが上げる悲鳴に、天幕がごうと炎を噴き上げる音。蟵九はそれらにかき消されぬよう、走りながら彼女の名を呼び続ける。

「瑤花、瑤花よ何処にいる」

するとどこからか、

「何よ！」

言い返すような声があった。

その声の主を探すと、識人の間をするすると縫うようにして走る瑤花の姿を見つけた。

蟵九は周囲に犇《ひし》めく者たちの身体を押しやって、彼女のもとに駆け寄った。

「瑤花よ、逃げるのだ」

瑤花はその場で足踏みしながら、

「言われなくても、もう逃げてる」とすかさずまくし立ててきた。

「そっちこそ、どこに向かってるの。矢が飛んでくる方向と反対に逃げないと」

瑤花はそう言って、蟵九の手を引いた。

彼女の気丈な様子に、蟵九はひとまず胸をなでおろした。だが気を緩めるわけにはゆかない。一刻も早く、安全な場所へ逃れねばならなかった。

それにしても何者が我々を狙うのであろう。蟵九が矢の来る方向に視線を送ると——、

「馬だ」

周囲を包む炎の壁を突き破って現れたのは、彼の見知った獣の姿だった。轡《くつわ》を並べて疾走する馬の胸部は革帯で繋《つな》がれ、後方に車を牽《ひ》いている。

沽人《こじん》だ。車上には武装した沽人らが乗り、逃げ惑う識人に戈《ほこ》を振りおろしている。

「しかし、どうやって奴《やつ》らはここへ……」

かつて珀嫗《はくおう》から聞いた話によれば、異相を持たぬ沽人たちは地神が敷いた結界により黄原から遠ざけられているはずだった。

そのとき、炎の壁の向こうからひときわ大きな戦車が進み出てきた。六頭の馬に牽かれた車箱《くるまばこ》の前では二人の馭者《ぎょしゃ》が手綱を操り、その背後で一人の男が腕を組んで辺りを睥《へい》睨《げい》している。彼こそ、沽人たちを率いる者に違いなかった。

その者は異形であった。

頭部には、臭水《くそうず》に浸しでもしたかのような漆黒の縄が幾重にも巻かれていた。縄はところどころが解《ほつ》れ、細い繊維が幾本も顔に落ちかかっている。さらに縄からは黒い粘液が染み出し、長い顎鬚《あごひげ》を伝って胴までを濡《ぬ》らしていた。纏っている黒一色の鎧《よろい》は炎を受けてぎらりと光り、軟玉が埋め込まれているのが見て取れた。

それを目にした螞九は、

「先に逃げてくれ」と瑤花の手を振りほどいた。

沽人たちを率いているのは、禺奇《ぐうき》だった。

ならば逃れるわけにゆかない。彼をこの場に招き寄せたのは、紛れもなく自分の仕出かしたことだと悟っていた。

「どうするつもりなの」

「奴を倒す」

「倒すって、この数だよ」

黄原に侵入してくる沽人は増すばかりで、その数はもはや識人を上回っている。

「分かっている」

「いや分かってない。ここから逃げよう」

瑤花は、螞九を見つめたまま動こうとしない。ながれ矢がその頬をかすめたが、僅《わず》かにも視線を逸《そ》らそうとしなかった。

「後で、必ず追いかける」

そうとでも言わなければ、瑤花はたとえ自らが射抜かれてもこの場から離れなかったであろう。

「きっとだよ」

瑤花は足を踏み出しかけ、薄く笑みを見せる。

「まだ弓だけしか貰《もら》ってないんだから」

蝸九は自らの胸を押さえた。その裡《うち》には、彼女に渡すはずの矢が納められている。だが取り出すことは出来ない。禺奇をこの地へ招いた自分は、それを行うに相応《ふさわ》しい者ではなかった。

代わりに蝸九は誓った。

「再び会うときにこそ、瑤花に矢を贈ろう」

「待ってるね」

瑤花は真剣な表情でひとつ頷《うなず》くと、逃げ惑う識人の中に消えていった。

その背中を見送った蝸九は、くるりと振り向く。犇めく沾人たちの向こうに、禺奇の姿が小さく映った。

「十分だ」

蝸九は呟き、すぐさま弓を構えた。地神代の座を摑《つか》んだ彼の技倆《ぎりょう》は神域に届いている。どんな鵠であろうと、その目で捉えられれば射抜けぬことはない。ひょうと放たれた彼の矢は、真っすぐ禺奇に吸い寄せられてゆく。

だが禺奇の悪運は尽きていなかった。蝸九が矢を射たのと時同じくして、彼の乗る戦車は石に乗り上げてがたりと揺れた。馭者のひとりが体勢を崩し、その頭に蝸九の矢が突き刺さった。

「外れた」

蝎九が顔をしかめると、彼方から禺奇がこちらを指差すのが見えた。

兵たちが人垣を作り禺奇の姿を覆い隠した。黄原を駆け巡っていた戦車はいっせいに方向を転じ、蝎九目掛けて突き進んできた。蝎九は横に走り、飛び来る沽人たちの矢を躱《かわ》した。逃げながらも、矢を次々と打ち返してゆく。びぃんと弦《つる》が鳴るたび、沽人の頭がのけぞった。操者を失った馬は、あてどもなく戦場を走りやがて横倒しになった。

そのとき、やにわに大声が響いてきた。

「地神代の蝎九が弓を取っている。我らも逃げている場合ではあるまい」

見れば、長猩《ちょうしょう》が大弓を振りかざし叫んでいるところだった。

彼がきりきりと弓を引き絞ると、そこから放たれた長い矢は居並ぶ沽人たちの頭を串《くし》刺《ざ》しにした。

長猩の呼びかけに応え、逃げ惑っていた射手たちは戦場のあちこちで弓を構えた。

そこからは乱戦になった。

禺奇が率いる兵に比べ、迎え撃つ射手の数はあまりに少ない。しかし彼ら一人ひとりは弓射の術の深淵《しんえん》を極めた者たち。形勢は徐々に覆《くつがえ》っていった。

蝎九にとって、沽人を射殺すのは実に簡単であった。弦を引くたび沽人は落命した。全ての矢を放てば沽人は斃《たお》れた。蝎九は、あのとき摯鏡《しきょう》が言わんとしたことを察した。

弓は目的があって作られているという。ならば蝎九が購《あがな》ったこの弓は、ただ命を奪うためのものだったのだ。

蝸九は弓が持つ力を十全に発揮した。百人の沽人を貫き、千人の沽人を射抜き、それから先は数えるのを止めた。蝸九らの卓絶した弓射の術により、数で優《まさ》っているはずの沽人は次第に劣勢となっていったのである。

その戦況を、禺奇は遠く離れた場所から窺っていた。彼の周りには幾重にも人垣が巡らされ、流れ矢のひとつも届くことはない。伝令たちが彼の目の代わりとなり、刻々と状況を伝えていた。

識人たちの反撃により、沽人の兵たちが次々と討たれていることを聞き、

「それは、困ったことになりました」

と禺奇は長い顎鬚をしごいた。鬚に染み込んだ汁で手が黒く染まったが、気にする様子もなかった。言葉とは裏腹に、彼の表情は余裕を失っていなかった。

「商いにおいて絶対に欠かせぬものを知っていますか？」

彼は誰にともなく問うが、それに答える声はない。

「それは商品です。売るものが無ければ商いは成り立ちません。では商品が無くなれば如何《いか》にすれば良いか」

周囲の兵たちはみな顔にこわばったような笑みを貼《は》り付かせ、直立して聞くばかり。

「答えは単純なこと。品物《へいたい》を仕入れれば良いのです」

禺奇は右手の人差指をぴんと立て、小刻みに動かした。

蝺九の腕はしびれ、弓を握る手の感覚はとうに失われていた。矢を番《つが》う右手は擦れ、血で濡れている。何本の矢を射たか見当もつかない。蝺九は眼前の光景が不思議でならなかった。

「どうなっている」

戸惑いを溢《こぼ》しても、手を止めることはできなかった。少しでも休めば、押し寄せる兵たちにたちまち呑《の》み込まれてしまうだろう。どれだけ兵を射倒そうが、戦場に犇めく沽人の数はむしろ増えてゆくばかり。

湧き出るように沽人たちは現れ、地に転がる屍《しかばね》を踏みながら迫って来る。いくら技倆に優れた射手でも、一射する間に二人、三人と飛び掛かられてしまえば打つ手もない。共に戦う者たちは、次第に数を減らしていった。

それでも、蝺九は戦い続けた。

矢形の首飾りを瑤花へと渡さねばならない。その思いだけが、崩れ落ちそうになる身体を支えていた。だが蝺九が向かってくる兵のひとりに弓を向けた瞬間――ぼくり、と耳元で鈍い音がした。目を遣《や》ると、弓の先端があらぬ方向に曲がっていた。先に限界を迎えたのは、禺奇から購った品の方だった。

蟎九は力なく弓をおろした。

辺りを眺め回せば、既に識人の姿は見当たらなくなっている。どれだけの者が黄原から逃げ出すことが出来ただろう。どうか瑤花が無事であってほしいと、心の底から願った。

そうする間にも、蟎九を取り巻く沽人たちの輪は徐々に狭められてゆく。怒りに我を忘れた沽人たちは、自らの足で踏む識人の、沽人の屍をまるで気にする様子もなかった。

＊

後ろ手に縛られ茅の中に転がされた蟎九の頭上から、笑みを孕《はら》んだ声が響いた。

「如何《いかが》でしたかな、わたしの弓は」

どこからともなく腐臭が漂ってきた。

蟎九は首を捻《ひね》り、声のする方を見遣った。その者の容貌《ようぼう》は頭から垂れ下がる葛《かずら》によって隠されていたが、口元の作り物めいた笑みを忘れるわけもなかった。

「禺奇といったな」

「はい。その節は誠にありがとうございました」

禺奇は慇懃《いんぎん》に頭を下げた。頭に巻かれた腐った葛からぼたぼたと黒い汁が滴り落ちてきた。

「商いは互いにとって非常に良いものとなりました。あなたは伍州で最も優れた射手となり、わたしもこれがなければ、黄原に足を踏み入れることすら出来なかったのですから」

禺奇の頭には、蝺九が渡した花冠があった。いや、もはや花冠と呼ぶことは出来ない。瑤花によって編まれたそれは、戴《いただ》く者の性質にあわせて花開く。禺奇に所有された冠は、花を萎《しお》れさせ腐汁を垂れ流した。だがいくら醜い姿になろうと、瑤花の権能で編まれた花冠の所有者を地神の呪禁《じゅきん》は阻まなかった。

「この冠を手に入れてから、商いも手広くさせて頂くようになりまして。今はこう呼ばれています。禺奇ではなく、禺王《ぐおう》と」

「おれたちのことを、なぜ襲ったのだ」

「邪魔だった、より他の答えはありますか?」

禺奇ならぬ禺王は、不思議そうに首をかしげた。

「土地であろうが、獣であろうが、作物であろうが、得ようと思えばそれらを司《つかさど》る識人に断らねばなりません。除く機会があればそうせぬ理由がありましょうか」

「なぜだ」

蝸九にはまるで理解できなかった。

「識人は己が司るものをひとり占めにはしない。お前が必要としたならば、それを譲ることを厭《いと》わなかったはずだ」

禺王は深くため息をつく。

「そこが識人とわたしたち沽人が違うところなのです。必要な分だけ欲するというのは、沽人の流儀ではありません」

禺王は纏った鎧から軟玉をひとつ引き剝《は》がし、指の先で弄《もてあそ》ぶ。

「そうでなければ、このように無駄なものを集めようと思うでしょうか。欲するがまま所有するというのが、わたしたちの性《さが》なのです」

蝸九は耳を疑った。そのような事のために識人を屠《ほふ》ったというのか。姿は似ていても、眼前にある沽人たちは自分とまるで異なった存在であることを知った。だが彼らばかりを責めても仕方ない。禺王をこの地に招いたのは、自分の愚かしさなのだった。

「もうよい」

蝸九は口を噤《つぐ》んだ。これ以上、禺王と言葉を交わすのも忌《い》まわしかった。

禺王は小さく首を振った。

「あなたに不快な思いをさせるのは、本意ではありません。この冠のおかげで目障《めざわ》りな識人どもを除くことが出来たのですから」

禺王は右手の人差指を小刻みに動かした。すると駆け寄ってきた沽人が、彼に何かを手渡した。

「これが何か知っていますか？」

掌《てのひら》に収まるその道具を見せながら問うてきた。

「いつぞやも言いましたが、沽人は何物もただで差し上げることは出来ません。何かをお渡しするためには、何かを頂かなくてはならないのです」

禺王の口調からは、うわべの柔和さが剝がれかけていた。

「螞九様はわたしたち一族の命を奪いました。その数は四三二〇二人。これは識人の皆様によって殺《あや》められた沽人の数となりますが、御代《おだい》を求める相手は螞九様しかおりませんのでご容赦ください。命の対価となれば命というのが妥当なのでしょうが、ご心配なく。沽人と識人の命が対等などという不遜《ふそん》な考えは持ってはおりません」

再び禺王は手の中の道具を螞九に見せつけた。それは牡蠣殻《かきがら》を象《かたど》った青銅器であった。

「そこで必要となるのがこの道具です。沽人と識人の命は対等ではありませんが……どうでしょう。沽人ひとりの命とあなたの身体の一片くらいであれば、同じ価値を認めていただいても宜《よろ》しいかと」

牡蠣殻の先端は薄く研がれ、鋭利な刃物になっていた。

「奪われた命の分だけ、螞九様の肉片を削《そ》がせていただこうと思います」

禺王が考案した咎人《とがびと》を薄裂きにする刑罰は、後の世では凌遅《りょうち》の刑と呼ばれた。激しい苦痛を伴った末に死に至らしめる刑罰であり、単なる死では贖《あがな》うことのできない重い罪を犯した者にのみ与えられた。

「始めるぞ」

禺王の言葉に、沽人たちが螞九から衣服を剝ぎ取った。すると、これまで黙って禺王の言葉を受け入れていた螞九は、

「やめろ！」と激しく身をよじった。

だが逃げようとしたわけではない。沽人が手にした自らの衣服に歯を立て、それを奪い返したのである。

その様子に、禺王は何かを勘付いた。

「それをこちらに」

再び螞九の服は奪われ、禺王の元に運ばれた。手の中で服を探っていた禺王はにやりと口の端《は》を歪《ゆが》める。

「ほう、これは」

摑《つか》み出したのは、瑶花に贈るために作った青銅の矢だった。

螞九は、土にまみれながら荒れ狂った。

「返せ。返さねばお前を殺す！」

その言葉に、むしろ禺王は満足げな表情になった。矢の軸に刻まれた銘文に目を通し、悠然と蝺九を見下ろした。

「ああ、なんとおいたわしい。これを瑤花という方に贈られるつもりだったようですが、今ごろ軀《むくろ》となって何処かに転がっていることでしょう。ですが、せっかくの贈り物を無駄にするのも惜しい」

禺王はそう言うと、己の首へと矢を飾ったのである。

蝺九は目を血走らせ、言葉にならぬ叫び声をあげた。裸体で暴れまわる蝺九の姿に、禺王は腹をよじって笑いこけた。

「実に素晴らしい。識人どもを駆逐した日の記念として、これ以上の品はありますか。蝺九様の品を頂戴《ちょうだい》したのですから、ただという訳にはゆきませんね。わたしも御代を差し上げなければ」

禺王は顎鬚をしごきながら宙に目を泳がせ、

「ではこうしましょう。本来であれば蝺九様から四三二〇二の肉片を頂かなくてはならないところ、四三二〇一に減じて差し上げます」

それから禺王は寝食も取らず、魅せられたように自ら刃《やいば》をふるい続けた。

識人である蝺九は腕を削がれ、足を裂かれても、まだ生き続けた。永遠と思われる苦痛のなか、叫び声ひとつあげることなくただ刑を受け入れた。

ひと月をかけ、蝸九は四三二〇一の細かな肉片とされた。

最後まで彼の意識を繋《つな》ぎ止めていたものは、

「瑤花との誓いを、守らねば」

というひとつの思いだった。身体《からだ》を全《すべ》て失っても、その約束だけは蝸九の頭の中に残り続けていた。

＊

その日を境として、伍州は新たなものとなった。

黄原から逃げのびた僅かな識人も、執拗《しつよう》に沽人に追われ続け、ついに伍州からその姿は絶えた。

伍州は全て、沽人が統《す》べる土地となった。もはや識人と沽人とを呼び分ける必要もない。この地にあるのは沽人だけなのだから、彼らのことはただ人と呼べば良いのだ。

第二章　壙《こう》国の都

私が古い二編の物語を抱えて旅立つことになった切っ掛けは、父である田辺幸宏《たなべゆきひろ》の葬式が終わった後のことだった。

そのとき私たち三人の兄弟は、家主を失った実家のテーブルを囲んで、ビールを片手に議論を交わしていた。問題は、誰が父の遺言を引き受けるかということだ。母も既に亡《な》く、それを叶《かな》えるとすれば私たちの他になかった。言い換えれば、父が遺《のこ》した厄介事を押し付けあっていたのだ。

しばし沈黙が場を支配した。互いの出かたを窺《うかが》うかのような視線が行き来したのち、

「これは、お前がやるべきだな」

と切り出したのは喪主を務めた長男である。

「尚文《なおふみ》は文学部を出てたよな。こういうの得意だろ」

長男のその言葉に、弟も神妙な顔で頷《うなず》く。

私は文学部を出たといっても専攻はメディア学であり、伍州の歴史にも古典にも詳しいわけではなかった。経済学部を出た長男も、あるいは理系に進んだ三男であっても、条件は変わらないはずである。

だが私には断りきれぬ理由があった。

当時、私だけが失業中の身であったのだ。

十年間勤めた広告会社は、残業こそ多かったが仕事内容に強い不満があったわけではない。ただ、ふと疑問に思ってしまったのだ。自分が何のために仕事をしているのだろうと。

私が所属していたのは営業局だった。クライアントから要望を聞き、それをクリエイティブやマーケティング担当へと伝える役割である。営業職は、社内からなかば揶揄《やゆ》をこめて「連絡」と呼ばれていた。

十年も勤めれば、それなりに重要な仕事も任されるようになる。社内を仕切って一つの方向に導くのは、予算を握る営業しか出来ないことである。手持ちのピースがぴったりと嵌《はま》るように、自らの描いた絵図が完成したときの喜びは、何物にも代えがたいものがあった。

だが、それでも思ってしまったのだ。

言葉を右から左に流すばかりで、自分には何が残るのだろうと。

母国から飛行機で発《た》った私が降り立った先は、朱白島《すはくとう》だった。

旅行気分がなかったと言えば嘘《うそ》になる。

というより観光でもしなければやってられなかった。点心屋で色とりどりの餃子を頬張り、夜市では生きたアヒルが平然と売られていることに目を丸くし、見慣れぬ南国の果物を味わった。この地へ来るのは初めてであったが、何故《なぜ》かどことなく懐《なつ》かしく映った。

ひととおり観光をすませた翌日、私はこの島を南北に貫く高速鉄道に乗り込んだ。自らの座席を確認してから、頭上の網棚に荷物を載せ、シートへ体重を預けた。

窓外に流れる景色を見ながら、

「また同じことをやってるのか」と、思わずため息が出る。

仕事を辞めてもやることは変わらない。依頼を聞く相手が、生者から死者へ変わっただけのことだ。亡くなった父の言葉に、私は動かされている。

私は上着のポケットから一枚の絵葉書を取り出した。そこには、空に向けて細く尖《とが》った葉をずらりと並べた、パイナップル畑の写真がプリントされていた。写真は日に焼けたのか退色しており、時の経過が窺われる。

絵葉書を裏返すと、父へと宛《あ》てたメッセージが几帳面《きちょうめん》な字で綴《つづ》られていた。拾い読みすると「I have been sick lately（最近、体調が優れないんです）」という記述が目に入った。彼が亡くなる一ヶ月ほど前に届いた、最後の葉書ということである。

葉書はおもに英文で書かれているが、その差出人名は母語でこう記されていた。

梁思原《りょうしげん》。

私はいま、彼が暮らしていた土地に向かおうとしている。

目指す梁思原の墓所は、なだらかな丘陵の上にあった。

橙《だいだい》と緑のタイルで装飾されている低い塀に囲われたスペースの中央に、小さな廟堂《びょうどう》が建てられていた。そこに黒い御影石《みかげいし》に金文字で「梁家歴代之《の》墓」と刻まれているのが読み取れ、目指していた場所で間違いないと分かった。

ここに梁思原が、そして彼の父である梁斉河《せいか》も眠っているのであろう。

私は廟堂に手を合わせてから、背負っていた鞄《かばん》をおろし――落花生が収められたビニール袋を取り出した。指先に力をいれて殻を割り、つるりとした姿になったピーナッツを口元に運んだ。

これこそが父の遺言の一つである。

本当にこれが正しい墓参りの作法なのかは分からないが、少なくとも父はそうであると言い遺していた。落花生とは豊穣《ほうじょう》を司《つかさど》る食べ物とされており、墓前で食べるのは子孫繁栄を願う行為だという。

伍州へと向かう前に彼らにも報告してほしい、と父は望んでいた。自分たちが引き継いできた物語が、やっと終わりに向かうということを。

人気《ひとけ》のない墓所でピーナッツを口に運びながら、父のメモに目を走らせる。定規を使って書いたような几帳面な文字で、この旅についての事細かな指示が記されていた。その文章を見るにつけ、これはどうやら自分に宛《あ》てられたものだということに気付く。この仕事を引き受けるのが私になると、父も予想していたのだろう。

梁斉河、梁思原、そして田辺幸宏と受け継がれてきたリレーの最後の走者として、私が選ばれたのだ。ただ、手渡されたのはバトンではなく二編の古い物語。それをゴールまで運ぶということが父の遺志だった。

託された願いを叶《かな》えるため、私は物語を読みながら旅を続けている。正直なところ、彼らがなぜここまでの情熱を傾けたのか理解できない。そもそも事実と信ずることさえ難しい話なのである。自らの仕事を擲《なげう》ってまで、あるいは体調を崩してまで、物語を結末へと導こうとするのはあまりに理不尽だと思えた。

とはいえ、父の願いを無かったことにしたのでは寝覚めが悪くなる。遠い伍州から引き継がれてきた物語に結末をもたらすというのが私の仕事だった。仕事なら、途中で放り出すわけにもいかない。

殻の固い落花生を引き当て、剝《む》こうとした指先に痛みが走る。

「難儀な仕事だ」

両手で落花生を握りつぶし、中から出てきたピーナッツを口に放り込んだ。

コリコリという咀嚼音《そしやくおん》を口のなかに感じながら、私は墓底で眠る梁思原が辿《たど》った軌跡に思いを馳《は》せる。

＊

梁思原もまた、彼の父である梁斉河から願いを託されたのだった。

彼が最初に手をつけたのは、父の書斎を整理することだった。正しくは、部屋の片隅に作られた仕事場と言うべきかも知れない。朱白島の住宅はおしなべて狭く、父は書斎として一室を専有することは出来なかった。うず高く積まれた本の山を崩さないように、目的のものを探すのは至難の業となった。

積まれた教育書のなかに隠されるように、籠《かご》はひっそりと仕舞い込まれていた。目につかない場所に置かれていたとはいえ、他の本に比べて保管には気を遣っていたのであろう。風通しの良い竹編みの籠のなかには油紙が敷かれ、なるべく書籍が傷《いた》まないように工夫されていた。その中には、相当に古い年代のものと見られる袋綴《ふくろとじ》の刊本が何冊かと、原本を撮影して綴ったいわゆる景照本が納められていた。他にもう一つ、密封された透明の袋のなかには、表面に緑青《ろくしよう》の浮いた金属器があった。

思原はそれを見て、

「もう少し、早く言ってくれよ」とため息をこぼした。

彼の父である梁斉河がその存在を伝えたのは、重い病魔に身を冒された後のことだった。自らが伍州から運んできた重い荷物を息子に負わせるべきか、最後まで迷っていたのであろう。だが結局は、自らの裡《うち》で文字どおりそれを死蔵してしまうことを良しとはしなかった。

思原の父である梁斉河は、かつて伍州で考古学の研究をしていた。思原はその姿を知らない。彼がまだ幼かった頃、伍州で内戦があった。当時、政府の研究機関で働いていた斉河は、革命軍に追われるかたちでこの島へ逃れてきたのである。

斉河が妻と幼い思原を養うために選んだ職業は、中学校の教師であった。生徒たちに教えたのは歴史ではなく、英語である。伍州から離れた島で必要とされたのは、国を富ませるための実学だった。

そして斉河は伍州の歴史を忘れた。少なくとも、息子の思原にはそう見えた。彼が覚えているのは、学校から持ち帰ってきたテストの答案を添削しながら、初歩的な間違いの多さに舌打ちする父の姿である。斉河にとって、研究者であった過去を思い出すことは辛《つら》かったのだろう。考古学に関する研究書ばかりでなく、歴史を扱った娯楽小説すら手に取ることはなかった。斉河がいつも目を通しているのは新聞であり、そうでなければ語学教育に関する書物くらいであった。それが思原の知る父の姿である。

そのため、余命僅《わず》かな父が自分に言い遺したことが意外に感じた。

「書棚の奥に、私が研究者であった頃から大切に保管している資料がある。それを読んでみてほしい。その後の扱いについては思原、お前に任せる。処分するにせよ何にせよ、好きなようにしてくれ」

数日後、父は安堵《あんど》の表情を浮かべながら息を引き取った。

斉河が朱白島へと逃れてきた当時――それは三十年あまり経《た》った今でも変わらぬことであったが――伍州とは国交が断絶しており、大陸に渡ることが叶わなかった。それで、彼は物語の結末を息子へ預けねばならなかったのだ。

斉河が残した籠のなかに入っていたのは、十数冊の書物と青銅器、そして彼自身の筆跡と見える研究メモだけであった。

ぱらぱらと書物をめくってみたが、古典の知識を持たない思原には解読が難しい。だが、書物の表題くらいであれば読むことが出来た。

南朱列国演義《なんしゅれっこくえんぎ》
歴世神王拾記《れきせいしんのうじゅうき》
しばらく書物と格闘するうち、それらは古代伍州の歴史について記したものであると読み解くことができた。だが同時に首をひねりたくもなった。歴史にそれほど詳しくはない彼にすら、およそ現実の出来事とは思えぬ荒唐無稽《こうとうむけい》な物語であるように映った。なぜ、父はこのような書物を大切に保管しておいたのだろう。少なくとも学術に用いる史料ではないだろう。アカデミズムの世界でこれらの書物を資料にしようとするなら、歴史学ではなく文化研究の領域にした方が賢明である。そもそも、覚えの悪い学生たちに頭を抱えながら家族を養っていかねばならなかった彼には、研究のための時間など残されていなかったはずだ。

ならば、一体これは何なのだ。

梁思原は、あらためて父から託された書物と青銅器をじっと見つめる。

彼が知りたかったのはそれらの来歴ではなく、父のことだったのかもしれない。親子の会話は決して多いとはいえなかったが、真摯《しんし》に仕事に取り組む父を尊敬していた。父と同じ英語教師の道に進んだのも、その現れであった。

大人になれば、いつか父と深く語り合うこともある。そう思ううち自分も仕事と家族を抱えるようになり、父と接する時間はさらに減っていった。斉河が大病に冒されたのは、その頃である。あっという間に病気は進行し、不帰の人となってしまった。

思原は父から託された書物を手にとった。もちろん、ここには父の人生など記されていないことは分かっている。ただ彼が大切にしていたこの書物に触れ、同じ景色を見てみたいと考えたのだ。

梁思原は父が残したメモを道標《みちしるべ》として、古代の伍州へと旅立った。

南朱列国演義《なんしゅれつこくえんぎ》 戴南《じなん》 第六回
瑤花様は美しくなられた。

民たちが噂《うわさ》する声には、どこか憂いが含まれていた。真気との別離が、瑤花を成長させたのである。変わらねばならなかった彼女を不憫《ふびん》に思う気持ちのほうが強かった。

それまでの瑤花は年甲斐《としがい》もない行いが目立っていた。腹が減ったら樹《き》に登って手づかみで木通《あけび》を食べ、退屈すれば弓を取り出し木の棒を飛ばして遊んだ。面倒な政《まつりごと》の話となれば、一目散に逃げ出した。

真気が壙国へ帰ってからは、これまでにない大人びた表情を見せるようになった。しずしずと花のなかを歩む瑤花は確かに美しさを纏《まと》っている。だが、それは生来の快活さと引き換えに手に入れたものであった。

瑤花は時間を見つけては、国境にある草原へ向かうようになった。

そこは真気と別れた場所。瑤花は伍州《ごしゅう》へと続く街道の傍に立ち、物思いに耽《ふけ》りながら遠く真気が去った方を見つめている。その様子を目にした民たちは、叶わぬ思いを懐《いだ》く瑤花のいじらしい姿に落涙を禁じ得ないのであった。

だが、それとは別の捉《とら》え方をする者もあった。

王宮の一室には、苛立《いらだ》たしげに歯をかみ鳴らす音が続いていた。

「なんだか嫌な予感がしてならぬわい」

竹で編んだござに巨体を丸めて座る炎能《えんのう》は、ぶるりとその身を震わせた。

瑤花がもし真気のことを憎からず思っていたとしたら、別離の痛みにじっと耐えている質《たち》ではない。今の大人しさが、やがて訪れる嵐《あらし》の前兆に見えて仕方なかった。

「お主もそうは思わんか」

炎能が呼びかける先にあったのは、微鳳《びほう》である。

それぞれ文事と軍事を司る長《おさ》である二人は、幼い頃から共に育った刎頸《ふんけい》の友とも呼びうる仲である。裁南の行く末を左右する大事を決める際には、他を交えずに語り合うのが常であった。

「確かに塞《ふさ》ぎ込んでいる様子には見えない。むしろ機を待っているのか」

微鳳は自らに確かめるように言った。

「おお、やはりお主もそう思っていたか」炎能は喜色を浮かべかけたが、

「だが、どう接して良いものか。しおらしい瑤花様というのはなんとも調子がくるってしまう」

するとと微鳳は小さく首を振った。

「今は、瑤花様について案じている場合でない」

「それより頭を悩ませるべきことがあろうとは」

額に手を当てた炎能に、微鳳はぼそりと告げた。

「壙国の出方が気になる」

これまで壙国は伍州こそが世界の全《すべ》てであると豪語し、外界にある裁南は眼中にすらなかった。

軍事を司る微鳳としては、大いに結構なことであった。向こうに関心がないのなら、それに越したことはなかった。壙国と衝突するのは避けたい。千里眼を持つとも噂される蟇帝《ばてい》を刺激することがないよう、壙国の内実を探ろうとしなかった。

それは誤りだったと、微鳳は悔いていた。

どういうわけか、壙国は突然真气を送ると告げてきたのだ。瑤花は珍しい客の訪れを喜んでいたが、微鳳は違った。あの大国が、何の野心もなく王族を寄越してくるわけがないと睨《にら》んでいた。

ただ微鳳の目から見ても、真气は善良そのもの。心から、裁南の行く末を案じている様子であった。それだけに判断が難しかった。真气を遣わした壙国の中枢にどのような思惑があるのか、見極める必要があった。

それ故、微鳳は決意した。

「一年間、それがしは裁南から消える」

壙国の真の姿を捉《とら》えるには、裁南で最も隠形《おんぎょう》に長《た》けたもの——つまり自分でなければならない。蝸帝のある壙邑《こうゆう》を探ろうというなら、どれだけ急いでも一年が必要となる。一年間であれば、まだ壙国は事を動かさぬとも見ていた。

微鳳はそのような考えを、己の胸に秘めて語らなかった。

「一年間とは、いったい何をするつもりか……」

炎能は狼狽《うろた》えたが、微鳳の目に覚悟の光が宿るのを見てこっくりと頷《うなず》いた。

「心配は無用である。その間、瑤花様と裁南国のことはこの身に代えても護ろう」

「後は任せた」

とだけ言い残し、微鳳はすぐさま裁南を発《た》った。

たとえ炎能が相手でも、全てを語るわけにはゆかなかった。これから裁南が相対さねばならぬのは、地神と等しい力を持つとされる蝸帝。どこに彼の目があるか分からなかった。

微鳳が姿を消してから、十ヶ月ほどが経った。

歴史という目に映らぬ奔流は、裁南と壙という二国を静かに押し流しはじめていた。

裁南ではこのところ揉《も》め事《ごと》が増えていた。族長たちの間では小さなことでも諍《いさか》いに発展し、炎能はその対処に追われていたのである。いつもなら文事の官吏たちが仲裁に手間取るようであれば、微鳳が睨《にら》みをきかせてくれた。微鳳が不在にする今、炎能は一身に裁南という国を背負わねばならなかった。

騒動が起きたのは、そのような折のことである。

国境に向かったはずの瑤花が、夕刻になっても戻らなかった。何ごとがあっても、晩飯だけは欠かすことのない彼女がである。都から国境までを往復しようと思えば、大人の足でもゆうに半日以上はかかる。途中には里も少なく、なにか怪我《けが》でもしたのであれば一大事であった。

俄《にわか》に騒がしくなった王宮の中、炎能が探索の指揮をとっていたところ、

「遅くなってごめんね」

悪びれる様子もなく、瑤花が戻ってきた。

だがその場に集っていた者たちは、怒る気になれなかった。曇った表情ばかり浮かべていた彼女は、そのとき晴れやかに笑っていたのだ。

「やれやれ、人騒がせな女王様だ」

皆は心から安堵したように、ほっと胸を撫《な》でおろした。

だが炎能の目には違って映った。

急に雲が散るのは、嵐の前触れである。

「瑤花様、あなたはこの国を治める女王なのですぞ。このような事がないよう慎んでく

だ さい」

「ごめんなさい。もうしない」

炎能はその物分りの良さをかえって気味悪く思う。

「なんだか疲れちゃった。わたしはもう休むから、みんなも早く帰ってね」

そそくさと瑤花は自室へ引き上げようとするが、なぜか顔は炎能の方に向けたままじりじりと後ずさってゆく。そのあからさまに怪しい動きに、炎能は訝《いぶか》しげに目を細め――、

「あっ」

と叫び声をあげた。

「なんですかな、それは」

瑤花は、いたずらを見咎《みとが》められた童女のようにぺろりと舌を出すと、背中に隠していた金器を取り出した。かつて真气が携えていた方壁《ほうへき》にも似た、薄い銅製の板であった。

炎能は呆然《ぼうぜん》と口を開いた。金器の表面には金文が刻まれていたのである。

この時代、文字を操る者は少ない。文字は事象を写す呪具《じゆぐ》であり、それを綴ることは祭祀《さいし》の一種でもあった。文の意味合いは刻まれる器物によって異なってくる。例えば、純粋な卜占《ぼくせん》のためには甲骨に文字を刻む。情報を伝えるために文字を用いる場合は、利便性を重視して絹や皮革にそれを染め付ける。

では、金器に文字を刻むのはどのようなときか。

金属とは移ろわぬものである。そのため、金器に刻まれる文字は未《いま》だ発生していない事象を定めようとする、予言の性格を持つ。反対に言えば、書かれていることを実行に移さねば策書した者に仇《あだ》をなす行為と見做《みな》される。金器に刻まれた文字とは、すなわち命令を意味するのであった。

裁南国に命令を下すことができる者は一人しかいない。

壙国王螞帝である。

「なぜ今なのだ」

炎能は思わず呻《うめ》いた。

壙国が動きを見せるにしても早すぎた。微鳳が戻るには、まだ時間が掛かるのだ。

「その金器はいったいどうされたのですか?」

「壙から、遣いの人が持ってきたの」

炎能は歯がみした。

国境へ足繁《しげ》く通っていたのは、何も真気に思いを馳せるためではない。彼女は野生の獣よりも鋭いその勘で、遠からず壙国から文が遣わされるであろうと待ち構えていたのだ。

刻まれていた文に目を走らせた炎能は、がたがたと震えだす。

「君子相接すれば則《すなわ》ち争わず、争わざれば則ち暴乱の禍無し。壙王蟜帝、載南王瑤花独りを壙邑へ迎え、后《のち》に封宮《ほうきゅう》にて之《これ》を共《きょう》する」

蟜帝は瑤花ひとりを壙国へと招き、饗応《きょうおう》しようというのである。また君子が交われば争いが起きないと記すのは予言であるため、招きを断れば戦があると言うも同じ。つまりは脅しである。

「おやめ下さい」

炎能は威儀を正して、瑤花の前に伏した。

「蟜帝の誘いに乗ってはなりません。たとえ壙国からの要請であろうが、王が独りで他国へ向かうなどもってのほかです」

すると、瑤花はすっと居住まいを正した。

「でも、蟜帝自ら策書した文を違《たが》えようとすれば戦になってしまう。わたしは壙へ向かいます」

「しかし……」

炎能は言いかけた口を閉じる。壙国と一戦を交えることの意味を彼とて理解していた。

「それに、わたしはこの文が届かなくても、いずれ壙に行かなくてはならないと思っていました」

「何故《なにゆえ》でありますか？」

「そこに真気がいるから」

瑤花の眼差《まなざ》しに迷いはなかった。

「真気は、もうわたしたちの家族と同じでしょう。家族が連れ去られたなら、取り戻さなくてはならない」

炎能は低く唸《うな》り声をあげた。

真気は壙国の王子であり、自ら壙邑へと帰ったはずである。まるで理屈が通っていないようだが、瑤花の言葉には信念が籠《こ》もっていた。とはいえ、このまま黙って彼女が行くのを見過ごすわけにもいかない。

「このような国の大事、わたくしだけでは決められませぬ。せめて微鳳が戻るまでお待ち頂けませんか」

地に頭を擦《こす》り付け懇願する炎能の姿に、瑤花は眉《まゆ》を寄せた。

「本当にごめんなさい。この金器を持ってきた人はわたしを迎えに来たの。国境で待たせているから、すぐに行かなきゃ」

「そんな。あまりに急すぎます」

炎能はいきり立った。

「いくら壙国であろうと、礼をわきまえぬにも程がある。遣いの者など追い返してしまいましょう！」

「でも、栽南まで来たのは第五皇子《こうし》の少沢《しょうたく》さんっていうのだけど」

「まさか」

炎能は言葉を失った。

皇子とは、数多《あまた》いる王子たちを束ねる実質的な壙国の支配者だった。

「何ということだ」

もはや炎能は天を仰ぐことしか出来なかった。

＊

微鳳が栽南に戻ったのは、瑤花が壙に発ってから二ヶ月後のことである。

「合わせる顔がない」

王宮の一室で、炎能は消え入りそうな声を出した。

「なぜ止めなかった」

微鳳は声を震わせたが、炎能の咎《とが》ではないことは分かっていた。彼が悔いていたのは己の見込みの甘さだった。全てにおいて、蝸帝に先をゆかれていた。

瑤花を危機から救うには、一刻の猶予《ゆうよ》もなかった。

「瑤花様を追う」

微鳳はすぐさま王宮から飛び出して行こうとするが、

「待ってくれ。どうか教えてはくれぬか。なぜ、そこまで壙国を恐れる？」

炎能の問いに、微鳳は張り詰めた面持ちで振り返った。

「壙とは、悪逆の国だ」

壙国王螞帝はその地神にも等しき力をもって、従国に平穏を齎《もたら》す。しかし、それはただで与えられる訳ではない。彼《か》の王は見返りを求めるのだ。

壙が伍州の全てを掌握することが出来たのは、従国へ派遣される王子に拠《よ》るところが大きい。巫祝《ふしゅく》として派遣されてきた王子は祭祀をおこなうと称し、国じゅうを巡って全てを見分《けんぶん》する。その地にある人民の数を、収穫される米穀の量を、王家にある后女たちの姿を。

王子たちは、地神に祈りその国に平穏を齎したのちに、その謝礼として神への——つまり螞帝への——捧《ささ》げものを求める。その対象となるのは王子たちが見たもの全て。人民たちは賦役《ふえき》にかりだされ、米穀は蔵から持ち去られ、そして后女たちは封宮へと送られる。

それを拒否すれば地神より罰が下される。河は干上がり、作物は枯れ、民は疫病《えきびょう》により斃《たお》れる。王子を排除しようものなら、たちまち壙から兵が押し寄せる。兵たちは螞帝が考案した面妖怪奇《めんようかいき》な兵器を用い、その国を痕跡《こんせき》さえ残さず消し去ってしまうのだ。

「なんと、そんなことが……」

炎能はがたがたと震えだした。

「しかし真気様はずっと地下に籠《こ》もっていたのだぞ。蝺帝の捧げものなど物色できようか。あの御方は何も見なかった」

「何もではない」

微鳳は苦しげに声を絞った。

「唯一《ゆいいつ》目にしてしまったのが、瑤花様だ」

二人の別離を密《ひそ》かに見守っていた微鳳は、そのことを知っていた。

炎能は白目を剝きそうになった。

「微鳳よ、これはお主ひとりでどうにかできる話ではあるまい。族長の皆を呼び集めよう」

「いや、ひとりだからこそ出来ることもある」

「微鳳よ」

炎能の案ずるような声に、微鳳はくるりと背を向けて応《こた》えた。

「この微鳳が命に代えても、必ず瑤花様は救って見せよう。軍事についてはせがれに託してある。炎能よ、後のことは頼んだぞ」

そう言い残すと、風のように王宮から飛び出していった。
それが二人にとって今生の別れとなった。

歴世神王拾記《れきせいしんのうじゆうき》　蝎帝《ばてい》　巻六

どれほど時が経っても、黄原の景色は変わることがなかった。地を覆《おお》う黄金色の茅《かや》が、吹き付ける風に漣《さざなみ》のように靡《なび》いている。そこで識人《しきじん》と沽人《こじん》との激しい戦があったことなど、嘘のようだった。

だが、それは紛れもなく起こったのだ。茅の中に転がるひとつの人頭が、そのことを物語っている。頭は完全な白骨とはならず、まだ薄く肉が残っていた。眼球があった場所には黒々とした孔《あな》が覗いていた。変わり果てた姿となっても、その相貌《そうぼう》はかつての面影を僅《わず》かに残している。

蝎九《ばきゆう》の頭であった。

彼の身体《からだ》は四三二〇一の肉片に分割され、最後に残った頭も弔われることなく地に打ち捨てられた。哀れなる蝎九を顧みようとする者は、この伍州《ごしゆう》には誰一人として残っていなかった。

ただ顧みる人はなくとも、虫は別である。蝎九の昏《くら》い眼窩《がんか》の奥から、一匹の蟻《あり》が這《は》い出してきた。薄く肉の残る頬を伝って地に降りると、後から後から湧き出すように蟻たちは続き、黒い線を成した。

頭を発った蟻たちは、おのおの幼虫などの餌《えさ》を咥《くわ》えて戻ってきた。勤勉なる蟻たちは、休みなく頭と茅原とを行き来している。頭だけとなった蜴九は、いまや蟻の巣と化しているのであった。

眼を凝らしてみれば、蟻たちはそれぞれに違った姿形を活《い》かして、己《おの》が役割を果たしていた。大きな顎《あご》を持った蟻は下草を齧《かじ》り切って道を作り、長い足を持つ蟻は素早く餌を拾ってくる。彼らは弛《たゆ》まず働き続け、自らの縄張りを徐々に広げていった。

だが遠くにゆけばゆくほど、より強い敵と遭遇することが多くなる。飛びまわる蠅《はえ》に卵を産みつけられたり、蜘蛛《くも》が張り巡らす糸によって搦《から》め捕られたりと、憂《う》き目に遭うものが跡を絶たない。

一方の蟻たちも、黙って喰《く》われるのを待つわけではない。敵より優《まさ》るものを用いてそれに抗《あらが》った。

つまりは、数である。

個としては弱くとも、蟻は群れとして敵に立ち向かった。襲われた蟻があれば、他の仲間が黒山のごとく敵に群がって細かく刻んだ。巨大な野鼠《のねずみ》に百匹の蟻が食べられても、残った千匹が眼球を刺し、腹を食い破り、しまいには食料に変えてしまうのである。

蟻は弱い生き物である。

だがその群れより強い生き物は、黄原にはなかった。

茅野に棲《す》む敵を退けた蟻たちは、いっそう縄張りを広げてゆく。単に食料を求めたわけではないだろう。見聞を広めてゆくことこそが、彼らに宿る本能だった。蟻たちが草を翳り切って作った道はいつしか螞九の頭から遠く離れ、黄原の外に達していた。そこで蜘蛛や野鼠などより、遥《はる》かに獰猛《どうもう》にして狡猾《こうかつ》な獣に行き当たった。

その獣を、人と呼ぶ。

沽人《こじん》は、伍州の至るところに満ちていた。彼らは彷徨《さまよ》いながら商いをする暮らしを捨て、識人《しきじん》から奪った土地に住まいを定めたのだ。

むろん、まだ伍州の全てを治める王朝なるものは誕生していない。初めてそれを興したのは螞帝である。黄原に攻め入った禺王《ぐおう》も大邑を築き権勢を振るっていたが、治める土地は玄州の一部に留まっていた。

人の聚落《しゅうらく》に初めて足を踏み入れた蟻たちは、眼前に映る獣を奇異の眼差しで仰ぎ見た。これまでに遭遇した獣よりずっと大きく、群れを成す数も多い。ただどうであれ自らの前に立ち塞《ふさ》がる獣がいれば、敵と見做《みな》さねばならない。

蟻の一匹が人の足先に顎を突き刺したところ、遥か頭上で叫び声がした。人は怒りに我を忘れたように、その場で地団駄を踏む。十、二十と蟻たちは潰《つぶ》されてゆくが、それでも怯《ひる》むことはなかった。個で敵《かな》わなくば、群れで戦うまで。

蟻たちは一斉に人の肌を這《は》い登った。足を登ってくる蟻の大群に、人は半狂乱になって暴れだす。蟻たちは必死にしがみつき、膝《ひざ》から腹へとさらに進んでゆく。これまでの敵ならばこれで勝負が決していたはずだった。だが人は、蟻たちの知らぬ性質を持ち合わせていたのだった。

突如、通り雨にでも打たれたように蟻たちは水浸しになった。

足の萎《な》えた蟻たちは、何が起こったのかも分からずぼろぼろと落ちていった。彼らが浴びたのは酒である。咄嗟《とっさ》に人は野遊びの伴《とも》として携えていた酒を口に含むと、自らの身体に吹き付けたのだ。道具を用いて他を殺《あや》めるのは、人だけが持つ習性といえる。

近くに狂暴な蟻が棲息《せいそく》するという噂は、たちまち人の聚落のなかに広まった。彼らは黄原の茅を短く刈り込み、蟻を見つける端から潰して歩いた。人も蟻と似て、群れで敵を襲うのである。人は執拗《しつよう》だった。自らの聚落の近くに棲む蟻ばかりでなく、その大本から根絶せねば気が済まなかった。聚落の人は皆目を血走らせ、蟻の巣を探し回っている。

つまりは螞九の頭を。

そこに巣食う蟻たちは、次第に大きくなる足音に気付いていた。あと数日も経たぬ間に、螞九の頭は跡形もなく踏み壊されてしまうことだろう。だが正面から戦うには、人はあまりに強大過ぎる相手。そこで蟻たちは、より簡単な方法で襲い来る敵に対処することにした。

逃げたのである。

蟻たちは一斉に眼窩から這い出ると、黄原目掛けて散り散りに逃げ去っていった。その瞬間、強い不安に襲われた。これまで自分たちが安全に暮らすことができたのは、蝸九の頭という固い巣に護《まも》られていたからである。その中に何千何万という蟻が寄り集まっていたからこそ、群れとして敵を打ち倒すことができた。

だが今、自分はちっぽけな一匹の蟻となった。

蜘蛛だろうが、蜂《はち》だろうが、こんな弱い虫を殺めることなどわけない。どこか身を隠せるところはないか、敵が寄り付かぬところはないか。一刻も早く、安住の地を見つけ出さなければならなかった。蟻たちは皆同じ思いに駆られ、黄原を四方八方に散っていった。

そのうちの一匹が、ようやく辿り着いた。

垂れ込めた暗雲が月の光を遮る、完全なる闇夜《やみよ》のこと。蟻の目は、硬い土の壁に囲まれた幾つもの壙《あなぐら》を捉《とら》えていた。この中なら、敵たちも襲ってこないに違いない。蟻は周囲を探るように触角を蠢《うごめ》かし、板で仕切られた壙の内側に身体を滑らせる。

その壙が人の棲家であることを、まだ蟻は知らない。

家の内側に入り込んだ蟻は、そこで喜びに打ち震えるように触角を動かした。なんと壙の中には、もっと自分たちに相応《ふさわ》しい巣があるではないか。蟻が喜び勇んで向かった先には、牀《しよう》に横たわる男の姿があった。蟻は腕を伝い、肌をよじ登り、寝息を吹き出している鼻の穴に入った。その温《ぬく》もりに誘われるように、蟻は深く潜り込んでゆく。

肉を食い破るようにして、裡《うち》へ、裡へと。

眠りこけていた男は、ぱちりと目を開いた。糸で引かれたように、ぎこちなく上体を擡《もた》げる。身体を這い回る蟻に気付いたにしては、様子がおかしい。己が手を眼前にかざすと、不思議そうに手のひらを見つめる。

続いて、おもむろに牀から立ち上がろうとした。まだ眠気から覚めやらぬのか、ぐらりと体勢を崩すと、頭をしたたかに打った。それでも顔色ひとつ変えることなく、起きては転び、起きては転びを繰り返した。

身体じゅうに青あざを作りふらりと立ち上がった男は、ゆっくり唇を震わせた。

「良い棲家を見つけたものだ」

男は無表情のまま、住家の外にまろび出た。朝日が聚落を明るく照らしていた。眼前では人々が行き交っている。鋤《すき》を肩にかついだ老人が野良仕事に向かい、幼い兄弟が追いかけ合って遊んでいた。

「仲間にも教えてやらねば」

男はぼそりと口にした。

「棲家が、そこらじゅうに転がっている」

南朱列国演義《なんしゆれつこくえんぎ》　戴南《じなん》　第七回

微鳳《びほう》が戴南の王宮を飛び出したそのとき、すでに瑤花《ようか》は壙《こう》国の領域深くへと入っていた。

瑤花は軒車《けんしゃ》の窓から、静かに景色を眺め続けていた。狭い車内に大人しく収まっているというのは彼女らしくなかったが、窓外を流れてゆく二つとない景色がその目を惹《ひ》きつけて離さなかった。

軒車は、湖の如《ごと》く広大な湿地のうえを渡された一本の木道を進んだ。水面からはたくさんの葦《あし》が伸び、その先端で蜻蛉《とんぼ》が羽を休めていた。風で葦が揺れると蜻蛉は一斉に飛び立ち、燃えるような夕焼けへ溶け込んでいった。

さらに進めば、軒車は砂丘へと差し掛かった。見渡す限りの砂山は、月の光によって青と黒の二色に塗り分けられていた。静まりかえる砂漠のなか、道から溢《あふ》れた歩兵が砂を踏むさくさくという音だけが夜に響いていた。

瑤花は変わりゆく景色を眺めるうちふと気になり、

「ちょっと、ちょっと」

と並走する軒車に呼びかけた。

「これまで通ってきたところは、ぜんぶ壙が治めている土地なのですか」

向かい合った窓から、ぼうっと浮き上がるように青白い顔が覗いた。

「確かにそうであるが」顔色の悪い老人が瑤花を見返す。

「これらは、蝙帝《ばてい》が支配するうちのほんの一部にしか過ぎぬ」

「へぇ。だったら蝙帝様はとても忙しいのでしょうね。これだけ広い土地なら巡るだけでも何ヶ月もかかってしまう」

「少し違うな」

その者は冷ややかに応えた。

「蝙帝は治める土地を自ら巡回するようなことはない。歩まずとも、壙における全てを識《し》るのだ」

「そうなんですか」

「それこそ、地神である蝙帝が持ち合わせている権能である。蝙帝とは壙国において何が起こったか、そしてこれから何が起こるかを知る者なのだ」

そう語った老人こそ、壙国の第五皇子《こうし》である少沢《しょうたく》であった。

＊

瑤花が栽南を発《た》とうとする、その時へと遡《さかのぼ》る。

炎能《えんのう》に出立を告げた瑤花は、伴《とも》の者も連れず国境へ駆け戻った。辿《たど》り着いたときには、とっぷりと日も暮れていた。草原では五十人ほどの兵が松明《たいまつ》を持ち、瑤花を待ち構えていた。

壙から来た一行のなかで、最も目を引くのは軒車の姿である。かつて真気《しんき》が乗ってきたものよりも大きく、錫《しゃく》と呼ばれる金属製の頭飾りをつけた五頭の馬によって牽《ひ》かれていた。全体が黒漆で塗られている車は、砕いた軟玉が表面に散らされており松明の炎をうけて妖《あや》しく輝いていた。

その軒車が二台並んでいる。

「お待たせしました」

瑤花が声をかけると、その片方から幽鬼のごとく青白い顔が浮かびあがった。

「気にすることはない。無理を言ったのはこちらである」

第五皇子の少沢である。

彼《か》の者は老人であった。頭には冕冠《べんかん》を載せており、そこから数多の旒《りゅう》が垂れている。

首は細く、冠の重みで折れそうなほどであった。軒車の中にある少沢は、どこか不安げな視線を辺りに配っていた。

「せっかく栽南まで来たというのに、お饗《もてな》しもできなくてごめんなさい」

「いや、愚老《わたし》は壙邑の外は慣れておらぬ。すぐに引き返した方がかえって気が楽だ」

少沢はそう言って、するすると軒車の中へ引っ込んだ。

少し遅れて、拗《す》ねたような声が聞こえた。

「本来であれば、外へ出るのは王子たちの役目なのだ」

彼の言うとおり、壙の中枢を担《にな》う皇子たる者が壙邑の外に、まして外界である栽南まで遥々やって来るというのは有り得ぬはずのことであった。

彼に指示を下すことが出来るのは第一皇子の大敦《だいとん》か、あるいは鵐帝その人しかいない。それほどの者が、瑤花を迎えるための使者として遣わされているのである。事の重さを知らぬ瑤花は、軽い足取りでもう一台の軒車にひょいと飛び乗った。漆黒の鎧《よろい》に身を包んだ壙の兵たちが、すかさず周囲を取り巻く。

そうして、瑤花と少沢を乗せた二台の軒車は北へと進路を取ったのである。

栽南の国境を過ぎ伍州《ごしゅう》の領域に入ると、軒車の揺れがぴたりと収まった。道は広くなり、滑らかに石が敷かれていた。鵐帝が伍州じゅうに張り巡らせた、馳道《ちどう》に差し掛かったのである。

　瑤花は移り変わる景色を眺めていたが、さすがに三ヶ月も経《た》つと飽きてしまったようだ。軒車の小さな窓からぐっと頭を突き出し、もぞもぞ身体を動かして外に抜け出す。猫のようにくるりと身を回転させ地に降り立つと、何事もなかったかのように兵たちに混じり歩き始めた。

　これに困ったのは周囲を護る兵たちである。無理やり車に押し戻すわけにもゆかず、かといって自由に歩かせておいたのでは下された命に背くことになる。兵たちはどのように対処すれば良いか分からず、狼狽《うろた》えることしかできない。

　すると、並走する軒車から少沢の声がした。

「構わぬ。瑤花殿の好きなようにさせてやりなさい」

　それから、どこかつまらなそうに付け加えた。

「どうせ危険などありはしない」

　少沢の言葉は正しかった。

　それからの旅程において、瑤花たち一行はいかなる危うき目にも遭遇することはなかった。悪天候ですら彼女たちを阻《はば》まなかった。馳道は塵《ちり》ひとつなく掃き清められており、民たちは地べたに顔を擦り付け視線のひとつも寄越さなかった。

　だが彼女たち一行が無事だったのは偶然のなせる業ではなく、螞帝の掌《てのひら》のうえを歩むがゆえ。瑤花がそれに気付いたのは、出立から四ヶ月が過ぎ旅の歩みが止まったときのことであった。

そのとき一行は山道を進んでいた。辺りには角張った大きな岩がごろごろと転がり、岩間に灌木《かんぼく》の緑が見える他は灰褐色だけの荒涼たる景色が続いていた。そのような場所に、忽然《こつぜん》と住居が並んでいた。いずれの邸《やしき》も白い煉瓦《れんが》を積み上げて造られており、壁にはしみひとつ見当たらなかった。

軒車が速度を緩めると、向かい合う窓からすっと少沢の顔が覗《のぞ》いた。

「ここに五日間滞在する。瑤花殿も長旅でお疲れのことであろう」

「いえ、べつに疲れてはいないのですけれど」

すると少沢は早口になって、

「自身では気付かずとも、疲れとは身体に蓄積されてゆく。無理をせず五日間は休まれた方が良い。聚落にある者たちも、瑤花殿を饗す用意をしている」

ごちそうが出るというのであれば拒む理由はない。瑤花は連日提供される珍味に舌鼓《したつづみ》を打ち、広々とした牀《しょう》で手足を伸ばして眠り、快適な日々を過ごした。

旅を再開してから数日の後。

馳道は次第に山道を下り、峡谷に渡されている大橋に差し掛かった。河は水嵩《みずかさ》を増し、轟々《ごうごう》という音が瑤花の耳に届いた。

そこで瑤花はふと目を止めた。橋の欄干に、びっしりと草のようなものが絡みついていた。すぐさま欄干に駆け寄り、身を乗り出して橋の下を眺める。水は赤く濁り、川縁《かわべり》の草木は川下へと傾《かし》いでいた。

「山津波があったんだ」と瑤花は呟《つぶや》いた。

この付近を豪雨が襲ったのだ。数日前までは橋の上に水が来ていたのであろう。聚落に留まらなければ、巻き込まれていたかも知れない。瑤花はほっと胸を撫《な》でおろそうとし、その手を止める。

違う。これは偶然などではない。

少沢はこう言っていた。

「蟵帝とは壙国において何が起こったか、そしてこれから何が起こるかを知る」のだと。

滞在したのは、予見した災いを避けるために急造された聚落だったのだ。

そのとき瑤花が思い出したのは、真気との別れの場面である。

顔を凍りつかせ、彼は叫んだ。

「けっして壙邑へと近づいてはならぬぞ」

いったい真気は何を怖れたのか。そのことの意味が、瑤花にも分かりかけた気がした。

瑤花たち一行は、ひたすらに北へと進路を取り続けた。変化が訪れたのは、栽南を発ってから五ヶ月余りが過ぎたころである。

そこからは同じ景色が続いた。いくら進めども瑤花の目に映るものは変わらず、黄金に輝く低い茅が一面に広がるばかり。彼女はいつか目にした海を思い出した。水面を燦《きら》めかせたどこまでも続く海原は、眼前の景色とよく似ていた。

大海原をぐるぐる回遊しているような気分になった瑤花は、少沢を乗せた軒車に歩み寄った。

「壙の都までは、あとどれくらいで着きますか?」

「もう、見えているはずだが」

瑤花は首をかしげ、進む先を見遣る。

黄金の草原が続くだけで、人が造った建物の一つすら見当たらない。だが少沢が謀《はか》ろうとしているとも思えなかった。瑤花は目を細め、草原の彼方《かなた》へと視線を投じた。

何か違和感があった。

いま瑤花が見つめる草原が尽きる場所は、あまりに直線的に過ぎる。大地を占める黄金の原は、空と交わるところで真《ま》っ直《す》ぐに切り取られていた。

「もしかして、あれが壙の都ですか」

瑤花が訊《たず》ねると、少沢は笑いを堪《こら》えるようにして返した。

「幾日も前から見えておったのだがな」

伍州における聚落は、規模の大きいものを邑《ゆう》と呼ぶ。単なる聚落と邑を分けるのは、周囲を覆う壁の有無である。邑、あるいは国という文字の成り立ちにしても、聚落を囲む壁からその形が出来たものである。

むろん壙邑の周囲にも城壁が巡らされている。

その規模に見合った巨大な壁が。

数日前から彼女が目にしていたのは地平線ではない。視界の及ぶ限りを占める、巨大な壙邑を囲う城壁なのであった。

＊

瑤花の目が壙邑の姿を捉《とら》えたころ。

微鳳は死力を尽くして北へと向かっていた。いくら風よりも速く進もうとも、瑤花が出立してから二ヶ月も経っている。彼女との距離はまだ遠く離れていた。

一方で、微鳳は既に壙の深くまで入り込んでいたことになる。余人をもって為《な》せる業ではなかった。蠣帝は伍州にある全《すべ》てを見通す者。自らの領域を侵そうとする者があれば、たちどころに彼の手の者により捕らえられてしまうはずであった。

微鳳が持つ隠形《おんぎょう》の術は、蠣帝の目をも掻《か》い潜《くぐ》っていたのだ。

瑤花が裁南を発ってから、五ヶ月余りが過ぎようとしている。事に間に合わなければ意味がない。

微鳳は、螞帝が瑤花のことを単に饗応するため呼び寄せたとは微塵《みじん》も信じてはいなかった。彼女に害が及ぶ前に、必ず追いついて阻止せねばならない。瑤花が封宮《ほうきゅう》へ囚《とら》われてしまえば、生きて再び裁南の地を踏むことは叶《かな》わないであろう。

一刻も早く壙邑に着かなくてはならない。

時間がなかった。

微鳳は燃えるように熱を帯びる己の身をさらに震わせ、壙邑までの道を急いだ。

歴世神王拾記《れきせいしんのうじゆうき》　蟆帝《ばてい》　巻七

蟆九《ばきゆう》の頭に巣食っていた蟻たちは、人の身を得たがゆえの困難に直面していた。

彼らにとって最も住みよい場所はやはり蟆九の頭のなか。だが黄原に戻り、そこに転がる蟆九の眼窩から内側へと戻ろうとしたところ鼻先すら入らない。彼らは愕然《がくぜん》とする。この身体は大きくなり過ぎていたのであった。

如何《いか》にすべきか考えた末、蟆九の蟻たちは新しい棲家を作ることにした。彼らは本質的には蟻であるため、地上に邸《やしき》を建てるのではなく地下を掘り下げていった。人身を得ていた蟻たちは工具を巧みに使い、昼夜を問わず回廊を掘り、その脇《わき》に人の身が収まる室を拵《こしら》えていった。仕上げに地下回廊の最奥に大きな空間を作った。中央に土を盛って壇を作ると、その上に据えたのは長い間自分たちのことを護《まも》ってくれた蟆九の頭。

かくして、蟻たちの聚落が出来上がった。彼らは完成した地下聚落を見て――おそらく人の持つ習性が混じった為《ため》であろうが――名を授けてやりたくなった。不思議なことに全員が同じ一文字を思い浮かべた。

その名は、壙《こう》。

彼らが地下に造ったのはまさしく壙《あなぐら》であり、それより相応《ふさわ》しい名前などなかった。

これから螞九の蟻は、その聚落の名を取って壙人と呼ぶことにしたい。

壙人たちが自らの領域としたのは地下だけではない。大きな身体を手にすれば、それだけ多くの食料が必要となる。より広い場所を探索するため、壙人たちは道を作り始めた。道作りなら、蟻である彼らにはお手のもの。道具を巧みに操り、凄《すさ》まじい勢いで地を拓《ひら》いてゆく。彼らは怠けることを知らない。道は日を追うごとに長さを増していった。

道は黄原を抜け、ほどなくして隣の聚落に行き当たることになる。壙人たちの訪れを見て、そこに住んでいた若者は訝《いぶか》しげに顔を歪《ゆが》めた。自分が耕した畑の上で、数人の者がせっせと道を敷いているのだから当然であろう。

「何をしているのですか」

若者は内心の腹立ちを抑え、声を掛けた。

馬鍬《まぐわ》を片手に道を敷いているのが、よもや蟻であるとは思いもつかない。

「これはどうも。今日もせいが出ることですねえ」

壙人たちはぎこちない笑顔を返した。

笑いかけながらも、手を休めることはない。柔らかく耕された畑を撞槌《とうつい》で突き固め、鋤簾《じょれん》で平らかにし、道に変えてゆく。

若者は、自分の畑が荒らされることにいきり立った。

「我らの土地に、何をしているのだ!」と怒鳴りつけ、壙人たちが手にする道具を奪い取ろうとした。

それが命取りになった。

がつり、と音がした。若者の頭頂部に、深々とつるはしの刃が突き刺さっていた。壙人は手にしていたつるはしを、ためらいなく振り下ろしたのだ。吹き出した血飛沫《ちしぶき》に、壙人の顔は赤く濡れた。壙人たちは崩れ落ちる若者を道脇に蹴飛《けと》ばすと、何事もなかったように再び道を敷き始めた。

白昼堂々行われたその蛮行に、同じ聚落の者たちは激怒した。道を敷いていた壙人を押し包むと、寄ってたかって踏みつけ、殴りつけ、血祭りにあげたのである。だがそうするうち彼らの怒りは萎《な》え、不気味さに変わっていった。

壙人たちは顔じゅうの穴から血を流し、全身の骨を折られながらも、自らの身体を守るそぶりも見せない。それどころか、事切れる寸前まで鋤簾を前後へ動かし、道を均《なら》そうとしていたのである。

「何なのだ、こいつらは」

聚落の者たちは呆然と呟くと、横たわる壙人の屍体《したい》から忌《い》まわしげに目を背けた。

だが翌日になると更なる恐怖が訪れた。

「これはどうも」

朝の訪れとともに家から出た男に、はずんだ声が掛けられた。

「今日もせいが出ることですねえ」

その男は鋭く叫び声をあげ、白目を剝《む》いて昏倒《こんとう》した。そこには昨日と同じ壙人たちが笑顔を浮かべていた。ある者はぱっくりと割れた頭から脳を晒《さら》しながら。またある者は切り裂かれた腹から腸《はらわた》を溢《こぼ》しながら。それでも壙人たちは足並みを揃《そろ》えて草地を切り開き、地を突き固めてゆくのであった。

叫び声を聞きつけ勢いよく外に飛び出してきた他の者たちも、慌てて引き返し戸板を閉ざした。恐怖にかられた彼らはもはや壙人たちを倒そうという気もおきず、室の片隅で震えるだけだった。邸のなかであれば平気だと思っていたのであろうか。戸板の隙間からでも蟻は入って来るというのに。

ほどなくして隣の聚落の者たちは、壙人の仲間入りを果たした。だが蝸九の頭の中に巣食っていた蟻の数は、四三二〇一。

まだまだ人の身体は足りなかった。

壙人たちが道を伸ばすにつれ、彼らの縄張りは広がっていった。黄原にぽつりとあった壙の聚落は、凄まじい勢いで伍州《ごしゅう》の大地を黒く塗りつぶした。そうするうち彼らはまた新しい困難にぶつかってしまう。

　今度は、蟻の数が足りなくなったのだ。

　出くわす人々を片っ端から壙人に変えてゆくうち、蟻が尽きてしまった。伍州に暮らす人の数は四三二〇一より遥かに多い。だが縄張りを広げる限り、そこにいる人を操らねばならなかった。

　壙人とせずとも、人を蟻に変える方法が必要となったのである。

＊

　黄原の中心に位置する壙人たちが初めに造った地下聚落は、今や壙邑と呼ばれていた。その最も深き場所にある室に築かれた土の壇に、螞九の頭が据えられていた。その頭を取り囲むように五人の壙人が地べたに胡座《あぐら》をかき、思案するように低い唸り声を立てている。

　彼らが悩ませているのは人の頭であったか、それとも蟻の頭であったか。

　突如として響いた高笑いが、沈黙を破った。

「何を悩むか、人など操るのは簡単であろう。見せしめに片っ端から殺してやれば、他の者は黙って従うようになるのを知らぬのか」

彼の名は大敦《だいとん》。目元涼しく、紅顔《こうがん》人に勝る好男子である。だが端正な容貌より目につくのは、その人を侮ったような眼差《まなざ》し。大敦が預かるのは貪《どん》、つまりは我欲であり自然と他を見下す物言いとなる。

そこに集っているのは、四三二〇一ある壙人のなかで最も能《よ》く人の脳を操る者たち。それゆえ蟻の本能より、人の性質が色濃く現れている。彼らはそれぞれ人心を成す五要素を強く預かる——、

貪の大敦、

昂《こう》の伏兎《ふくと》、

怒の肩貞《けんてい》、

惰の玉枕《ぎょくちん》、

そして疑の少沢《しょうたく》であった。

「それは良い。実に面白そうだ」

大敦の言葉に嬉々《きき》として賛同したのは、伏兎だった。

「たわけたことを言うな。どうやれば人を操れるかを考えているのに、それを減らしてどうする！」

肩貞が声を荒らげる。

その横にある玉枕は顔をうつむけ、先ほどから一言も発していない。考えるふりをし

て眠っている様子だった。

少し間をおいて、最後の一人がおずおずと口を開いた。

「愚老《わたし》は思うのであるが、人とは存外蟻《われら》とそう変わらない」

彼の名は少沢。年老いた身体を持ち、青白い顔には無数の皺《しわ》がよっている。猫背のせいか上目遣いに他の四人の顔色を窺《うかが》っていた。

「蟻と同じような集団を作ってやれば、各人は自らの役割に沿って動くのではないか」

ほう、と他の四人は声を揃えた。

もとは蟻である彼らにとって、少沢の示唆《しさ》する方法がいかなるものか想像に難くなかった。これならば上手《うま》く人を操ることが出来るかも知れない。少なくとも大敦が主張する方法よりは。

五人の蟻たちが同じ結論に達した瞬間、大敦は膝をばしりと叩《たた》いて立ち上がった。

「面白いではないか。我が許す、やってみよ」

君子以《もっ》て事を作《な》すには始めを謀《はか》る、とはよく言ったものである。少沢の案を取り入れたことにより、壙は伍州を統《す》べる大国としての道を歩み始めた。もっとも考案者である少沢は大きな労を負うはめになったのであるが。

彼の見立てによれば、人は蟻に似ている。長《おさ》から命令を下されれば、己の意思を捨てそれに従うというのが本性なのだ。それゆえ、人を操るために必要なのは確固たる組織である。壙人の意思を隅々まで行き渡らせ、大集団が一つの生き物として動くための体制が、つまりは人を蟻の群れのごとくさせる体制を築き上げるのだ。

その鍵《かぎ》となるのが位階である。

蟻の群れは必ず一匹の王を持っている。王の周りには、世話をする蟻が控える。その他の大多数は、巣に食餌《しょくじ》を運んできたり、外敵と戦ったりする働き蟻だ。

人を操るためには、それと同じ構造の組織があれば良い。壙の中心となるのは最も人の脳を能く操る五人で、これを皇子《こうし》と呼ぶ。皇子を補佐しその方針を領民に敷衍《ふえん》するのが残り四三一九六の壙人たち。彼らには王子《おうじ》という職名を与える。

そして王子の命令に従う最下層の存在が、かつて沽人《こじん》と呼ばれた人である。人が持つ性質を鑑《かんが》みるに、自らが働き蟻であると理解さえすれば喜んで与えられた仕事を全うするはずであった。

かくして黄原に樹《た》てられた壙という聚落は、壙という国に変貌《へんぼう》を遂げた。

残るは王の存在である。

黄原の中心にあるかつての地下聚落には、王朝の中心として相応しい宮殿も築かれている。その指揮を取ったのは大敦だった。

「寝る間を惜しみ、食う暇を捨てよ。壙国の宮殿を造営する栄誉に与《あずか》れば、そのようなものは不要であろうからな」

大敦は地を掘り下げる民たちに檄《げき》を飛ばす。領民を蟻にも劣る扱いで働かせた結果、王宮は見る間に広く、深くなっていった。

その地下宮殿の中心に、王は鎮座している。

土で築かれた壇の上に据えられていたのは、螞九の頭だった。

彼こそが壙国の王であった。それは五皇子が互いに争うことがないよう、形だけの王として置かれたのかも知れない。しかし同時に、螞九以外にこの国を治めるに相応しい者などありはしなかった。

なぜなら、壙人たちはすべて螞九の肉片から生まれたのだから。

螞九とは、蟻の識人《しきじん》である。禺奇《ぐうき》によって彼が四三二〇一の肉片に分割された際、宿っていた権能が外へと顕《あらわ》れた。肉片は地に落ちたとき蟻に転じ、後に打ち捨てられた頭へと棲み着いたのだ。

壙国の地下宮殿とは、物言わぬ王のための墓所なのである。

生者ならぬ王があるべき場所は地の底にある廟社《びょうしゃ》、あるいは玄室こそが相応しかった。

＊

壙という王朝が樹てられたことで、壙人たちは以前にも増して人々を巧みに操ることが可能となった。彼らの版図はさらなる勢いで拡大されていった。壙邑のある黄原から延ばされた侵攻のための道——馳道《ちどう》は、南は朱州、西は白州、そして北は玄州の半ばにまで達している。伍州のうち、三分の二ほどが壙国の統べるところとなったのだ。

では、残る三分の一はどうか。

彼奴《きやつ》が所有している。

人のなかの王。

腐れた葛《かずら》を頭に冠し、その腐汁に塗《まみ》れた王が。

彼の名は禺王《ぐおう》。識人たちを駆逐した後、もとの領土であった玄州の邑から手を広げ、東に接する青州をも治めていた。彼はもはや単なる商隊の長ではない。浅ましくも、己の名から取った禺《ぐう》という王朝を統べている。

今、伍州には二つの王朝が並立していた。

壙と禺。

両国の戦いはもはや避けられぬものとなっていた。

南朱列国演義《なんしゅれっこくえんぎ》　載南《じなん》　第八回

瑤花《ようか》が見上げる石積みの壁は天に繋《つな》がっていると見紛《みまが》うほどに高く、載南の王宮とも比較にならぬ程であった。瑤花を乗せた軒車《けんしゃ》は、壙邑《こうゆう》を囲む城壁の袂《たもと》まで辿《たど》り着いた。入城の際は自らの足ではなく、車の中にあらねばならぬと少沢《しょうたく》から言い渡されていた。

瑤花は隣を進む少沢の車に尋ねた。

「壙国は、伍州《ごしゅう》の全てを治めているんですよね」

「おおむねそうだが、正確ではない。壙とは領地ではなく、螞帝を仰ぐ者たちの集団を指す。むろん、それは伍州の全てと等しいのだが」

「だったら、この城壁は何のために造られたのですか。伍州には壙邑を攻めようとする者なんて居ないはずなのに」

「良い質問である。この城壁は敵から壙邑を護るためのものではない。瑤花殿は、真气《しんき》めが携えていた方壁《ほうへき》という祭具のことを覚えていようか」

「なんとなく」

「あの四角い金器は伍州を表している。方形に敷かれた城壁は大地を象《かたど》り、その中心にあるのが地神である螞帝《ばてい》。壙邑も大きさこそ違えど、同じく伍州の縮図なのだ。城壁が象る四角形はこの世界の縁《ふち》を示している」

そのような会話を交わすうち、二台の軒車は兵たちに護られながら城壁を越えようとしていた。城壁の前には断崖《だんがい》のごとく深い空堀がある。銅製と見られる大門が内側に開き、堀の向こうから跳ね橋が下りてきた。

瑤花の軒車が橋のうえをゆっくり渡ってゆくと、門の向こうに都の姿が見えてきた。

壙邑は伍州における城塞《じようさい》都市の原型となり、その構造は後代まで引き継がれている。碁盤の目のように敷かれた経緯道路もこの都から始まったものだ。城内を無数に走る道のなかで都市の脊椎《せきつい》となるのは、正門から王宮までを貫く正経大路であった。

軒車が大路に入ると、瑤花は異様な光景を見た。

道のなかに道がある。都を貫く大路には、地べたに伏した人々がどこまでも連なり道を成していた。並走する二台の軒車は、何千、何万という人に縁取られた道をゆるゆると進んでいく。

しばらくして、軒車はさらに速度を落としていった。瑤花が小窓から身を乗り出して前方を窺うと、そこには一人の男が立ち開《はだ》かっていた。地べたに這《は》いつくばる人々のなか、胸をそらし直立するその姿はやけに目立った。

その男は前触れもなく哄笑《こうしょう》を炸裂《さくれつ》させた。

「裁南国女王瑤花よ、伍州の外からよくぞ参った。日ならずして壙邑に招かれた幸運を喜ぶがよい」

並走する軒車から少沢が小声で告げる。

「あれなる者は、第一皇子の大敦《だいとん》という」

すると瑤花は車の小窓からするりと抜け出し、大敦の前に走り寄った。

「栽南国王の瑤花と申します。このたびは栄《はえ》ある壙国の王都へとお招きいただき、幸甚《こうじん》の至り」

と型どおり拝礼してから、唐突に願い出た。

「ところで真気様にはお会いできませんか」

大敦はぎょっとしたような表情を見せ、続いて少沢をじろりと睨《にら》んだ。道中礼儀くらいは教えておけと、その視線が語っている。

少沢は慌てて、軒車から声を張る。

「真気は蝺帝に仕えており、すぐに会うことは叶わぬ。封宮《ほうきゆう》は聖域であるため、入るためには相応しい時機を捉えねばならぬのだ」

壙国の礼において、先《ま》ず守らねばならぬのは順序である。いきなり真気への目通りを願い出た瑤花の行為は、あまりに礼を失したものであった。

だが、なおも瑤花は食い下がった。

「なるべく早く会いたいのですけれど」

大敦は不快げに眉《まゆ》を寄せると、

「ここは壙国だ。早く真気に会いたいのであれば、無駄口を叩かず我らの礼に従うが良い。そなたの為に邸宅を設《しつら》えてある。少沢に案内してもらえ」

瑤花たちに背を向け、王宮のある方へ歩み去っていった。

しばらく瑤花はその姿を見送っていたが、

「こちらである」

と横から少沢が小声で促した。

瑤花のための邸宅は、正経大路沿いに建てられていた。周囲は二重の壁が巡らされ、その内側で三棟の邸《やしき》がコの字を作っていた。屋根は黒光りする陶製の瓦《かわらふ》で葺かれている。中庭に植えられた槐樹《えんじゅ》は白い花をつけ、そのほとりには小さな池まで作られていた。いずれも瑤花には見慣れぬ様式であった。

「奥にある一番大きな邸が瑤花殿に滞在いただくためのもの。左右の棟には側仕《そばづか》えの女官、割烹《かっぽう》を務める烰人《ふじん》、そして警護の兵が詰めておる。なにか不便があれば、彼らに申し付けると良い」

少沢も長旅の疲れが出たのか、どことなく浮かない声であった。

瑤花は周囲へそっと視線を走らせる。中庭に植えられている樹木は、まだしっかり根付いていないことが見て取れた。おそらく邸自体が彼女のために新しく造られたものだろう。なぜ、ここまで手篤《てあつ》くするのか。その意図が見えぬことを不気味に思った。

瑤花の不安をよそに厚遇は続いた。

日に三度、瑤花の前には焞人たちが腕によりをかけた食事が並べられた。醴《あまざけ》、しおから、牛の肝の煮付け、鮑《あわび》や赤貝の干物、茹《ゆ》でた扁豆《ひらまめ》。様々な器に盛り付けられた料理は、栽南では見かけぬものばかりであった。食べ慣れぬものではあるが味は悪くない。

だが南方にある栽南で主食とされていたのは穀類である。しばらく口にせずにいると故郷の味が恋しくなってきた。

瑤花は食膳《しょくぜん》を運んできた焞人に尋ねた。

「米穀はないのですか」

「手に入らぬことはありませんが、提供することは叶いません」

焞人は頭を下げた姿勢のまま応《こた》える。

「献立は封宮に入られる客人のための礼法として定められたもの。一介の焞人には曲げることなど許されません」

瑤花は不満げな表情を浮かべながらも、目の前にある皿に箸《はし》を伸ばす。訳のわからぬ作法のためだと言われては、山海の珍味も途端に不味《まず》くなった。

瑤花の不満は溜《た》まってゆくばかりであった。十日ほどが経過しても、彼女が封宮に呼ばれることはなかった。最初の数日は少沢も様子を窺いに来たが、それ以降は足が遠のいていた。

そうなれば、ただ黙って待っているだけの瑤花ではない。

雲の奥へと月が隠れた夜更《よふ》けのこと。彼女は竹で編まれた牀《しょう》へ身を横たえながら辺りから物音が絶えるのを待ち、静かに邸を抜け出した。誰も状況を教えてくれないのであれば自分で確かめるしかない。

邸は二重の壁によって取り囲まれており、門は夜通し兵たちによって護られている。賊の侵入を防ぐためであろうが、瑤花自身も街に出ることは阻まれている。とはいえ、それは彼女にとってさして障害ではない。するすると細木の槐樹をのぼり、自らが過ごしている邸宅の屋根へと飛び移った。そこから二重の塀を一歩、二歩、と足場にするように跳ね、三歩目で外の大路へと着地する。

瑤花は身を低くし辺りを探った。

次の瞬間、瑤花は闇《やみ》の中を滑るようにして北へと駆けた。正経大路がこの都にとっての脊椎であれば、それが続く先に壙国の頭脳があるに決まっている。

彼女が探ろうとしているのは封宮である。真気の所在を摑《つか》めるとまでは思っていないが、少しでも情報を得ておきたかった。宮殿の姿を予《あらかじ》め知っておけば、護りの薄い場所の目星をつけておくことが出来よう。

だが、しばらく駆けてから瑤花は首をひねる。

いくら走れども封宮は見えてこない。それは視界が闇に閉ざされている為ではなかった。ときおり雲間から月の光が差しても、大路の先に巨大な建物の気配はない。

そうするうち、ついに瑤花は正経大路の果てに辿り着いてしまう。

大路の左右に軒を連ねていた家屋は消え、そこには開けた空間だけがあった。宮殿の姿など認められず、空虚だけが辺りを占めていた。

折からの風に月を覆《おお》っていた雲が散りぢりになり、辺りは青白い光で包まれた。

人の影が差した。

「そなたも風流を知る心があると見た。美しい月があれば、愛《め》でようと思うのは当然だからな」

どこからか歩み出てきたのは、大敦である。

瑤花は邸から抜け出たことを取り繕おうともせず尋ねた。

「封宮はどこにあるのですか」

「それを知るのは、今日ではない」

大敦は、勿体《もったい》つけるように顎《あご》に手を添えた。

「明日、封宮を案内してやろう。真気もそこにある。焦《あせ》らずとも明日になれば全てを知ることになろう。瑤花よ、楽しみにしておれ」

彼は口の端《は》をゆがめて昏《くら》い笑みを見せた。

大敦の言葉どおり、あくる日になると瑤花の邸の前に一台の軒車が乗り付けた。

「似合っておる」

少沢が見つめる先にいる瑤花は、側仕えの女官たちによって儀装を身に纏《まと》わされていた。

それは、上下がひとつに繋がった純白の長衣だった。襟と袖《そで》の色も同じく白で、細かい刺繡《ししゅう》が施されていた。この時代には珍しく頭髪は結われていない。瑤花の髪は肩の下まで達していた。

「変なかっこう」

瑤花は気に入らなかったらしく、不機嫌を面に出していた。

「よく似合っておる」

少沢は繰り返した。

邸の前で待っていた軒車に瑤花が乗り込むと、少沢はその傍で足を止めた。

「わたしは此処《ここ》まで」

「一緒にいかないのですか」

「瑤花殿との旅ほど、心から楽しいと思ったことはない。ここで見送るのはわたしの本意ではないのだがな」

少沢はそこまで言うと、手を翳《かざ》して周囲の兵に合図を送った。瑤花を乗せた軒車は、ゆっくりと大路を進みはじめる。速度を早める軒車に向かって、少沢は感情を押し殺すように呟いた。

「これも、皇子の務めなのだ」

軒車は大路を北に向かっている。瑤花が小窓から景色を覗けば、やはり昨夜駆けた道と同じであった。この先に宮殿が無いことはこの目で確かめた。瑤花は小さく首をひねると、軒車の壁にどっしりと身体をもたれさせた。考えずとも、そのうち分かることである。

軒車は、途中で方向を変えることもなく大路を進み、とうとう果てまで辿り着いた。瑤花が車から降りると、やはり王宮の姿はない。不揃いな大きさの石畳が敷かれた広場の中心には、見覚えのある男が腕を組み仁王立ちしていた。

「待ちかねたぞ」

声を張り上げたのは大敦である。

「封宮に入ると聞いていたのですが」

「我が空言を弄《ろう》すると思ったか」

瑤花は辺りを眺め回すが、建物らしきものの姿すらない。

「見よ」

大敦は天を衝《つ》くように腕をふりあげた。

直後、足元から低い唸《うな》り声のようなものが響いてくる。地震かと瑤花は膝をつくが、それにしては揺れ方が不自然だった。すると視線の先で石畳に亀裂《きれつ》が走った。その亀裂は線を引くように真っすぐ地を割ると、断面が垂直にせり上がってくる。

瑤花の眼前に聳《そび》えたのは、石造りの巨大な楼閣だった。

「これが封宮ですか」

「まさか」

大敦は嘲《あざけ》るように言い放った。

「これは単なる封宮の門だ」

楼閣の正面に縦一本の筋が走り、ゆっくり内側へ開いてゆく。開け放たれた扉の奥には闇が広がり、地の底へと繋がる階段がぼんやりと覗いていた。

「では、ついてくるが良い」

大敦は闇に向かって歩を進める。扉の向こうから、生暖かい風が吹き付けてきた。

瑤花は臆《おく》する様子もなく、小走りで大敦の背中を追いかけた。

＊

瑤花が封宮へと足を踏み入れようとした丁度そのとき。

ようやく微鳳《びほう》は壙邑に辿り着いた。

彼は城壁の高くから、碁盤の目のごとく整えられた街区を眺めている。これまで持てる力の全てを尽くして壙邑に向かってきた為に、彼の身体は自らを焼き殺さんばかりに熱せられていた。だが、それを鎮《しず》めている暇はない。

都を貫く正経大路の遥《はる》か先に、楼閣が突き立つのが見えた。

微鳳がこの都に忍び込むのは初めてではない。ときおり現れる楼閣が、封宮に通じる門であることを知っていた。門が現れているのは、賓客を招き入れるために他ならない。

微鳳は八の字を描くような動作を見せた。

それは符丁である。

少しの間をおいて、足音を立てることもなく彼の眷属《けんぞく》が集まってきた。微鳳は自らの手の者を壙邑に潜ませていたのである。周囲に集ってきた数は十、百、まだ増えている。

微鳳は、周囲にある眷属たちに向かって短く問うた。

「瑤花様は？」

「今しがた、王宮に入られたところです」

もはや猶予《ゆうよ》はない。微鳳はその場から飛び去ろうとする。

「お伴《とも》いたします」

「いや、数が増えればかえって目立つ」

後を追おうとした眷属たちを、微鳳は留めた。

「皆は封宮の外で待機していてくれ。何としても、瑤花様を宮殿から逃れさせてみせる。お主たちは壙邑の外へお連れするのだ」

微鳳は自らが生きて封宮から戻れぬことを覚悟していた。もはや振り返らず疾風よりも早く封宮へと向かった。

歴世神王拾記《れきせいしんのうじゅうき》　螞帝《ばてい》　巻八

「禺国《ぐうこく》めを倒すべきときが来た」

大敦《だいとん》が宣言すると、封宮《ほうきゅう》の玄室に居並ぶ他の皇子《こうし》たちは黙って顔を見合わせた。

もはや伍州《ごしゅう》のうえに倒すべき相手は禺国の他にない。大敦が口にしたのは、当たり前の事実に過ぎなかった。

「だが、どうやるというのだ」肩貞《けんてい》は憤然とした表情を浮かべる。

「禺国を除けるならとうに済ませていた。論ずるなら、その手段の方であろうが」

なぜ両国はこれまで相見《あいまみ》えることが無かったのか。その理由は、滑水《かっすい》という大河の存在にある。

玄州の北の果てを源流とするその河は山を下るようにして南へと流れ、黄原と青州の境界を描きながら東に折れ、そのまま南東へ下って海に通ずる。つまりその流れは、壙と禺という二国の境界線となっているのであった。

よって禺へと攻め込むためには滑水を越えねばならぬが、決して容易ではなかった。

この大河の名が示すのは、水が滑り落ちて見ゆるほどの激しい流れ。そそり立つ崖岸は天然の砦《とりで》と化していた。禺国は侵攻を防ぐため、各所に架けられていた橋を落としていた。新たに架橋するにも、渡船を用いるにも、時が掛かり過ぎてしまう。

それでも、大敦は余裕の表情を崩さない。

「貴様は滑水ごときに屈するかも知れぬが、我は違う。禺を倒すべきときが来たと言えば、それは実現するのだ」

大敦の言葉に、他の四人は再び顔を見合わせる。視線が行き交い、最終的に他の三人は少沢《しょうたく》を見た。年長者でもある彼はしぶしぶといった様子で口を開く。

「しかし滑水を越えるためには何か手立てが必要となると思うのだが、それは如何《いか》なるものか」

大敦はその質問を待ちかまえていたように、昂然《こうぜん》と言い放った。

「ならば教えてやろう。禺国を攻めるため我が考えた策を。その名も、人橋急架の計と言う」

大敦が唱えた驚天動地の計略が実行に移されたのは、一ヶ月後のことである。

ところは黄原を東に抜けた、青州との境界。滑水によって削り出された谷底に轟々《ごうごう》と流れる水音が辺りに響いていた。他に比べて川幅が狭い場所ではあったが、それでも彼岸は霞《かす》んで見えた。

滑水に差し向かって壙の大軍が敷かれている。陣容を見れば、身軽な歩兵たちばかりでなく、車輪を備えた戦車や、さらには大槌《おおづち》を搭載した衝車《しょうしゃ》などの攻城兵器も窺える。むろん、彼らの前には橋が架けられているわけではない。

軍の最前へ、一台の戦車が進み出る。

十頭もの馬に牽《ひ》かれた巨大な戦車であった。望楼のような車箱《くるまばこ》の上で肩をいからせるのは、大敦である。漆黒の戦袍《せんぽう》に身を包んだ彼は、地を埋める壙軍を睥睨《へいげい》しながら声を張り上げた。

「喜べ。禺国を誅《ちゅう》する日は訪れた。貴様らは壙国が伍州の全《すべ》てを治める礎《いしずえ》となる。その誇りを胸に歩を進めよ。これより人橋急架の計を開始する」

その言葉を受け、地を覆う壙軍は一斉に進み始める。

最前にいる歩兵たちは、滑水に削られた断崖《だんがい》へ近づいてゆくと――そのまま谷底に落下していった。後に続く者たちも足を止めることはない。先に落ちた者を目がけて、次々と兵たちは奈落《ならく》へ身を投じていった。

兵たちが自滅するさまを見て、大敦は口の端を持ち上げた。

伍州の大半を掌握している壙国にとって、多少兵が減ったところで惜しくはない。その程度で、禺国との兵力差が埋まるものではなかった。埋められるのは滑水である。兵たちが弛《たゆ》まず落ち続けた結果、川面《かわも》から屍《しかばね》の姿が窺えるようになってきた。さらに兵たちは仲間の屍体《したい》を乗り越え、己の肉体で川を埋めてゆく。

無数の兵により滑水の彼岸と此岸《しがん》は繋がった。それを満足気に眺めた大敦は、次なる指示を下す。

「続いて、これより青州へと馳道《ちどう》を敷設《ふせつ》する」

すると後方に控えていた工兵たちが、滑水を埋める屍のうえに大量の土砂をかけてゆく。基礎を成すのは人体であり、隙間《すきま》から水を通すので川が溢《あふ》れることもない。工兵たちは撞槌《とうつい》を手にし、土砂と屍とを一緒に突き固め、なだらかな道へ変えていった。

かくして滑水に橋が架けられた。

大敦は豪語したとおり、滑水を屈服させることに成功したのである。彼を乗せた巨大な戦車は、無数の屍によって造られた橋のうえを悠々と進んでゆく。

大敦は後ろを振り返ることもせず、

「進め。禺国の地を、壙の足裏で均《なら》してやるのだ」

破《わ》れるような哄笑と共に、全軍に命じたのであった。

禺国の領地深くまで、壙軍は侵してゆく。

壙軍には彼らが所有する殆《ほと》どの兵士、武器、それを指揮する王子たちが投じられていた。この戦いが終われば、伍州の地は全て彼らの手中に収まる。出し惜しみする理由はなかった。

長い隊列には、壙国の支配者たる皇子たちを乗せた巨大な戦車が四台。大敦ばかりでなく、伏兎、肩貞、玉枕の姿も車上に窺うことができた。留守番役を押し付けられた少沢だけが、壙邑に残されておりその場にいなかった。

壙軍の道を妨げるものはなかった。

禺国としては、まさか自領内に敵が現れるとは想像だにしなかったのであろう。点在する聚落《しゅうらく》には申し訳程度の兵しか置かれておらず、地を埋める壙軍に抵抗するすべもない。道々にある聚落は、無数の壙兵によって文字どおり踏み均されていったのであった。

その様子を、四人の皇子たちは退屈げに眺めている。

怠惰を常とする玉枕は、実際には見ることもなく車のなかで眠りこけている。彼にとっては喜ばしい状況であったろうが、他の皇子にとっては歯ごたえがなさすぎた。

「禺国とはここまで惰弱であるか」

怒りを露《あら》わにするのは肩貞であった。

退屈を嫌う伏兎も、

「確かに、これじゃあ戦をしに来たという気がしないなあ」と車の中で足をばたつかせる。

珍しくも、二人を宥《なだ》めるのは大敦であった。

「中途半端《はんぱ》に抵抗されるよりましであろう。もっとも我の威光に打たれ自ら縊《くび》れる方が望ましいのだがな」

「せっかく軍を整えたというのに、これでは野遊びをしに来たのと変わらんわ」

不満げな肩貞に向かって、大敦は鷹揚《おうよう》に声をかける。

「まあ、慌《あわ》てるな」

彼の目は、既に禺国の都を捉《とら》えていた。

禺国の都が置かれているのは、背に山を負う起伏の多い土地であった。周囲には沼地も多く、広大な都を築くのには向かないが、守るに固い場所が選ばれていた。攻め手である壙軍は背後を突くことが出来ず、さらに段丘や沼によって陣形が乱されてしまう。

だが、大敦の余裕は崩れない。

攻城戦は、攻める方が圧倒的に不利とされている。城の護《まも》りを破るのが難しいためであるが、最大の理由としては手間取れば逆に他国から攻められる危険があるからだ。

しかし今の禺国には援軍もなければ、逃げる場所すらない。

壙軍の指揮を取るのは大敦である。

「焦る必要はない。城を三方から押し包むように布陣せよ」

他人を見下すのを常とし、足をすくわれるのを嫌う。そのような彼が軍を掌握する以上、危うき戦法を取るわけも無かった。

山によって塞《ふさ》がれている背面を除き、伏兎、肩貞、玉枕が三方から攻める。大敦は離れた段丘のうえに陣を張り、軍の全体を俯瞰《ふかん》していた。

三皇子はいたずらに突撃することなく、弓や発石車などの投射兵器を用いて守勢を削《そ》いでいった。生易しい攻撃にも思えたが、禺国を苦しめるには十分。地を埋める壙軍が一斉にそれを行うのである。城内には、降り止《や》まぬ長雨のように矢や岩が落ち続けていた。

全ては大敦の思惑どおり進んでいた。

はじめは女牆《じょしょう》の陰から矢を射返してくる禺兵の姿もあったが、包囲する期間が長くなるにつれ徐々に消えていった。半年が経つ頃には、城内は殆ど沈黙するばかりになった。

焦《じ》れた皇子たちは強攻を仕掛けようと主張するが、大敦はそれをにべもなく撥《は》ね付けた。城内の食料は尽きているはずであり、いたずらに刺激せずとも決着は遠くない。彼らに残る選択肢は二つだけだった。降伏を申し出てくるか、破れかぶれの突撃を試みるか。

さらに二月の後、ようやく禺国は後者を選んだ。

「我の時を無駄に使わせおって」

内側へと開いてゆく城門を、大敦はさしたる感慨もなく見つめた。

門の間から覗いた禺兵たちは、見るからに弱り果てていた。その殆どが歩兵で、戦車はまばらだった。軍馬まで喰い尽くしてしまったのであろう。

「方陣を敷け」

大敦の声に、傍らにある王子が戦鼓を打ち鳴らした。それを合図に、三方に展開していた陣が集まってくる。突撃してくる禺軍を正面から迎え撃つためだ。

両軍の戦力差は一目瞭然《いちもくりょうぜん》。

衝突すれば、禺軍は消し飛ぶはずだった。

だがそのとき、禺軍の背後から一台の戦車が進み出てきた。車上の者は、頭上に黒い縄状の冠を戴《いただ》いていた。漆黒の鎧《よろい》に埋め込まれた軟玉が、日の光にぎらぎらと輝く。禺王《ぐおう》である。

その証拠に、彼の胸元には矢を象った首飾りが掛けられていた。

禺王を目にした瞬間――大敦は戦車から転げ落ちた。

引き絞るような叫び声を喉から迸《ほとばし》らせながら、禺王に向かって突き進んだ。なぜそのような行動を取っているのか、自分でも訳が分からなかった。

彼ばかりではない。他の皇子も、王子も、みなが駆け出した。奇声をあげ、目を血走らせ、ただ一心に禺王を目指す。

彼らの胸にあったのは、殺意だった。

禺王を殺す。その思いが、螞九《ばきゅう》の蟻たちを狂わせていた。今際《いまわ》に螞九が抱いた感情は、彼の肉片の一欠片《かけら》にまで染み付いていた。憎き敵である禺王の姿を捉えた瞬間、その殺意が表れ出たのだ。

だが皮肉なことに、その感情は禺王に味方した。怒りに我を忘れた壙の王族たちは、武具のひとつも携えていない。

禺王は好機を逃さなかった。

「弓を構えよ」

活を入れるように叫ぶと、兵たちは反射的に襲い来る壙の王族へと弓を向けた。

十分に引きつけたところで、

「放てっ」

再び禺王は叫ぶ。

一斉に放たれた矢は、正面から向かってくる者たちを難なく貫いた。波打つように王子たちは次々と押し寄せるが、丸腰の彼らを射止めるのは簡単だった。

瞬《また》く間に形勢は覆《くつがえ》った。

巨大な生き物のごとき壙軍は、頭を失えば実に脆《もろ》かった。餓死寸前だったはずの禺兵たちに次々と打ち倒されてゆく。壙軍は総崩れになり、僅《わず》かに生き残った者たちは取るものもとりあえず、もと来た道を引き返していった。

戦車は王族たちの遺骸《いがい》を乗せるための荷車と化し、馬ならぬ兵たちが牽いていった。

禺軍の追い打ちに抗《あらが》うすべもなく、後列の者から順に鏖殺《おうさつ》されてゆき、敗走路は血で赤く塗られていった。

完膚なきまでの敗北である。

留守を任されていた少沢は、滑水を渡ってくる兵の姿を見て立ち竦《すく》む。

「何が起こったのだ……」

彼らは、伍州の全てを手中に収めるため滑水を渡ったはずであった。それが今では、満身創痍《まんしんそうい》の兵たちが僅かに帰還を果たすのみ。

少沢は、兵たちのなかに見知った顔があることに気付いた。

「大敦ではないか、これは一体……」

よろよろと駆け寄った先にあったのは、大敦である。彼は全身に矢傷を受けながらも、一兵卒の姿に身を窶《やつ》し執念だけで壙国へと帰って来たのだ。

大敦は、血走った目を少沢へ向ける。

「話は後だ。我とこれらの遺骸を封宮《ほうきゅう》に運びこむのだ」

あくる日、大敦と少沢は封宮の玄室に並んで座っていた。彼らの視線の先には二つの壇がある。一つは、螞九の頭が据えられている祭壇。そしてもう一つは、室の天井にまで届くほどに巨大な、王族たちの遺骸を積みあげた壇であった。

肉の饐《す》えた臭《にお》いが室内に満ちている。篝火《かがりび》が揺れるたび、堆《うずたか》く積まれた王族たちの死に際《ぎわ》の表情が色濃く浮かび上がった。その中には伏兎、肩貞、玉枕の、皇子たち三人も見受けられる。

遺骸を持ち帰るよう命を下したのは、大敦である。彼らにとって本当の死は、その身に宿る蟻が息絶えたとき。仮初《かりそめ》の肉体が朽ちても、蟻さえ無事なら再び蘇《よみがえ》る。だが、それには時が必要だった。新しい棲家《すみか》を用意しても、気に入るかは蟻次第。大半の王子が討たれてしまった今となれば、全てが蘇るまでにどれほど掛かるか分からなかった。

大敦は、傍らの少沢へ語りかける。

「我の見た禺王とは、多少なりとも頭のまわる者のようだった。遠からず壙邑へと攻めてくるのは間違いない」

それは、彼の怜悧《れいり》な観察眼が言わせたことである。八ヶ月にも及ぶ包囲を受け、禺国も直ちに兵を動かせる状態にはない。ただ、禺王ならば壙国を討ち滅ぼす機会が今しかないことにも気付くはずと思われた。

「では大敦、われらはどうすれば良いというのか」

軍事にうとい少沢であっても、禺軍が攻めてくればそれを阻《はば》む手立てがないことは分かっていた。

大敦は、豪快な笑声《しょうせい》を飛ばしてから言った。

「我にも分からぬわ」

そのときである。

「分からぬか」

と、声がした。

大敦と少沢は互いに顔を見合わせる。

「分からぬならば、問うが良い」

間違いなく、玄室のなかに声が響いた。二人は弾《はじ》かれたように、頭だけとなった蝸九に目を向ける。

篝火に照らされた眼窩《がんか》の奥は、いまだ闇が広がるだけであった。

＊

「壙国を倒すべきときが来た」

禺王が宣言したのは、壙軍を退けてからひと月と経《た》たぬときのことであった。

臣たちは口を揃《そろ》えて言う。

「せめて、あと一年待っては下さらないでしょうか」

先の籠城戦《ろうじょうせん》で軍馬は喰い尽くし、兵たちも復調まではほど遠い。

応《こた》える代わりに、禺王は玉座を蹴倒《けたお》した。

「兵を集めよ」

国力で劣る禺が彼《か》の国を落とすには、今を措《お》いて他にないのだ。

「たとえ独りでも、朕《ちん》は壙邑へ向かう」

禺王がそう言えば、他の者も従うしかなかった。

かくして南征軍が編成された。先頭にある禺王は黒縄の冠を戴き、進む先を真っすぐに見据えている。黒揃えの兵たちが一丸となって進む姿には、既に伍州を統《す》べるに相応《ふさわ》しい威風が備わっていた。

禺王は玄州から青州へと抜け、そこから壙邑のある黄原を目指した。血で塗られた壙軍の退路を辿《たど》れば、道に迷うことはなかった。もはや禺王の行手を妨げるものはなく、壙国の中心へと苦もなく進んでゆく。なんら抵抗のないことを、禺王は不思議にも思わなかった。道脇《わき》には、先の戦いから落ち延びるなか力尽きた者の軀《むくろ》が点々としていた。壙国は、彼らを葬る余力すら残していないのだ。

禺王は兵たちに命じた。

「弔ってやるがよい」

その声には憤《いきどお》りが籠《こ》められていた。これが国のために命をかけた者への処遇だというのなら、王たる資格はない。やはり自分が伍州の全てを治めねばならぬのだ。禺王は覚悟を新たにし、壙邑を目指して突き進んでいった。

だが、その情けが仇《あだ》となった。

兵を進めるうち、壙兵の亡骸《なきがら》を弔った者たちの身体《からだ》に発疹《ほっしん》が現れ出した。強い痒《かゆ》みを伴うようで、兵たちはしきりと肌を掻《か》きむしる。発疹はやがて体表をびっしりと覆い尽くした。兵たちは激しい熱に頭の痛みを訴えながら、次々と息絶えていった。

「屍兵《しへい》から、呪詛《じゅそ》を受けてしまったのか」

禺王は悔やんだが、今更どうすることも出来ない。亡《な》くなった兵のためにも、引き返すわけにはゆかなかった。禺王は兵たちを鼓舞しながら、一路壙邑を目指した。

彼らの道のりは、さらに険しいものになってゆく。兵たちの士気を映し出すように、天候も下り坂となった。長雨が身体を冷やし、糧秣《りょうまつ》を水浸しにした。兵たちはぬかるむ足元に体力を奪われ、傷《いた》んだ食料のため腹を下した。禺王を乗せる戦車も、車輪が泥にとらわれ進まなくなった。皆が全身を泥まみれにし、そればかりか糞便《ふんべん》をも垂れ流し、歩くことさえままならない。兵たちは食料を奪い合い、逃げ出す者が相次いだ。

ついには、禺王が僅かな兵とともに山越えの道に差し掛かったときのこと。彼の耳は妙な山鳴りを捉えた。

「逃げよ」

と叫ぶも時遅し。疲れ切った兵たちは緩慢に顔を上げるだけで、押し寄せる山崩れに一人残らず飲み込まれていった。

それでも禺王は歩き続ける。

もはや彼に出来ることはそれだけであった。壙国に深く入り込み、引き返すことすら叶《かな》わない。ここへ至るまでに払った犠牲も大きすぎた。

禺王は壙邑の姿を求めて、ひとり彷徨《さまよ》う。いまだに何が起こったのか分からなかった。自分は伍州の覇者となるため、禺の都を発《た》ったのではなかったか。次第に頭が茫漠《ぼうばく》としてくる。自らの足が、黄金の茅《かや》を掻《か》き分けていることにも気付いていなかった。

「はるばる、よう来られた」

するとそのとき、禺王の前で老人が手を組み立っていた。

「壙王螞帝が、貴公を待っておられる」と青白い顔を向けるのは少沢である。

禺王がその腰の曲がった老人をぼうっと見つめていると、両脇に壙兵の腕が差し込まれた。

兵に引きずられながら、禺王は淀《よど》んだ頭で考える。壙とは、五人の皇子の合議によって司《つかさど》られた国だったのではないか。螞帝などという王があるとは聞いてはいなかった。故郷に戻ったら、臣たちに問い質《ただ》さねばならぬな。

考えを巡らせるうち、いつの間にか禺王は封宮に入っている。

地下に王宮があるとは随分と変わった造りであるな、と彼が辺りを見渡していたところ、

「頭《ず》が高いぞ」

禺王の頭は地べたに押し付けられた。

いや、踏まれたのである。

「ここが壙王蝺帝の御前であるということも、教えねば分からぬか」

禺王の後頭部を、嬉々《きき》として靴底で踏みにじるのは大敦であった。

横から少沢が宣《の》べた。

「ここに連れてまいりました者が、禺王でございます」

辺りを沈黙が占める。

地に伏す禺王の目には、蝺帝の姿を窺《うかが》うことは出来ない。しかし身体を押しつぶすほどの威によって、そこに壙国の王があると知れた。だが、なぜか蝺帝は口を閉ざしたままでいる。

大敦は苛立《いらだ》ちを滲《にじ》ませながら、

「こやつが禺王です」

「否《いな》」

蝺帝は応《こた》えた。

慌てたのは少沢である。

「いえ、そのようなはずはありません。わたしが連れてまいりましたのは、間違いなく禺王であるはず」

「否。禺王ではなく、禺王を騙《かた》る者である」

その言葉に、禺王の頭にかかっていた靄《もや》は俄に晴れた。

螞帝は自らを僭王《せんおう》であると言ったのだ。壙に攻め入った末、禺が敗れたと後世に伝えられるのであれば已《や》むない。だが名も知れぬ者として処断されることだけは、失われた兵たちのためにも受け入れてはならなかった。

禺王は頭を押さえつける大敦の足を払いのけ、すっくと立ち上がった。

「朕こそは、正統なる禺の国主」

と螞帝の声がした方を見据え、

「第十二代禺王である」

首から下げられている禺王たる証《あかし》——矢を象《かたど》った青銅器を掲げたのであった。

禺王を名乗る彼は、螞九を細切れにした初代から数えて十二代目にあたる子孫だった。頭に冠された黒縄は初代の意匠を引き継いではいたが、瑤花が編んだ花冠そのものではない。

長い時が過ぎ去っていた。

「解した」

蟜帝は応えた。

そのとき蟜帝の心中に、如何《いか》なる想《おも》いが去来したかは分からない。感情と呼びうるものを備えていたかさえ定かではない。ただ理解したのであろう。蟜九を刻んだ憎き禺奇《ぐうき》はこの世から去っているのだと。そして、おそらくは誓いを交わした瑤花もそうであると。

蟜帝は再び沈黙する。

二人の王は、もう言葉を交わすことはなかった。

禺王は石と化したように固まっている。彼は、自らに近づく無数の蟻たちの存在にも気付かなかった。

ほどなくして、玄室に引き裂くような悲鳴があがった。蟻たちに生きたまま身を喰い千切られてゆく、禺王の声であった。だが彼は全身を襲う激しい痛みに声をあげたのではない。

蟜帝を目に捉えたがゆえの、恐怖が齎《もたら》した叫びであった。

禺王の声は、彼の身体がすべて蟻の腹に収まるまで続いた。よほど蟻たちは腹が減っていたのか、それとも禺王が生きた証すら残さず消し去りたかったのか。彼のあった場所からは、身につけていた衣服も、骨すらも消えてしまった。

唯一《ゆいいつ》残されたのは、禺王の首から下げられていた矢形の首飾り。それは忘れ去られたかのように、玄室の暗がりにいつまでもぽつねんと置かれていた。

南朱列国演義《なんしゅれつこくえんぎ》　戴南《じなん》　第九回

緩やかに傾斜のつけられた封宮内《ほうきゅう》の通路は、いつ終わるともなく地中深くを潜っていった。

壁面には如何なる仕掛けか篝火《かがりび》が埋め込まれ、地下とはいえど辺りは隈《くま》なく照らされていた。宮内には外気が取り込まれているようで、ときおり篝火が揺らぐ。そのたび壁に映された大敦の影は大きく歪《ゆが》み、奇怪な獣の形となった。

回廊は、迷路の如く至るところで枝分かれしていた。瑤花は途中までは自分が辿ってきた分かれ道を覚えていたのだが、それも百回ほど道を折れたところで諦《あきら》めた。

瑤花たちが進む道には、不自然なほど人の往来がなかった。おそらくは大敦が人払いをしていた為《ため》であろう。道脇にある室を覗《のぞ》けば、冕冠《べんかん》に長衣という黒ずくめの格好をした王子たちが、身を寄せ合うようにして文を書き付けていた。

瑤花はそれを見て、

「真気《しんき》様も、ああいった仕事に就いているのですか」と先導する大敦に尋ねた。

「一口に王子と言っても、様々な役職に分かれている」

大敦は進む足を緩めずに応えた。

「知っていようが、長じる前の王子たちは従国へと送られる。戻ってくれば封宮内の様々な役割を果たすことになる。ああやって触書を認《したた》める者もあれば、各地から納められた賦税《ふぜい》を検《あらた》める者もある。宮殿には王族以外は立ち入ることが許されていないゆえ、警護の兵どもも王子ということになるな」

瑤花が振り向くと、そこには武装した兵たちが幾人もついて来ていた。

「それで、真気様はいったいどのような役割なのですか」

「名誉な職であるのは間違いない。数ある王子のなかで最も重要な役割だ。つまり、真気は蟇帝《ばてい》を側で支えている」

「どんな仕事なのですか」

「それを知りたくば、黙って従うのだ」

さらに瑤花が進むと、回廊は闇《やみ》のなかに続いていた。

これまで通過してきた封宮は、飾り気こそ少ないが整然とした回廊が続き、伍州《ごしゅう》を統《す》べる王があるに相応しい様相であった。しかし、いま瑤花が踏んだ場所は違う。周囲は闇によって占められ、どれほどの広さであるか窺い知ることは出来なかった。

靴底から伝わる感触も変わっている。ごつごつとした岩場を歩んでいるようで、気を抜けば足を取られそうになった。封宮ではなく、人が踏み入れぬ洞穴の奥へと迷い込んでしまったようにも思えた。

「こちらだ」

大敦の姿は闇に溶け、声だけが瑶花をいざなった。

「真気様は、こんな暗い場所にいるのですか？」

「この先こそが蟵帝のある廟社《びょうしゃ》ゆえ、当然やつも同じ場所に居る。真気ばかりでなく、従国へと派遣された王子は皆が蟵帝に仕えるのだ。蟵帝は常に伍州の中心にあり揺らがざるもの。よって、大地のうえを動くのは蟵帝にとっての目ということになる」

大敦の声は広い空間に反響し、どこから発せられたものか分からなくなる。

その声色は次第に険を帯び始める。

「だというのに真気は己《おの》が務めを捨てた。蟵帝の目が目を閉ざしたのでは、如何《いかん》ともし難い。くだらぬ感傷に溺《おぼ》れ伍州を統べる偉大なる務めを理解出来なんだのは、許されざる大罪である」

「違います」

瑶花の声が、一涼の風のように闇を吹き抜けた。

「真気は栽南に真の平穏を齎《もたら》してくれました。蟵帝がいかに優れていようとも、彼より素晴らしい日々を与えてくれたとは思えません」

大敦の哄笑《こうしょう》が応える。

「いやはや驚かせてくれる。外界の王が、伍州の王の治世に物申すか。地の果てにあって常識を知らぬとはいえ、ここが戯言《たわごと》をぬかして良い場所かどうかの分別もつかぬとは、さすがに見過ごすことはできぬ」

笑い声は途絶え、残響が室にこだました。

「故《ゆえ》に、栽南王瑤花にはその咎《とが》を負ってもらおう」

瑤花を取り囲む兵たちは、手にしていた松明《たいまつ》を一斉に灯した。刺すような光に、瑤花の目は眩《くら》んだ。

次第に視界が回復してゆくにつれ、玄室の真の姿が顕《あらわ》になってきた。

まず、瑤花の目が捉えたのは土で築かれた祭壇である。かつて真気が方壁《ほうへき》を祀《まつ》っていたものと似ているが、その上には何も据えられていない。

視線を横へ滑らせると、そこにはもう一つ。遥かに巨大で、奇怪な存在感を纏《まと》った祭壇が鎮座していた。ただ、瑤花は目に映るものを何と呼ぶべきか分からなかった。

その祭壇は岩を積み上げて造ったようにも見えたが、違う。

岩ではない。

人頭だ。

無数の人頭が、山と積まれていた。

山肌に晒《さら》された顔を見れば、額に皺《しわ》が刻まれた老人、頬を紅《くれない》に染めた乙女、年端《としは》もゆかぬ幼子もいた。全ての顔は相貌《そうぼう》が異なっている。注意深く見れば、口元は僅かに蠢《うごめ》き、閉じられた瞼《まぶた》も細かく痙攣《けいれん》している。

頭だけとなってもなお生きながらえている人の頭が、祭壇を成していた。

「なぜ、一体こんな……」

彼女の声に応えるように、無数の顔が一斉に目を見開いた。数千、数万という視線が瑤花に注がれる。無数の頭は全て同期され、一つの生き物のように彼女を捉えた。

そのとき瑤花は気付いた。

ただ人の頭が積まれているわけではない。その表面には文様のような数多《あまた》の線が引かれ、絶えず蠢いて形を変え続けている。一本の線を注視すれば、それは点の集合であることが分かり、一つひとつの点に目を凝らせば――蟻である。

蟻たちの群れが、人頭の表面を這《は》い回っている。鼻の穴から出てきた蟻は、別の頭の耳に入り込んでゆく。また他の蟻は口から現れ、隣の頭の目の隙間から内側へと潜る。積み上げられた人頭は、蟻列《ぎれつ》によって繋《つな》ぎ合わされていたのである。

ならば、それは祭壇ではない。

蟻塚である。

封宮の中心にあるのは、無数の人頭から成る巨大なる蟻塚だった。

「頭《こうべ》を垂れよ」

蟻塚を見上げる瑤花に、大敦は刺すように告げる。

「栽南王瑤花、貴様は初代にして永累《えいるい》する壙国の王にして伍州の覇者、蝸帝その人の前にいるのだ」

瑤花の眼前にあるのは、単なる蟻たちの棲家ではない。蟻と人とが混じり合い、数多の頭脳が結ばれたことにより形づくられた、大知性体である。

それこそが、壙国王蝸帝の正体であった。

蝸帝は、その知性を使って予想する。未《いま》だ伍州に起こっていない出来事を。翻《ひるがえ》って、今をどのように変えれば、未来にいかなる影響が生じるのかを。禺王《ぐおう》を退けたのも、蝸帝が持つその能力を使ってのことであった。

壙国が伍州の全てを掌握した後も、彼の未来視が国の根幹を支えている。反乱を起こす気配のある国はあらかじめ滅ぼしておく。従う国々には収穫量を見越して最大限の賦税を課す。それによって、壙国は千年の長きにわたって伍州を支配し続けることが可能になった。

だが蝸帝が予想をしようにも、相手のことが分からなければ頭脳を働かせようもない。そこで従国に派遣されるのが数多の王子たち。彼らは蝸帝の目としてその地の全てを見たのち、壙国へと戻り蟻塚に取り込まれる。蟻たちが王子の脳を繋ぎ、蝸帝は従国で起こる全てを演算してみせる。

そこに真気の栽南における振る舞いの答えがあった。

彼は見なかった。

壙国の圧政により栽南が搾《しぼ》り取られ、立ち枯れてゆく未来を拒んだのである。強大なる蝺帝に対して、真気が出来ることは目を閉じるという行為だけであった。彼は巫祝《ふしゅく》本来の役割に徹し、闇のなかで祭祀《さいし》を続けたのである。

真気の行いは、やがて大敦の知るところとなる。栽南国について大敦がいくら問いを発しようとも、蝺帝は答えを返そうとしなかった。

「栽南は、攻めるに容易《たやす》い国でありますか」

「不知《しらず》」

蝺帝は応える。

「栽南は未踏の地である」

大敦は、真気の裏切りに気付いた。真気は栽南を目にしてすらいないのだ。

怒りに震える声で問い続ける。彼《か》の国の兵の数は、蓄えた兵糧《ひょうろう》は、都へ忍び込むための間道はないか。しかし、何《いず》れにも蝺帝は答えを返さない。栽南を滅ぼすための有益な情報は何ひとつ手に入らなかった。これでは、さすがの大敦でも栽南を攻めるのに二の足を踏まずにはいられない。

だが執拗《しつよう》な大敦は諦めきれず、最後にこう問うた。

「栽南について、識《し》ることは」

すると、初めて螞帝は応えた。

「瑤花である」

たったひとつ真気の目が捉えてしまった、彼女の名前を。

大敦は全てを察した。


以上の経緯《いきさつ》のすえ、瑤花は螞帝と対峙《たいじ》することになった。

瑤花は怯《おび》えるでもなく、蟻塚へとせわしなく視線を這わせている。だが、そこにある頭はあまりにも多すぎた。探すのを諦め、大敦を責めるように睨《にら》みつける。

「真気に会わせてくれると言ってましたよね?」

大敦はぎりりと奥歯を鳴らした。

実に不愉快だった。瑤花へ咎を与えると言ったのである。螞帝の姿に、恐怖して貰《もら》わなくてはならなかった。

「そうだったな。真気がどこにあるか教えてやろう」

大敦は、勿体《もったい》をつけるようにゆっくり蟻塚へと歩み寄る。

「やつが螞帝の側で仕えているとは教えたな」

蟻塚を成す頭のひとつに近づくと、顔を行き来する蟻を払いのけた。すると蟻列による脳の連結が解け、目に光が戻る。

「瑤花よ、なぜ此処《ここ》にいる。壙邑には決して近づいてはならぬと言ったではないか！」

悲痛な叫び声をあげたのは、紛れもなく真気であった。

大敦は腹をよじって笑いこける。

「真気よ、感謝せよ。栽南国女王が自ら壙邑へとやって来てくれたのだ。お前の代わりに、咎を負うためにな」

大敦の言葉に、真気の表情は凍りつく。

「そろそろ、蟻たちにも滋養をつけてやらねばならぬ頃であった。王子たちの代わりの身体も足りなくなってきたからな。瑤花には、その両方を提供して貰うことにしよう」

瑤花を取り巻く王子たちの輪が、じりじりと狭められてゆく。

蟻は長命を預っていても、それが棲む人の身体は傷みやすい。壙国が后《きさき》を献上させるのは、代替となる王子の身体を産出させるためであった。后たちは何度か赤子を産出したのち、蟻たちの餌《えさ》となる。

大敦は真気に向かって、なじるように言う。

「良いか真気よ。今度こそ、しっかりと見るのだぞ」

「やめるのだ！」

真気は絶叫する。

その声を愉悦の表情で聞いた大敦が、もう一方の瑤花に目を移すと、

「なぜだ」

彼は畏《おそ》れるように表情を歪ませた。

瑤花は、もはや大敦の存在など忘れたようだった。

「そんなところに居たんだ」

長閑《のどか》にもひらひら手を振って見せ、

「じゃあ、一緒に裁南に帰ろうか」

人頭に埋もれた真気に向かって、にっこりと微笑《ほほえ》みかけたのである。

このとき大敦は、初めて恐怖という感情を覚えた。

瑤花は気が触れたのであろうか。周囲を取り巻く兵たちに気付いていないのか。そして、なぜ蟜帝の姿に怯えないのか。

瑤花という存在は、大敦の理解を超えていた。

先程までの愉悦など、どこかに吹き飛んでいる。瑤花のことを、すぐに視界から取り除きたかった。

「もう良い、殺せ。瑤花を即刻処断するのだ！」

大敦が喚《わめ》くように周囲の兵に命じた、ちょうどそのとき――、

「瑤花様」

と小さく声がした。

瑤花は驚いたように目をしばたたく。

「微鳳《びほう》、どうしてこんなところに」

どこからともなく姿を現したのは、微鳳だった。

「わたしのことは心配いらないから、ここから逃げて」

すると微鳳は薄く笑った。

「瑤花様をお護りするのが、それがしの務めです」

微鳳は飛んだ。

蟻塚へと全速力で向かう彼を、誰も妨げようとはしなかった。瑤花を取り囲む兵たちも、それを命じた大敦でさえも、螞帝を狙《ねら》う微鳳に気付かない。

螞帝の元へ辿《たど》り着いた微鳳は、彼の急所を目掛けて一撃を加える。

白針一閃《いっせん》。

彼は自らの尾に生えた、尖針《せんしん》を深く突き刺した。

人頭の表面を這いまわる、一匹の蟻の首筋深くにである。

微鳳は蜂《はち》の識人《しきじん》であった。

動きは極めて敏捷《びんしょう》だが、その身体は人の親指の先ほどしかない。彼が隠形《おんぎょう》に長《た》けているのは、その身に預る権能を活《い》かしてのことである。疾風のように飛びまわる微鳳の存在は、螞帝の目にも留まらなかった。それにより、単身封宮へと忍び込むという離れ業を演じてみせたのだ。

微鳳はその尾に生えている尖針で、次々と蟻たちを刺し貫いてゆく。

蟻と蜂とは、生物としては近しい存在である。だが一個体の強さは圧倒的に蜂の方が上であった。蜂の識人である微鳳にかかれば、螞九《ばきゅう》の蟻はひとたまりもない。微鳳は蟻たちに次々と毒液を注入してゆく。蜂の毒は神経を麻痺《まひ》させるものであり、蟻たちの連結を乱した。

螞帝は壊れた。

人頭を繋いでいた蟻たちは混乱を極め、危険が迫ったことを周囲に知らせる分泌物《ぶんぴつぶつ》を凄《すさ》まじい勢いで放出しはじめた。

玄室は蜂の巣ならぬ、蟻の巣をつついたような騒ぎとなる。螞帝の影響下にあった王子たちは、異様な振る舞いを見せ始めた。ある者は飛び跳ね続け、またある者は同じ場所をぐるぐる走り回った。瑤花を取り囲んでいた王子たちは、玄室内を暴れまわった。

「何をしているのだ。早く瑤花を処断せよ」

そう喚《わめ》く大敦も、顔面を真っ青にしてまともに動くことが出来ずにいる。

瑤花はこの隙《すき》を見逃さなかった。

混乱する王子たちを押しのけ蟻塚に走ると、その勢いのまま斜面を駆け上がった。彼女が足を踏み降ろすたび、人頭がごろごろ転がり落ちてゆく。

そして、一つの頭を両手でがっしと摑《つか》んだ。

「逃げるよ」

呼びかけた先には、真気がいた。

返事を待つこともなく、彼の頭を勢いよく引きずり出した。蟻塚から真気の身体がずるずると抜け、勢いあまって二人はもつれ合いながら斜面を転げ落ちてゆく。蟻塚全体の均衡が崩れ、無数の人頭は玄室の床一面に散らばっていった。

「逃げるよ」

瑤花は繰り返した。

その言葉に、真気は己の身体に目を遣る。蟻塚の中にあった間に、身体は枯れ木のごとく細ってしまっていた。もう少し長く取り込まれていれば、その身は完全に消え果て頭部だけに成ってしまっていたことであろう。

「こんな形《なり》になってしまった。余のことは置いて、そなただけで逃げ……」

べちんと、瑤花は真気の頰を勢いよく張った。

「ふざけたことを言わないで。何のために、微鳳が時間を作ってくれたと思ってるの」

瑤花はひょいと背中に真気を担《かつ》ぐと、王子たちを蹴散《けち》らしながら玄室の出口を抜け、地上へ続く回廊を駆け上がっていった。

＊

瑤花が姿を消した直後の玄室である。

床には、蟻塚から崩れ落ちた無数の人頭が散らばっている。いまだ暴れ続ける王子たちによって、人頭は蹴飛ばされたり、また踏み潰《つぶ》されたりもしている。

そのうちの一つの頭が、じっと玄室の出口に顔を向けていた。

螞九である。

彼の暗い眼窩は、瑤花が去った方へと差し向けられていた。

いや、そこには微《かす》かに光が宿っている。朽ちたはずの眼球が形づくられ、篝火を照らし返していた。

彼の目は蘇ったのだ。

ついぞ誓いを果たすことができなかった、瑤花の姿を追い求めるために。

第三章　伍州《ごしゅう》の境界

朱白島《すはくとう》を発《た》った私は、空路で伍州《ごしゅう》にやってきた。梁思原《りょうしげん》が存命だった五年程前なら、想像もつかなかったはずだ。朱白政府が親伍州政策を取り始めたことで、両国は国交の回復までは至らないものの、経済を中心に交流が図られるようになった。

梁思原がそうなることを知っていたら、父に大切な書物を託そうとは思わなかったかもしれない。ただ歴史に別の可能性を考えても仕方ない。重要なのは、梁思原、そして田辺幸宏《たなべゆきひろ》と受け継がれたバトンが、いま私の手のなかにあるということだった。

伍州国際空港からは、高速鉄道で伍州の首都にある黄京駅に向かった。

駅舎の外に出ると空が狭かった。

百者百様のビルが己の姿を誇るように林立し、空の大部分を覆《おお》い隠していた。この国が急速な経済発展を遂げていることは耳にしていたが、自らの目で見るまでは実感できていなかった。最上階に花の形の展望台を設けているものや、寄木細工のような多角形の窓に壁全体が覆われているものなど、二つとして同じ姿のビルはなかった。

旅の途中、父から託された物語を読み続けていた私の目には、この地に宿る不可思議な力が現れ出したようにも映った。

私は腕時計に目を落とした。これから目指す場所には鉄道は通っておらず、長距離バスに乗り換えねばならなかった。

そこは地方都市から分け入った、田舎の村落のさらに奥。

父と梁思原が何度も手紙で意見を交換し合い、思原の死後は父が独自に調査を続けて、ようやく見つけた場所だ。父の調査とは実に単純で、手元にある資料から推測される場所を、片っ端から衛星写真と照らし合わせるというものだった。

ただ、恐ろしく根気が必要となるものだったのは間違いない。候補地を絞ってゆくには衛星写真を何千枚と印刷したり、伍州から古地図を求めたりと、気が遠くなるほどの手間が掛かった。私のもとへも、衛星写真を公開しているウェブサイトの利用方法を尋ねるメールが何回か届いていた。送信された時間は明け方近くのこともあった。

調査にのめり込む父を見かねて、電話で伝えたことがあった。

「身体《からだ》をこわしてまで、やるべきことなのか？」

父の調査が、一度しか会ったことのない海外の友人から引き継いだものだとは聞いていた。さらには、その友人が既に亡《な》くなっているということも。

「それを見つけたって、もう誰が喜ぶわけでも、褒めてくれるわけでもないんだろ」

父は電話の向こうでしばらく沈黙し、

「そのとおりだな」と認めた。

「でも梁さんと知り合ったことで、私の世界は広くなったんだ。身体を壊していても、こうして心だけなら遠くへゆける」

私は納得できなかった。父の言うことが、老いという現実から目を逸《そ》らすための逃避にも思えた。

ただ、今なら少しだけわかる。

父も梁思原から託されたその荒唐無稽《こうとうむけい》な物語を、全《すべ》て信じたわけではないだろう。父がそこまでしたのは、願いを受け継いだからだ。亡き友人の思いを遂げたいという単純な気持ちが、父を突き動かしていた。私が、父の遺志を継いで遠い伍州まで来ているのと同じように。

再び私は腕時計に目を遣《や》った。出立の時間は近づいている。

急がなくてはならない。私は手元のメモを確認すると、幹線道路沿いのバスターミナルに向かって走り出した。

＊

田辺幸宏が梁思原からそれを受け継いだのは、十五年ほど前に遡《さかのぼ》る。船便で田辺の自宅へと届けられた箱の送り状には、朱白島の住所と梁思原という名が記されていた。

この時点で、二人の関係はごく浅いものであった。田辺にとって思原は「中学生記者団」の引率で朱白島を訪れたとき、現地を案内してくれた英語教師でしかなかった。

中学生記者団というのは、田辺の地元にある新聞社が主催する企画である。市内から選ばれた中学生たちが取材旅行をし、記事を日曜版の紙面に掲載するというもの。好景気の影響もあり、その年の取材先は朱白島だった。

中学生記者は、市内の学校から持ち回りで決められることになっていた。ちょうどそのときの当番が田辺の学校だった。以前から朱白島の歴史に興味を持っていた田辺は、真っ先に引率役を引き受けることを申し出たところ、なぜか他に立候補者はなかった。

当日を迎え、その理由を知ることになる。スケジュールは分刻みで、自由時間などは一切なかった。海外旅行にはしゃぎまわる生徒たちを追いかけ、熱を出してしまった子のために病院を探した。もうすぐ五十に手が届く田辺は、へとへとに疲れ果ててしまった。

しかし、全く楽しいことがなかったわけではない。

それは梁思原との出会いである。

思原は、地元中学生との交流会があった際、先方の引率をしていた教師である。田辺にとって幸運だったのは、その交流会が帰国前最後のプログラムだったことだ。ホテルまで中学生を送り終えた田辺は、やっとひと息つくことが出来た。その後、疲弊した田辺の様子を見て取ったのか、梁思原は彼の労をねぎらおうと地元の料理店に案内してくれたのである。

地元に住む梁思原が勧めるだけあって、料理は申し分なかった。濃いめの味付けに、田辺もつい酒が進んだ。二人とも英語教師だったこともあり、会話はもっぱら英語で交わされた。

二人が語っていたのは、伍州の歴史についてである。田辺としては、伍州から逃れてきた者たちが暮らす朱白島ではセンシティブな話題ではないかと気にしたが、主にその話題を選んだのは思原の方であった。

話は尽きなかった。田辺の趣味は読書であり、特に伍州の歴史小説については、国民的作家が書いた有名どころから古典文学の翻訳まで、ひととおり目を通しているという自負があった。

思原は、田辺の知識を手放しに称賛し、

「Why do you know so much about Goshu history?（どうして、そんなに伍州の歴史に詳しいのですか）」

と、不思議そうに尋ねた。

ここで田辺は、素直に歴史小説が趣味なのだと応《こた》えるべきだったのだろう。しかし、彼は酒が入っていたせいもあってか、少し気取ったようにこう言った。

「Goshu history is my specialty.（伍州の歴史は、私の専門分野なのです）」

互いが英語教師だと紹介し合っていたのだから、思原も彼を歴史の研究者だと取り違えた訳ではないだろう。

だが、きっとこう考えたには違いない。

「これも、何かの縁である」

おそらく、思原は手詰まりであったのだ。

当時、朱白島と伍州は国交が断絶しており、互いの往来も禁じられていた。思原が父の思いを遂げようとしても、それは物理的に不可能であった。田辺が現れたのは、そのような折のことだった。

そうして、田辺幸宏のもとに段ボール箱は届いた。

荷物をほどいてみると、薄い紫の封筒に入った手紙が添えられてあった。

「これは、私の父の手元にあった資料です。考古学の研究者であった父の人生は、この書物と出会い、進む道を大きく変えることになりました。本来であれば、私が父のあとを継ぐべきだと思いますが、故《ゆえ》あって叶《かな》いません。もちろん、あなたに役目を押し付けようというつもりではないのですが、この縁を信じてみたいと思いました。いきなり大量の書籍を送りつけられて迷惑だとは思いますが、どうぞご容赦ください。これをどうされるかは、もちろん田辺様にお任せします。梁思原」

田辺は頭を抱えた。伍州の言語で書かれた古典書籍など、自分にはあまりに荷が勝ちすぎている。酔いにまかせて軽口など叩《たた》かなければ良かったと後悔しても、いまさら遅かった。もっと相応《ふさわ》しい専門家に任せるべきかとも思ったが、田辺の周りにはそれを頼めそうな者など見当たらない。

田辺は思原からの手紙を読み終え、中に収められたものを探ろうとして——その手が固まる。

再び彼は頭を抱えた。

当時、船便は繊細な荷物を運ぶのに相応しい手段ではなかった。往々にしてそれは荒々しい船員によって投げ渡され、運が悪ければ地に落ちて中身がめちゃくちゃになってしまうことさえある。

梁思原が送った書籍は綴《と》じがほどけ、すっかりページが混ざり合ってしまっていたのだ。内容を精査してゆけば繋《つな》がりは分かるかもしれないが、困難を極める作業になるのは目に見えていた。

田辺は深いため息をつきながら、折れ曲がったページを一枚一枚伸ばしてゆく。するとその至るところに、思原のものと見られる細かい書き込みが見られた。これが貴重な書籍だとすれば正しい扱いではないだろうが、非難する気にはなれなかった。思原がこの書物と真剣に向き合い、格闘してきたことの証左だと思えた。

ばらばらになった紙束の下からは、密封されたビニール袋に入った緑青《ろくしょう》の浮いた青銅器が出てきた。矢を象《かたど》ったこの青銅器が何のために収められていたのか、このときの田辺には見当もつかなかった。そして彼は、何度目になるか分からないため息をついた。

「仕方ないな」

この時点で覚悟は決まっていた。

なぜこれほどの難事を引き受けようと思ったのか。それは梁思原が彼に朱白島を案内してくれた時に抱いた感情と同じようなものだろう。しいて言えば、縁と友情を信じたのだ。

思原から託されたこの書物を読み進めれば、青銅器の秘密も分かるはずだ。書物の内容はもちろんまだ分からないが、その書名だけは見て取れた。

南朱列国演義《なんしゅれっこくえんぎ》
歴世神王拾記《れきせいしんのうじゅうき》

田辺は頭を掻《か》きむしりながら、上古の伍州へと彷徨《さまよ》い始めたのだった。

＊

それから時は流れて。

すでに梁思原は、この世から卒してしまっている。田辺自身も持病の腰痛《ようつう》を悪化させ、身の回りのことをヘルパーに頼らねばならなくなった。妻には数年前に先立たれ、子どもたちは独立して家を離れていった。

自らの晩年は、この物語を読み解くことに費やされた。そのことに後悔はない。自分と梁思原との間には利害で結ばれた関係はない。託された二書を読んだところで何ひとつ得をすることはなく、むしろ腰を悪化させる原因となったと言わざるをえない。

だが、彼のおかげで自分の晩年は豊かなものになったのだと、自信を持って言うことができた。物語の中で観《み》るはずのなかった光景に出会い、知るはずのなかった歴史に触れた。

彼の中で、既にこの物語は単なる虚構ではなくなっていた。長く読み続けたせいで現実と混同してしまったわけでもないだろう。だからこそ、彼は重い課題を抱えた気持ちになっていた。

「こまったな」と、田辺は薄くなった頭を掻きむしった。

全《すべ》てを終わらせるためには、伍州の地へとゆかねばならないのだ。

物語と矢を携えて。

だが、自分はそれに耐えることができない身体になってしまった。次の者へと託すべきときが来たのである。

この使命を受け継ぐのは、息子である尚文《なおふみ》であろう。伍州の言葉を知らぬ尚文に物語を継ぐのであれば、彼にも読める形にしなければならない。そこで田辺は、二つの書物を綴じ合わせただけでなく、母国語に翻案しながらひとつの物語へと再構成していった。

苦労のすえ、それを終わらせた田辺はふと気付く。

ひとつに綴《つづ》られたその物語には、何の書名も付されていなかった。

机の引き出しから油性マーカーを取り出し、そこで手を止めた。南朱列国演義と歴世神王拾記とを併記しようとしたが、どうもしっくり来ない。

田辺は、手の中でペンを弄《もてあそ》ぶようにしてしばらく考えた。

宙にタイトルの候補が書かれては、消える。

そして、不意にペンを持つ手が定まった。五千年もの長きにわたって受け継がれた物語は、もうすぐ結末に辿り着く。息子の尚文ならば、愚痴を言いながらでも放り出しはしないだろう。田辺は、そう信じていた。

彼は結末に待つ景色を思い浮かべながら、祈るような気持ちでそのタイトルを表紙へと書き付けた。

「約束の果て　黒と紫の国」


枯れ木の如《ごと》くなった真気《しんき》を背負い、瑤花《ようか》は駈《か》けた。

僅《わず》かに傾《かし》いだ、封宮《ほうきゅう》の回廊である。

もし、そこへ忍び込んだ賊があったとすれば、何百、何千と枝分かれする道で迷い、生きて戻ることは叶《かな》わないであろう。

それほどの迷路《まよいじ》を、瑤花は右に、左にと縫うようにして駈けていた。

岐路に差し掛かるたび、

「どっち」

瑤花は尋ねた。

すると背中に負われた真気は、

「右である」

と、たちどころに応じた。

二人は息を合わせ、封宮の出口へと駈け上がってゆく。

彼らを妨げる者がなかったのは、封宮もまた混乱の中にあったからである。回廊を行き来する王子たちは、気が触れたように跳ねまわっている。先ほどまで触書を認《したた》めていた王子たちは、室のなかで墨をかけあっていた。

それを見た真気は、考える。

（この分だと、封宮の門は閉ざされたままであろう）

地上に通じる門は、王子が操る特殊な装置によって昇降するようになっており、普段は閉ざされている。操作役の王子も正気を失っているはずであり、そこから逃げおおせることは出来ないであろう。

真気は、自らを背負った瑤花に指示する。

「外の風を取り入れている孔《あな》をとおれば、ここから脱出できるはずだ」

それを受けて瑤花は薄暗い枝道へと折れ、その突き当りにある通気孔へ自らを潜り込ませた。瑤花は四つん這《ば》いになるようにして進み、背負われた真気はその身を壁面に擦《こす》り付けられながら、二人は地上へあがっていった。

外へと逃れた彼らの前に広がるのは、壙邑《こうゆう》の街である。

真気は己の目を疑った
（これが本当に、壙国の都であろうか）

普段はどれだけ多くの民たちがあっても、物音ひとつしない街であった。もし、壙邑を騒乱させるようなことをすれば、すぐに王子たちに処断されてしまう。咳《しわぶき》一つしただけで、その首を飛ばされた者もあった。恐れた民たちは、大路をゆくときは口を閉ざし、靴音をたてぬよう裸足《はだし》で歩いた。

しかし、今の状態は正反対と言って良い。

地下深くで螞帝《ばてい》が発した警戒信号は、地上にある王子たちをも狂わせている。壙邑を取り仕切っているはずの王子たちは、わけのわからぬことを叫びながら、ごろごろと地を転げまわっていた。王子の命に従うことになれた民たちは、それに倣《なら》うのが正しいと受け取り、身体を球のようにまるめて転がりながら奇声を発し続けている。

壙邑は、混乱の坩堝《るつぼ》と化していた。

「なに、ぼうっとしてるの」

瑤花は、背中越しに真气へ鋭く声を飛ばした。

「真气は壙邑に詳しいんでしょ。どっちに逃げれば良いの」

「裏道から、壙邑の正門へ抜けよう」

毬《まり》のように転がる人々で溢れた大路を避け、二人は細く入り組んだ裏閭路《うらろじ》を駈けた。逃げる二人を気にするほどの余裕を持つものなど、この壙邑にはなかった。瑤花は、凄《すさ》まじい勢いで門へと向かってゆく。

その間、真气は考え続けていた。

（そうは言ったものの、どうやって城門を越えればよいのだ）

壙邑を取り囲む城壁は天をつく程に高く、翼でも持たないかぎり越えようもない。たとえ城壁の向こう側へゆけたとしても、そこには断崖《だんがい》のように深い空堀がある。もとよりこれらは敵を防ぐというより、城内から人を逃さぬよう造られたものであった。

壙邑を出るためには、跳ね橋をおとし正門を抜けねばならぬのだ。

「瑤花よ、しばし待ってくれ。どのようにして壙邑の外に出るか方策を練らねばならぬ」

だが、瑤花は足を止めない。

「とにかく、行ってみるしかないでしょう」

いつ王子たちが正気を取り戻すか、知れたものではなかった。今は、口舌を弄《ろう》している場合ではない。

「舌を嚙《か》みたくないなら黙ってて」

そうするうち、二人は闇路を抜けて再び大路へと進み出る。

やにわに視界がひらけた。

すると、真気は目を見開いた。

（門が開いているではないか）

正門を封じているはずの跳ね橋は下ろされ、その向こうに黄金に輝く茅《かや》の原が見えた。

瑤花は足を動かし続けた。

うかうかしている間に、跳ね橋をあげられてしまえば、壙邑から逃れるすべはなくなってしまうのだ。

二人の目が届かぬ城門のうえでは、兵士たちが女牆《じょしょう》のへりにぐったりと身体をもたれさせていた。そのうちの一人が、ちょうど跳ね橋を巻きあげるための滑車に身をあずけ、気を失っていた。

それは、微鳳《びほう》の眷属《けんぞく》たちが行ったことである。微鳳の命を受けた彼らは、城門を護《まも》る兵士たちを痺《しび》れさせ、瑤花たちの逃げ道を確保していたのだ。

瑤花は、矢のように駈けている。

踏み降ろす足から遅れて、ぱっ、ぱっと砂が舞い上がっていった。

その勢いのまま瑤花は城門を抜け、さらに後ろを振り向かずに、茅のなかへと分け入った。

そこまできて、真気はやっと気付いた。

（逃げることができたのか）

長い歴史のなかで、壙邑へと囚《とら》われた者がその外へ逃れたなど、聞いたことはなかった。

啞然《あぜん》とする彼の背中では、ぎりぎりと巻きあげられる跳ね橋の音が聞こえていた。

瑤花は、健脚であった。

壙邑からのがれた彼女は一昼夜休まずに走りつづけ、そこでやっと背負っていた真気を地におろした。はじめて、瑤花は振り返る。風に靡《なび》いている茅原の向こうに見える城門の姿は、地平と紛れるほどに遠くなっていた。

「ここまで来れば、とりあえずは安心かな」

と、瑤花は息を弾ませた。

すっかり身体のなまっている真気は、立ち上がることも出来ず草のなかに埋もれたままでいる。そのとき、彼が己の命を救ってくれた相手に向けたのは、感謝の言葉ではなかった。

「なぜ、壙邑に来てしまったのだ。壙邑へと来れば、そなたの命がないと伝えてあったではないか」

「でも、こうして生きてる」

と、瑤花は怯《ひる》むことなく言った。

「そして、真気を救うことができた」

そう言われては、真気には返すべき言葉はなかった。瑤花にしてみれば、彼からは感謝されこそすれ、非難されるいわれはないのだ。

真気も、そのことを理解していたので、

（そなたの身を案じて言ったのだぞ）

拗《す》ねたようなことを、己の心のなかで呟くのみであった。

「まあ、よい」

真気は小さく首を振る。膝《ひざ》に手を当て、弱りきった身体を起こそうとしたが、すぐによろめいて叢《くさむら》のなかへ倒れ込んでしまった。

「ちょっと、無理しないでよ」

瑤花は慌《あわ》てて真気に手を差し伸べようとするが、

「構うな」

真気は、それを拒んだ。いつまでも、彼女の手を借りているわけにはゆかなかった。彼には、戴南《じなん》へと急いで向かわねばならぬ理由がある。

真気の抱く焦燥を見て取って、瑤花は尋ねた。

「なにを、そんなに慌てているの」

「一刻も早く、戴南へと戻り態勢を整えねばならぬ」

「だから、なんの」

「戦のだ」

真気は再び立ち上がろうとするが、体勢を崩して茅のなかに頭から突っ込む。彼は草を吐き出しながら、声を張りあげた。

「壙国は滅びたわけではない。早晩、戴南へと攻めてくるやも知れぬ」

真気は、螞帝が崩じたと見るのは早計であると考えていた。

そもそも、螞帝の生き死にを判別できる者はいない。彼は蟻《あり》の集合体であり、凡《おお》その生命の在りかたとは異なっている。このまま、元の知性を取り戻すことはないかも知れないが、今この瞬間にも蘇《よみがえ》っている可能性もある。

「なんだ」

瑤花は、つまらぬことを聞いたとでも言いたげであった。

その様子を見て、真気は怒り出す。

「なんだ、とはなんだ。栽南の存亡を左右する一大事であるのだぞ。壙国を侮《あなど》ってはならぬ。彼《か》の国には、螞帝はもちろんのこと」

真気は、僅かに怯《おび》えたような表情を見せ、

「そのうえ、大敦《だいとん》もいるのだ」

と、付け加えた。

第一皇子《こうし》の大敦は、ただ尊大なだけの者ではない。

壙国が伍州を統《す》べているのは、むろん神の如き螞帝の力があってこそだが、それを活《い》かす大敦の執政によるところも大きい。彼は自らを尊《たっと》み、他人を見下す。優れた能力の裏付けがあってのことである。

まして、瑤花は彼に屈辱を味わわせたのだ。

「必ずや、大敦は手ずから大軍を率いて、栽南へと侵攻して来る」

真気は言い切った。

だが、彼がそこまで言っても、瑤花は事態の深刻さを理解していない様子で、

「まあ、何とかなるでしょ」

などと口にする始末である。

真気は顔を紅潮させた。

「これだけ言っても、まだ分からぬか。大敦は壙国じゅうから兵をかき集め、何十万という軍を引き連れて来るであろう。それだけでない。彼の国は、そなたが目にしたこともない、恐るべき兵器を擁している。一刻も早く都へと戻り、態勢を整えねば……」

そのときである。

烈風が、二人を襲った。

瑤花と真気の周囲にある茅は、地に押し付けられたように横倒しになった。あまりの風圧に、真気は目をあけておくことも出来ない。

「瑤花様ッ」

風音に混じって、鋭く呼ぶ声が聞こえた。

「よくぞご無事でいらっしゃいました。おやじから言われて、やって来たんです。自分が栽南を発ってから三ヶ月と十日たてば、壙邑に向かうようにと」

「微凰が、そんなことを」

瑤花がぼそりと言う声には、憂いが混じっていた。

後を託しておいたということは、微凰には二度と栽南に戻らぬ覚悟があったのだろう。

凪がやんだ。

真気も目をあけ、声が発せられたほうを見遣る。

するとそこには、

「真気様、お初にお目に掛かります。豪凰《ごうほう》と申します。おやじの跡目を継ぎ、観軍長を仰《おお》せつかっております」

微凰とは似ても似つかぬ巨鳥が、真気を見おろしていたのであった。

＊

封宮の奥深く。

瑤花と真気が壙邑から抜け出して、一ヶ月あまりが経《た》ったときのこと。

地に転がっていた数多《あまた》の人頭は、正気を取り戻した王子たちの手により積み直されていた。

しかし、元通りになったのは形《なり》だけのこと。

蟎帝は、口を噤《つぐ》んでいる。

いや、それを蟎帝と呼ぶことが出来るかさえ、今は怪しい。大知性を宿しているからこそ蟎帝なのであって、物言わぬそれは人頭の塚と呼ぶしかない。

その頭塚の傍らに、二つの人影がある。

大敦と少沢《しょうたく》である。

数多の人頭は、以前と同じく顔が表面に表れるようにして積まれ、その頂《いただき》には全ての始まりである蟎九《ばきゅう》の頭が載せられていた。

「なぜ、語らぬ」

と、吐き捨てるように言ったのは大敦である。

その顔からは、普段の余裕めいた薄ら笑いは消えている。憤怒《ふんぬ》の表情であった。

「蟎帝は、なぜ蘇らぬのだ」

「どうしてであろう。蟻たちは、死に絶えてはおらぬはずだが」

少沢は、おろおろと声を震わせる。

彼の視線が向かう先では、蟻たちが積まれた顔のうえを行き交っていた。様子を窺《うかが》う限りでは、これまでの蟎帝と変わるところはない。それでも、この一ヶ月の間、蟎帝は言葉を発しようとしなかった。

「時がたてば、また蟎帝は玉言を下さるであろう」

少沢は取り繕うように言うが、余計に大敦の怒りに火をつけたようで、

「時がたてばだと。いったい何時《いつ》まで待てば良いと言うのだ。明日のことか、一年後のことか、それとも百年も先か！」

と、盛大につばを飛ばした。

（わたしにあたっても、仕方ないだろうに）

少沢は思うが、むろん口には出せない。

大敦の怒りの矛先が向かうのは、むろん瑤花にである。彼が生きてきた数百年という時間のなかで、これほどまで虚仮《こけ》にされたことはなかった。真気に咎《とが》を与える材料として連れてきたどいなかの女王は、こともあろうに蝺帝を足蹴《あしげ》にして、封宮から逃げ去ったのである。

それに、彼女が大敦にもたらしたのは屈辱だけではない。

瑤花のせいで、壙国は大混乱に陥った。

蝺帝は言葉を発することがなくなり、王子のなかには錯乱状態から戻らぬ者もいる。民たちの統制も失われ、従国のなかには表立って壙国へ反旗をひるがえすものさえ出てきた。

「まあ、良い。丁度よい機会なのかも知れぬ」

彼は、ひとりで納得したように言った。

少沢は、

「何が」

とは訊《き》かなかった。

先ほどで懲《こ》りたのか、黙って大敦が言い出すのを待った。

しばらくして大敦は、薄く笑みを浮かべた。

「螞帝がおらぬのであれば、王となるのは第一皇子である我に決まっていよう」

そうして、大敦は仮初《かりそめ》の壙王となった。

即位式が行われることはなかった。それが出来なかったのは、壙邑がいまだ混乱のなかにある為である。壙王となった大敦は、まず事態の収拾に取り組まねばならなかった。

壙邑の混乱は、容易には収まらなかった。捕吏を役割とする王子たちに命じ、都を擾《じょう》乱《らん》させる者どもをひっ捕らえても、いたちごっこの様相となるばかり。一度ひっくり返った箱に民たちを整然と詰め直すのは困難を極めた。

大敦は、封宮の最奥《さいおう》にいる。

かつて螞九の頭を据えていた土の壇は、彼の玉座に置き換えられていた。

大敦は仏頂面《ぶっちょうづら》で玉座の肘掛《ひじか》けに頬杖《ほおづえ》をつき、傍らに積み上がった人頭の頂きに据えられた物言わぬ螞九を見つめていた。

眼前に少沢が進み出た。

「畏《おそ》れながら申し上げます。本日は、青州にて二つの従国から納められる賦税《ふぜい》が滞っておりまして、問い質《ただ》すための使者を送っているところです。壙邑でもみだりに騒ぐものが数名ありましたが、すでに捕吏の王子どもが鎮圧しております」

大敦と同じく皇子であるはずの少沢だが、既に臣下のような扱いを受けている。壙国の内務を執りしきるのは、彼の役割となっていた。

少沢の報告を受けると、大敦は仏頂面をさらに険しくさせた。事態は悪化を見せる一方である。その報を聞いて、機嫌が良くなろうわけもなかった。

大敦は頰杖をついた姿勢のまま、しばらく思案していたが、

「生ぬるい」

と、だけ言った。

少沢は、口を噤《つぐ》んだままでいる。

こういったときは余計なことを言わず、語るのを待つのが吉であると理解していた。

「少沢よ、人を従えるために必要なものは何か知っているか」

大敦は問うてきた。

少沢は、大げさな困り顔をつくって、

「いったい何でしょう。わたしには、見当もつきませせぬ」

「ならば仕方ない」

大敦は玉座から立ちあがり、

「我が、直々に教えてやることにするか」と、久しぶりに高笑いを玄室に響かせたのであった。


その翌日のこと。

大敦と少沢は、壙邑の中心にある広場にいた。

そこに、捕吏である王子たちもやってくる。彼らは、都を擾乱させたかどで捕まえてきた咎人たちを、縄で数珠《じゅず》つなぎにして引いてきた。咎人たちは腰を縄で巻かれ、なぜか衣服は剝《は》ぎ取られていた。

それを眺めた大敦は、

「いやはや、すごい数だ」

一本の縄に繫がれた者は二十人ほど。それが三十列も並んでいるのである。

大敦は口の端《は》を持ち上げるようにして、昏《くら》く笑う。

「壙王にまつろわぬ者どもがこれほどの数になろうとは、嘆かわしい限りではないか」

それから、大敦は王子たちへ命じた。

「輪を成させよ」

その声に従って、王子たちは咎人を縛っている縄をひき、ぐるりと円を描くように歩かせた。列の先頭の者と、最後尾にある者が近くまで来ると、両者の腰に巻かれてある縄を結んだ。

三十の咎人の輪が出来あがった。

「渡せ」

王子たちは、輪を成す咎人たち一人ひとりの手に道具を握らせていった。

その道具とは――牡蠣殻《かきがら》を象った青銅器である。

大敦は声を轟《とどろ》かせ、広場を埋める咎人たちに告げた。

「壙王大敦である。壙邑を乱し、我に歯向かおうとした罪は、万死に値する。この場で死ね」

繋がれた咎人たちは、たちまち顔面を蒼《あお》くする。

それを見て、大敦は破顔した。

「とはいえ、我が壙王に即位したのはつい先日のことであり、今はまだ慶節。お前らに大恩をかけてやることも、吝《やぶさ》かではない」

「おおおぉ」

咎人たちから声が漏れる。

大敦は、

「半数を助ける」

と、言った。

咎人たちは、再び表情をこわばらせた。

「お前らの手のなかにある銅器は、先端が鋭利な刃物になっている。それを使えば、人の肉など簡単に削《そ》ぐことができよう」

がたがた震えだす咎人たちの様子を気にすることもなく、大敦は続ける。

「簡単なことだ。掛け声を合図に目の前にある者から肉を削げ。止《や》め、と言ったら手をおろせ。その時点で、より多くの肉を削り取ることができた半数の命を助けてやる」

大敦はたっぷりと間をもたせ、

「始め」

目の間に広がる酸鼻をきわめる光景に、大敦は喜色を浮かべる。やがて、壙邑の空に箍《たが》の外れた笑いがこだました。

「止め」

彼が言う前から、咎人たちは動きを止めていた。互いに肉を削ぎあった彼らは、いちように血のなかに沈み、絶命していた。

「しまった、遅すぎたか」

大敦は言うも、反省の色など微塵《みじん》もない。

（蝸帝ですら、ここまで苛烈《かれつ》ではなかった）

地に描かれた赤の輪を、少沢は青白い顔で見つめていた。

「少沢よ、思いついたぞ。これは、縄聯刑《じようれんのけい》と名付けよう。壙王を軽んじる者には、みな縄を呉《く》れてやろうぞ」

少沢はそのとき、昨日大敦に問われたことの答えが分かった。人を従えるために必要なものとは、恐怖である。

それを機に、壙国の執政は定まった。

大敦は、恐怖こそを国是として掲げたのである。

伍州《ごしゆう》は治まっていった。

いや、治まるというより、恐怖により竦《すく》んだ。新王の噂《うわさ》に、民たちは身を縮こまらせ、息をひそめて暮らすようになった。大路で騒ぐ者たちは消え、それどころか往来に人の姿を見かけなくなった。壙は以前に増して沈黙が支配する国となった。

だが、大敦はそれを喜ばなかった。つまらなそうに顔をしかめた。

「なんだ、物足りぬな」

不穏な空気を感じ取った少沢は、

「これは、大敦様の威光に民たちが打たれたということでありましょう。以前のように、騒ぎ立てる者などなく、伍州は平らかに治まっております」

「ふむ」

大敦は玉座に深々と身を沈める。

「しかし、油断をすれば、人というものはすぐに増長する。ここは、先手を打っておくのが上策だろう」

彼は血を欲していたのだ。

咳払《せきばら》いのひとつでもした者があれば、世を騒がせたというかどで縄に繋がれた。壙邑に足を向けて眠った者があれば、聚落《しゅうらく》全員が血の輪をつくらされる羽目となった。

なぜ、大敦はそこまで凄絶《せいぜつ》な治世を敷いたのか。

彼は狂王と化したのか。

否《いな》。

冷徹な判断によりそれを為《な》している。

彼は伍州が乱れることを恐れていた。従国が離反し、それに手勢を割かれるのを嫌った。伍州にある者すべてが自らに背こうなどと考えぬよう、徹底的に躾《しつ》けておく必要があったのだ。

その理由はひとつ。

全力を以《もっ》て、攻める為である。持てる戦力の全てを裁南に注ぐことが、彼の目的であった。

封宮の玄室にて、新壙王である大敦に少沢は報告する。

「大敦様へ背こうとする者は、もはや居ようはずもありません。ですが、伍州のあちこちで縄聯刑がおこなわれております」

「なぜだ」

「大敦様の威光はあまりに強く、それに打たれた民たちは自ら進んで縄へと繋がり、血の輪を描いているようです」

機は熟した。

それを確信した大敦は、にわかに立ち上がり、

「では、裁南を誅《ちゅう》す」

と、宣言した。

あまりに急な話に、呆《ほう》けたように口を開く少沢へと向かって、

「青州、朱州、白州、玄州の全て、伍州の隅々にまで急使を遣わし、ありったけの兵を集めよ。封宮を土足で荒した逆賊、瑤花とそれが治める裁南の地を、影すら残さず消し去ってくれよう」

そうして編成された壙の兵は、百万を超えたとも言われている。

上古の伍州において、それほどの人口があったとは信じがたいが、大敦ならばやりかねない。

大軍が編まれた。

そこに集う人の数より見るべきは、備えられた兵器である。上古には有り得ぬはずの武器が、ずらりと並べられていた。後世では連弩《れんど》と呼ばれる、いちどに三十本もの矢を放つ大型の弩《いしゅみ》。巨大なてこを持ち、数百メートル先に巨岩を放つことができる発石車。虎戦車という、虎《とら》の姿を纏《まと》った自走式の火炎放射器。

これらは、大知性を持つ螞帝により考案された新兵器である。

大敦は、壙が持つ戦力の全てを惜しみなく投入している。圧倒的な軍を以て栽南を蹂躙《じゅうりん》する。瑤花を絶望の淵《ふち》に叩《たた》き落としてから誅する。それこそが、彼の望むところであった。

大敦は、目の前にある壙軍の姿を見遣《みや》った。視界のかぎり、大地は黒で覆《おお》い尽くされている。

(この軍を目にしたとき、瑤花はいかなる驚愕《きょうがく》の表情を浮かべるか)

と、大敦はほくそ笑んだ。

＊

ときは遡《さかのぼ》り、瑤花と真气が壙邑を逃れた、あくる日のことである。

「さすがはおやじです」

瑤花から、自らのことを救い出しに封宮へとやって来た微鳳の話を聞いて、豪鳳はしみじみとそう言った。

おやじと言っても、実際に微鳳と血縁関係にあるわけではない。

豪鳳が持つのは、蜂《はち》の識人である微鳳とは対照的な巨軀《きょく》。彼の外見は人形《じんけい》を取らず、酉《ニワトリ》のような姿をしている。だが、地を走るそれとは違っていて、備えた四つの翼を使って空を飛翔《ひしょう》することができ、象のように大きい。

観軍長の立場にあった微鳳は面倒見がよい兄貴肌で、多くの者たちから慕われていた。特に有翼の識人たちからはおやじと呼ばれ、微鳳のほうも彼らと家族同然に接していた。

微鳳が自らの後釜《あとがま》として裁南の軍事を託したのが、この豪鳳だったのである。

豪鳳は、地にある瑤花と真气に向かって声をかけた。

「では、裁南に戻りましょう」

瑤花は、少しためらう様子を見せる。

「でも、まだ微鳳が」

「良いのです」

豪鳳はすかさず、

「おやじならば、きっと自力で壙邑から逃れてくることでしょう。こんなところでぐずぐずしているのを見られたら、どやしつけられてしまいます」

彼は努めて明るく言った。

瑤花も笑顔を見せ、

「そうだね」

と返したときには、既に豪鳳の背中に飛び乗っている。

真気はその場から動こうとせず、尻込《しりご》みしたように瑤花へと尋ねた。

「もしや、豪鳳殿に乗って裁南に帰るというのか」

瑤花はそれに応《こた》えず、

「豪鳳、良いからやっちゃって」

声をかけられた豪鳳は、喙《くちばし》の先で真気を咥《くわ》え、自らの背中に向かって放り投げた。

真気が柔らかな羽のなかに埋もれたとき、豪鳳はすかさず四つの翼をはばたかせ、その身を宙に躍らせたのであった。

彼らが裁南の都へと辿《たど》り着いたのは、七日後のことであった。

瑤花が裁南の地を踏むなり、炎能《えんのう》がわめきながら駈け寄ってきた。

「よくぞご無事で戻られました」

彼の目からは滂沱《ぼうだ》の涙が流れ落ち、地を濡《ぬ》らしている。

「大げさなんだから」

瑤花は困り顔を作る。

炎能のあとを追うように、他の族長たちも地響きをたてながら瑤花たちの方へと向かってきた。

豪鳳の背からよろめくように降りてきた真气はその姿を見て、

「やはり、そうだったのか」

と、確信を得た。

これまでも、微鳳や豪鳳の姿から察せられていたのであるが、実際目《ま》の当たりにしてようやく腑に落ちた。

裁南とは、識人たちの国であった。

彼が最初にこの地を訪れたときには、その目を封じていたがために知ることはなかった。

識人とは、上古において、禺王《ぐおう》により伍州から打ち払われたと伝承にはある。しいて生き残りと言えるのは、蟎九の肉片が転じて顕《あらわ》れた蟎帝のみであろう。

しかし、まだ他にも識人はいた。

伍州には居ずとも、外界である裁南の地に彼らは逃れていたのだった。

瑶花のもとへ駈け寄ってくる族長たちを見れば、その姿は多種多様。全身を鱗《うろこ》に覆われた者もあれば、高木のように長い首の者もあった。彼らは地神から預ったとされる権能を、いまだその身に留めていた。

（これならば、壙軍とも渡り合えるかもしれぬ）

真気は考える。

だが同時に、複雑な気持ちにもなった。壙国と戦になってしまえば、瑶花の無事を無邪気に喜ぶ識人たちも無事ではすむまい。なまじ正面だって戦うよりも、いっそのこと逃散《ちょうさん》してしまった方がよいのではとも思えた。

すると、

「真気」

と、瑶花が声をかけてきた。

「ひとりで考えていても仕方ないでしょ。裁南のことは、裁南のみんなで考える。それがこの国のやり方」

瑤花と真気、それに裁南にある族長たち。

彼らが一堂に会するのは、真気がこの地を発《た》ったとき以来であった。ざわつく広堂へと向かって、瑤花は気の抜けたような挨拶《あいさつ》をした。

「みんな、久しぶり。心配かけてごめんなさい。なんか真気が話したいことがあるみたいだから、みんなに集まって貰《もら》いました。じゃ、真気どうぞ」

続いて立ち上がった真気は、

「裁南にある諸氏、諸族の長《おさ》よ。余は壙国嗎帝が第四三二〇一王子の——いや、この肩書は棄《す》てた。今は、ただの真気である。再び裁南の地を踏むことが出来、幸甚《こうじん》の至り。この場で皆へ告げたいことは……」

「ちょっとまって」

と、瑤花が横から口をはさんだ。

「そういう堅苦しい言い方は、やめてもらえないかな」

真気の壙国流の話し方に、族長たちは目を白黒させている。

「これは失礼した。余が伝えたいことは、壙という国のことである。彼の国は、おそらく裁南へと攻めてこよう。その責は、余にあると思っている。みなには、これからどうするか一緒に考えてほしい」

真気は、自らの知る限りを伝えた。

王子が従国へと遣わされるのは、その国の情報を集める為《ため》であること。

蝺帝は王子が収集した情報を解析し、未来を予測すること。

第一皇子である大敦は、蝺帝の力を利用して、数多《あまた》の国を滅ぼしてきたこと。

その大敦が次に狙《ねら》う先は、栽南であろうことも。

じっと耳を傾けていた瑤花は、静かに尋ねた。

「戦ったらどうなるの」

真気は小さく首を振る。

「大敦が敷く軍は、数万いや数十万という規模になろう。さらに彼は、蝺帝が考案した恐ろしい兵器を用いる。厳しい戦いを強いられるのは間違いない」

「じゃあ、いっそ逃げるというのはどうだろう」

「お待ちください」

控えていた炎能が声をあげる。

「累々《るいるい》と祖先から引き継がれてきた栽南の地の外に、我らが暮らしてゆける土地などありましょうか」

「そんなこと言ったって、戦って負ければそれどころじゃないでしょ」

瑤花が鋭く言い返すと、炎能はしょんぼりと背中をまるめた。

その遣り取りを聞いていた真気は、

「確かに、逃げるという手もあると思う。しかし、大敦は執拗《しつよう》である。裁南を棄てたとて、必ずや逃げた先へと兵を差し向けることであろう」

「ううん」

瑤花は腕を組んで、うなった。

「瑤花様、やりましょう」

新しく観軍長となった豪鳳が声をあげる。

「逃げると言っても、生まれたばかりの赤んぼうや、じいさんばあさんもあります。彼らの足では、遠くまではゆけません。腕っぷしに自信のある我々が盾となります。いくら壙の兵が多いといったって、何とするものでしょうか」

その言葉を聞いても、瑤花はしばらく考え込んでいたが、

「じゃあ、仕方ないか」

それから瑤花は、腹が決まったとばかりに広堂に凛《りん》とした声を響かせた。

「力をあわせ、壙が来たら追っ払ってやりましょう」

族長たちもそれに呼応するように、立ち上がってこぶしを天に突き上げる。族長たちがあげる喊声《かんせい》は、王宮をこえて裁南じゅうに轟いた。

「まあ、来ないに越したことはないんだけど」

瑤花がぽつりと言う声に気づいたのは、傍らにある真気だけであった。

＊

そうして、決戦の日は訪れた。

戴南と壙。

戴南の国境《くにざかい》に、両軍は相まみえている。そこはかつて、壙国から遣わされてきた真气を、瑤花が迎えた場所であった。

いま、瑤花と真气の二人は視線を揃《そろ》え、壙軍を見据えていた。

「よくもまあ、ここまで」

瑤花は肩をすくめた。

これほどまでの兵を、遠く戴南の地まで連れてきた大敦の執念に、彼女は驚きを通り越して呆《あき》れるほかなかった。

漆黒の兵たちは、横一列に広がって戴南の野を埋め尽くしている。黒く塗りつぶされた地の所どころに、大蛇が首をもたげたように、奇怪な大型の兵器がその身を晒《さら》していた。

壙軍を率いた大敦は、陣の後方にある。

砦《とりで》をそのまま牽《ひ》いてきたような、巨大な戦車のうえに彼はあった。

対陣する相手の姿に、大敦は愕然《がくぜん》とした。

（なぜ、伍州から消えたはずの識人どもがこの地に集っている）

さすが壙王だけあり、その動揺を面《おもて》には出さずにいる。

大敦は、車上で座具に腰掛けた姿勢のまま、

「聞け、逆賊瑤花よ」

と、発した。

「壙邑を擾乱させた罪、封宮《ほうきゆう》から断りもなく逃れた罪、咎人である真気を連れ出した罪、そして何より、畏《かし》こき蝸帝を足蹴にした罪。万死に値する罪を、お前は重ねた。よって、逆賊瑤花に与えられるべきは死。それが統べる国に与えられるべきも死。裁南は今日ここに潰《つい》える」

その声は、遠く瑤花たちの元へも届いた。

真気は顔を蒼白《そうはく》にして聞いた。

瑤花は、すぅと胸の奥深くまで息を吸い込んだ。

「何を勝手なこと言ってるの。封宮に来いと言ったのも、真気のことを捕えていたのも、先にあなたがやったんでしょ。人のせいにする前に、まずは自分のおこないを省みなさい」

ひと息でまくしたててから、付け加えた。

「で、自分が間違っていたことを認めるなら、見逃してやってもいい」

「笑わせてくれる」

大敦は言うが、その顔から得意の色は消えている。

「我がここを去るときは、栽南を滅ぼし終えたときだけよ」

壙王は、前方へ顎《あご》をしゃくった。

地が動いた。

瑤花たちの目には、そう映るほどであった。

地を埋め尽くす漆黒の大軍が、じりじりと前進を始めた。

同時に、遥《はる》か上空を黒い影が走る。

発石車が駆動されたのだ。

螞帝が考案したその兵器は、長い棒の先端に巨石を載せ、てこの力で投射するもの。

単純な仕組みであるが、飛んでくる小山の如《ごと》き巨石を食らえば、胴鎧《どうよろい》で身を守るだけの兵士などひとたまりもなかった。

壙軍にとって、数多の発石車で前線を崩し、そこへ兵がなだれ込むというのが必勝の型であった。

いま、栽南にもその戦法が取られた。

宙を舞う巨石を認めて、

「来たぞ」

と、鋭く声をかけたのは真気である。

彼は壙軍の軍容を知っていた。

「守備部隊は、その身を固めよ」

真気が命じた直後、壙国が発した巨石が次々と戴南の前線に炸裂《さくれつ》する。着弾点からは、噴煙のごとく土埃《つちぼこり》が舞い上がり、たちまち戦場は霧がたちこめたようになった。

対する壙陣の奥深く。

大敦は、車上から悠然と眺めている。

彼は煙が晴れるのを待っていた。そこが緑の広がる草原であろうが、土色の荒れ地であろうが、必ず同じ景色が現れる。敵する兵どもが撒《ま》き散らした血によって、大地は赤一色に染めあげられているのだ。

大敦は、

(識人どもの身体に流れる血は、果たして赤いのだろうか)

と、疑問に思った。

そのようなことを考える余裕が、まだ彼にはあった。

だが、眼前に広がりゆく光景は答えを与えることはなかった。

大敦は、戦場に有り得ぬものを見た。

煙の向こうに透ける栽南の前線には、うず高い土塁のようなものが見えた。いや、それよりも堅固と見える石垣が積まれ、壙軍が放った巨石はことごとく弾《はじ》かれていたのだ。いかなる呪術《じゅじゅつ》によって、それを呼び寄せたのか。あまりに信じがたい光景を前に固まる大敦の視線の先で、その石垣は蠢《うごめ》きだした。

「守備陣形を解くのだ」

栽南の陣では、真気が石垣に向かって声をかけていた。

すると、それを成していた球形の岩からは手が生え、足が伸び、ずんぐりとした識人の姿へと変わった。互いに積み重なり壁を成していた彼らは、穿山甲《せんざんこう》の権能をその身に宿した識人である。

穿山甲という生物は、危険が迫れば身体を球体に丸めて、硬質の鱗《うろこ》でその身を護《まも》る性質を持っている。鱗は、鉄の銃弾であっても跳ね返してしまうほどに固い。その権能を宿した識人にとっては、発石車によって放たれた岩弾など、泥団子を投げつけられたに等しい。

真気は声をはりあげる。

「では、攻撃に転じよ」

呼びかけに応じ、穿山甲の識人たちは列を成して、小高い丘に登っていった。頂上まで来ると、再び身体を丸める。巨大な球となった穿山甲たちはゆるやかに斜面を転がりはじめ、やがて凄《すさ》まじい速度を伴うと、その勢いのままに壙軍へと突っ込んでいった。

さしもの壙兵たちも防ぎようがない。

兵たちは、穿山甲によってはじかれ、次々と宙を舞わされてゆく。

前線が崩されたのは、壙軍の方であった。襲い来る穿山甲たちに慌《あわ》てふためき、逃げ出す者もあった。

その様子をみた大敦はたまらず、

「退《ひ》くな。退く者へは、おしなべて死を与える」

と、車上から叫んだ。

「発石車が効かぬからといって、何を驚くことがある。我が軍は、ほかにも強力な武器を有していようが」

その号令により、後方から押し出されてきたのは、連弩という兵器であった。

台座を持つ大型の弩は、弦《つる》の長さが人の背丈の倍は下らない。当然ながら、人の力では弦を引くことは出来ず、牽引《けんいん》のために取り付けた鉤縄《かぎなわ》を滑車で巻き取る。そこからは、いちどきに三十本もの矢を放つことが可能であった。

この恐るべき兵器が、壙軍には千台も備えられている。

「放てッ。栽南の陣を針山に変えてやれ」

大敦が、叫ぶ。

空に、三万本もの矢が一斉に放たれた。

中空で大きな弧をえがいて、栽南の陣へと向かう。

迎える、栽南の陣では――、

「そろそろ出番ですな」

と、待ちわびたように言うのは、豪鳳である。

彼は上空から、向かってくる無数の矢を見つめていた。

彼ばかりでなく、周囲には有翼の識人たちが勢揃《せいぞろ》いしている。みな背中から生える翼を、腕に備わる翼膜を、向かってくる矢へと目掛けて羽ばたかせ始めた。

有翼の識人たちが起こした風は、集まって烈風となり、迫り来る矢を襲った。向かい風を受けた三万本の矢は、その勢いにより押し戻される。

そして転進する。

連弩によって放たれた矢は、もと来た道を引き返して壙の陣に降り注いだ。

大敦は、慌てふためいて連弩部隊に命じる。

「撃ち方やめ。やめろと言っているのが聞こえぬか」

このとき、大敦ははじめて戦というものを恐れた。はるか昔、禺軍と戦ったときでさえも、このような感情は抱かなかった。繰り出す手は、敵軍に対して何ら効果を成さない。そればかりか、自軍を損なう結果となる。

（もしや、我は負けるのか）

そのような考えが、彼の脳裏をよぎった。

「巫山戯《ふざけ》るな！」

大敦は自らの考えを頭から打ち払うように、激した。

周囲にある兵たちは、びくりとその身をこわばらせる。いつも余裕の笑みを貼《は》り付けた大敦が、ここまで感情を顕にするのは初めてだった。

いま大敦は、憤怒の表情を浮かべている。

「あれを用いよ」

周囲の兵たちは、唾《つば》を飲み込んだ。

これまで、その兵器が実戦に投じられたことはなかった。蟜帝が考案したなかでも、最も謎《なぞ》めいた兵器であった。

壙が有するなかで最も強力なその兵器の名は、虎戦車。

それは、虎のはりぼてをすっぽりと纏《まと》った戦車である。外装は材質の知れぬ甲羅のようなもので造られており、敵の攻撃を跳ね返す。さらには、いかなる仕掛けなのであろうか、士官の命に従って自走する。

さらに虎の口からは、前方にあるものを全《すべ》て焼き尽くす火焔《かえん》が吐かれる。

逃れるすべはない。

虎戦車に相対する者は、必ず消し炭の如く成る運命なのであった。

その恐るべき兵器が、壙軍の最前へずらりと並ぶ。

大敦は、

「進め、そして焼き尽くせ」

と、号令するが——虎戦車は、竦んだように動かない。

壙と、裁南の陣。

両者に挟まれた何もない原野に、独り佇《たたず》むものがあった。

炎能である。

数百と並ぶ虎戦車を押し留めたのは、彼が放つ炎《ほむら》立つほどの怒気であった。

炎能は、壙陣の奥深くにある大敦へ向かって、

「微鳳をいかにした」

と、声を轟かせた。

裁南へと戻らぬ微鳳のことを、眷属《けんぞく》である豪鳳をはじめ皆が案じていたが、その思いが最も強かったのは他ならぬ炎能である。

大敦は炎能の風貌《ふうぼう》を見て内心慄《おのの》くが、それより不快感が優《まさ》った。

外界にある、しかも王ですらない臣下ふぜいが、壙王へと直接に声をかけたのである。

「微鳳とは」

大敦は尋ね返す。

「壙邑にて瑤花様を救った者の名である」

「ああ、あの虫けらか」

大敦は、唾棄《だき》するように言った。

「封宮の、それも王の間に羽虫がわいたのであるから、当然叩き潰《つぶ》した。その後のことは知らぬ。虫の行方を王に問おうとは、いったいどういう了見であるか」

炎能は啼《な》いた。

天が裂けたような轟音《ごうおん》が、戦場を襲った。

炎能は、山に針が生えたごとく全身の毛を逆立て、洞穴のような口を開きその牙《きば》を剝《む》き出しにした。

炎能とは、熊《くま》の識人である。

そして熊とは、伍州における獣のなかで、最も猛《たけ》き種族であった。

炎能が示した怒りは、戦場全体を瞬《また》く間に包んだ。

人である壙の兵たちは、燃えるほどの彼の怒りを身に受けて、本能的に後退《あとじさ》る。怯《おび》えたのは大敦も同じであったが、彼はその強烈なまでの自尊心を以て、裡《うち》から湧《わ》き出る感情に抗《あらが》った。

車上にある大敦は、座具を蹴飛《けと》ばして立ち上がり、絶叫する。

「虎戦車よ、進め。あの忌《い》まわしい獣を消し炭にせよ」

虎戦車はじりじりと前進を始めた。

炎能は身じろぎもせず、迫りくる虎戦車を正面から睨《ね》めつけた。

「焼き殺せッ」

声を裏返し、大敦は叫んだ。

数百という虎戦車から一斉に火焰が吐かれる。

炎の竜巻が横倒しになったかのように、地を焼きながらまっすぐに進み、炎能を火だるまにした。

「やったぞ」

大敦は、小躍りしながら言った。

彼の視線の先で、炎能は燃え尽きてゆく。愚かしくも壙王に歯向かった不逞《ふてい》なる熊は、然《しか》るべき末路を辿ることになったのだ。

虎戦車が火焰を止めると、大地は黒い線を引くように焼け焦げていた。その線が向かう先を見遣った大敦は、あんぐりと口を開いた。

焼け跡から立ち昇る煙の向こうに、ゆらりと影が浮かび上がった。その奥から現れた炎能は牙を剝いて、

「ぬるい」

と、言い放った。

熊に炎は効かない。熊という文字がれっかという部首を持つのも、古来この生き物が火の精霊と考えられていた所以《ゆえん》である。

炎能はぶるぶると身体を激しく振り、身についたすすを払い飛ばすと、地を蹴って猛然と虎戦車へ襲いかかった。

彼が足を踏み出すごとに、大地は震える。

炎能は巨大である。

強固な虎戦車の外装は、炎能の踏み降ろす足によって紙細工のように潰され、彼の張り手によって粉微塵《こなみじん》になり、野に撒き散らされた。

その様子を見た真気は、自陣へと檄《げき》を飛ばす。

「皆のもの、この機を逃すでない。壙の陣に突撃するのだ」

百者百様の姿を持った識人たちは、一挙に敵する壙国の陣目掛けて猛進した。

羚羊《レイヨウ》のような鋭い角をもった識人は、その角を壙兵へと突き立てる。八本の足を持つ識人は、吐き出す糸で兵たちを搦《から》め捕る。怪鳥の識人は、鋭い鉤爪《かぎづめ》で壙兵たちを捕らえては、どこかへ連れ去ってゆく。

壙軍は総崩れになった。

最前にあった兵たちは、敵に背中を見せるのもはばからず、全力で逃げ出した。戦場において怯懦《きょうだ》の念は、火が燃え移るよりも早く広がってゆくもの。壙兵たちは持ち場を棄て、雪崩《なだ》れるように逃散した。

戦場を見つめる大敦は、

「止まれ、止まらんかッ。逃げる者は、一人残らず縄で繋《つな》いでやる。我の声が聞こえんのか」

と、周囲へ喚《わめ》き散らした。

だが、もはや大敦の言葉は何の力も持たない。彼のある巨大な戦車の脇《わき》を過ぎるようにして、何千、何万という兵たちが戦場から逃げ去ってゆく。

それを見るうち、兵たちを留めていた大敦も、次第に弱気になってきた。

（間もなく、栽南の兵どもは此処《ここ》まで押し寄せて来よう。我も、そろそろ逃げた方がよいかも知れぬ）

ここは一度退き、軍を整えてから再び栽南の地を攻める。それが次善の策であると思われた。

決断すれば、大敦は早い。

砦のように聳《そび》える戦車のうえにいては、目立ってならない。兵たちに紛れて、栽南から退くのが良いであろう。そう考えた大敦は、足場を伝って地へと降り立った。

途端、視界が閉ざされた。

彼の行く手を遮るように、何者かが立ち塞《ふさ》がっていた。

大敦を見下ろすは——炎能である。

「何処《いずこ》へゆくつもりであるか」

巨大なる熊は尋ねた。

「げえっ」

大敦は絞められた鶏のような声を出した。腰を抜かし、尻《しり》もちをつきながら、

「誰か、この狼藉者《ろうぜきもの》を討て。壙王の前に立つ、不埒《ふらち》な熊めを駆逐するのだ」

周囲に命じるが、従おうとする者はない。

「無様な」

炎能は呟《つぶや》き、彼の方に近づいてゆく。

大敦は、覚悟を決めた。

(こうなれば、仕方ない)

彼は炎能をきっと見据えてから、おもむろに己の頭を地へとこすりつけた。

「たび重なる暴言、申し訳のしようもない。我も、壙王としての体面がある。威勢の良い言葉を吐かねばならぬときもあるのだ。自らの非礼を悔い、改心し、二度と裁南に近づかぬことを約束する。どうか、今度ばかりは許してくれぬか」

と、彼は全力で詫《わ》びた。

炎能は、その様子を冷ややかに見つめた。

それから、ぽつりと尋ねた。

「微鳳は、そのように無様な命乞《いのちご》いをしたか」

大敦は思い返す。

あのとき、微鳳はいつまでも人頭の蟻塚の周りを飛び回っていた。人頭の表面を這《は》いまわる蟻《あり》たちを刺し続け、彼を叩き潰すため大敦が近づいても、逃げようともしなかった。

最後の瞬間まで螞帝の力を削《そ》ぎ、瑤花たちが逃げる時間を稼ぐために。

「ひいっ」

大敦は叫んだ。

もはや命乞いをしようともせず、這いつくばってその場から逃げた。

その背中に向かって、

「見苦しい」

と、炎能は己《おの》が牙を突き立てた。

戦場に大敦の声が響き渡った。我先に退却していた壙兵たちも足を止める。総大将の叫び声は、戦の終わりを意味していた。

裁南は、勝ったのである。

最後の一撃を加えた炎能は、呆れ果てたように言う。

「大げさなやつだ」

大敦は己の尻を押さえ、ぴくぴくと痙攣《けいれん》していた。炎能は、彼の命までをも奪ったわけではなかった。尻の肉をひと齧《かじ》りしただけである。

もっともそれだけで、大敦の尻は半分ほどが欠けてしまっていたのだった。


壙軍は、脱兎《だつと》の如く逃げ出した。

壊れかけた兵器を押し、負傷した兵を戦車に乗せ、もと来た道をすごすご引き返していった。そのなかには、尻を押さえながら車で運ばれてゆく、大敦の姿も窺えた。

真気は、退却する壙兵に目を遣りながら、

「追わずともよいのか」

と、瑤花へと問いを向ける。

壙軍は滅びたわけではない。自領へ引き返せば、そのうち態勢を整え直すことであろう。彼らの息の根を止めるには、今を措《お》いて他にはなかった。

しかし、瑤花の方は、

「ああ、逃げたいひとは放っておいて良いんじゃないかな。それよりも、傷を負ったみんなを助けてあげなくちゃ」

栽南の軍は奇跡的に犠牲が少なかったとはいえ、無傷というわけではない。彼女の言うとおり、助けが必要であった。

ただ、指示を飛ばしている瑤花は、どこか心ここに在らずの様子。

それを察した真気は、

「どうしたのだ。何か、気になることでもあるのか？」

瑤花は首を振る。

それから、遠くを見つめるようにした。

「なにか匂《にお》いがした気がして。ずっと昔の、懐《なつ》かしい香りが」

＊

大敦が壙邑へと逃げ帰るのは、二度目のことであった。

かつて禺国を攻めた際、伍州の全《すべ》てを手中に収める寸前で敗れ、数多の屍《しかばね》を引き連れて自国へと帰った。今回も、壙王として栽南を誅《ちゅう》そうとした彼は、尻の半分を熊に喰われて敗走している。

車で運ばれている大敦は、

「もっと静かに運ばぬか、尻に響くであろう」

と、自らを乗せた車を牽く兵を怒鳴りつけた。

戴南から壙邑へと戻る旅路は、彼にとって過酷なものとなった。戴南の湿度と暑さは、彼の傷を悪化させた。傷口からは絶えず膿《うみ》が湧き出て、蛆《うじ》がたかった。兵に命じて膿をしぼり出させたが、そのたび身を切るような痛みがはしった。

（次に戴南を攻めた時は、必ずやあの熊を羹《あつもの》にして喰ってやろう）

激痛に遠くなる彼の意識を繋ぎ止めていたのは、怒りであった。

命乞いをするため炎能に言ったことは、すべて嘘《うそ》である。彼は反省してもいなければ、性根を入れ替えることもない。もとより、生まれ持った本性がそう簡単に変わるわけもなかった。

（いや、自分で喰らうよりも、瑤花にそれを喰わせた方が面白い）

大敦の恨みは深い。

だが、壙の所有する兵器は、戴南の前に無力であった。再び軍容を整えて彼《か》の国へ攻め入ろうとも、同じ結果となることは目に見えていた。

ならば、どうするか。

大敦にとっての切り札は、一つしかない。

螞帝である。

壙国とは、彼あっての国であることを、大敦は思い知らされていた。とはいえ、それは自らの王たる資質を疑うことを意味していない。蝸帝の大知性を最も能《よ》く使える自分こそが、壙国の実質的な支配者であると、彼のなかでは矛盾がなかった。

蝸帝が蘇《よみがえ》りさえすれば、外界にある栽南など恐れるに足りない。

材料は揃っている。

南征軍に帯同した王子たちは、栽南の姿を目に収めている。彼らの脳を組み込めば、攻略のための策がたちどころに考案されることであろう。

「急げ、一日でも早く壙邑《こうゆう》に辿り着くのだ」

彼の命を受けて、車を牽く兵たちは足を早める。

馳道《ちどう》に敷かれた石畳を車輪が越えるたび、大敦を乗せた車はがたがたと揺れた。

「誰が車を揺らせと命じた。車を揺らさぬよう、全力で進むのだ」

大敦は尻を押さえながら、苦渋の表情で喚くのだった。

栽南と壙の戦いが終わってから、半年後。ようやく、大敦たちの一行は壙邑へと辿り着いた。

それを迎えた少沢は、己が目を疑った。

(いったい、何があったのだ)

引き返してきたのは、伍州の覇者たる者の軍ではない。

まぎれもなく、敗軍の姿であった。

兵たちは、漆黒の胴鎧の至るところに傷がつき、全身は泥だらけになっている。持ち帰ってきた兵器も無事なものはなく、発石車の棒は折れ、連弩《れんど》も弦が外れてしまっていた。

そして、何より総大将である。

「もっと静かに車を進めぬか。尻に響くと言うのが分からんか」

兵が牽く車の上で、腹ばいになり金切り声をあげるその姿に、少沢は目を覆《おお》いたくなった。

大敦の方は、少沢の姿に気付くと、

「おお、少沢ではないか。傷ついた王子どもを、玄室へ運び込むのだ。蟎帝の蟻たちを損じてはならぬからな」

と、尻を押さえながら言った。

「大敦よ、これはどうされたのか。まさか、栽南にこれほど手ひどくやられるとは」

「何を言うか。やられたわけではない」

大敦は憮然《ぶぜん》として言う。

「栽南の姿を見てきたのだ。これで蟎帝さえ蘇れば、彼の国はたちどころに滅びる」

「だが、蟎帝は」

少沢が言いかけると、

「蘇る」

大敦は断言した。

「こうして言葉を交わしている間にも、螞帝は目覚めているかも知れぬのだ。一刻も早く、玄室にゆかねばならぬ」

大敦の目は、何かに取り憑《つ》かれたように爛々《らんらん》と輝いている。

少沢も、従わざるを得なかった。

そうして、留守を預っていた少沢たちは、傷ついた王族たちを地下の廟社《びょうしゃ》へと運んでいった。

たちまち玄室は怪我人《けがにん》たちであふれかえる。うず高く積まれた人頭の頂きには、螞九の頭が倒れ伏す王族たちを見下ろすように据えられていた。

左右を王子たちに支えられた大敦は、玄室に入ってくるなり、

「螞帝よ、応《こた》えよ。いかにすれば、栽南をこの世から消し去ることが出来る！」

と、叫んだ。

だが、人頭の蟻塚は沈黙を続ける。

「螞帝よ、応えぬか。栽南の兵どもを誅殺するには、どうすれば良い」

大敦はつばを飛ばしながら問う。

積まれた人頭は、口を閉ざしたままであった。

「蟎帝よ、なぜ応えぬ。伍州の帝王よ、その大知性は何のためにある。我らに逆らうものを、野放しにしておくつもりか」

大敦は自身を支える王子を振りほどくと、床に転げて這いつくばり、身体をよじりながら蟻塚へと近づいていった。

「壙国を虚仮《こけ》にした瑤花を、許してなるものかぁッ」

「瑤花だと」

大敦の耳にも、少沢の耳にも、はっきりと聞こえた。

ようやく、蟎帝は応えたのだ。

だが、そのとき大敦の胸をよぎったのは名状しがたい不安だった。

彼の知る、伍州を統《す》べた大知性、壙国の永累《えいるい》する王、蟎帝の口調とはまるで異なっていた。何か、自らの想像を超えることが起こっているという気がしてならなかった。

異変に気付いたのは、少沢である。

彼が蟎九の頭が据えられている蟻塚の頂《いただき》を見遣《みや》ると――蟎九もまた、彼の方を見つめ返していた。

蟎九には、目が宿っていたのであった。

「蘇った」

この時点において、少沢は螞九の記憶を引き継いでいるわけではない。彼のことは、自分が蟻であったときの巣という認識しかなかった。

その巣が、人に戻りつつある。

さらなる変化は、たちどころに現れた。

螞九のみならず、蟻塚を構成している人頭の目が、一斉に開かれる。

それればかりではない。それぞれの人頭からは、発芽した種子から樹木が生長するように、首が生え、胴体が膨らみ、そこから四肢が伸びた。さらに、伸びた手足は細く枝分かれすると、互いに絡《から》みついていった。

（いったい、何が起きているのか）

少沢は目をみはる。

蟻塚を成していた人頭は肉体を取り戻すと、互いに固く繋がり、ひとつの巨大な肉塊と化した。

その頂点には、螞九の頭がある。

眼球が再生されただけでなく、顔はしっかりと肉に覆われ、頬に赤みまでが差していた。

螞九の頭は蘇った。

ならば、彼の肉体はどうか。

それも同じく、急速に形づくられ始めている。千々に割かれた彼の肉片は、主《あるじ》のもとへと還《かえ》ろうとしていた。人の身を得ていた蟻たちは、その姿のままで融合し、蝸九の肉体に転じているところだった。

それは、蟻塚にあった人頭だけではない。

玄室の床に横たわる傷ついた王子たちも、ふらふらとその身を起こし、巨大な肉塊へ歩み寄っていった。すると、蠢きながら成長を続ける蝸九の肉体の内側から無数の手が伸び、近づく王子たちを裡側《うちがわ》へと引きずり込んだ。

「何だと言うのだ……」

大敦の声には、怯えの色がはっきりと表れている。這いつくばったまま、王子たちを取り込み巨大化する蝸九を、呆然《ぼうぜん》と見上げていた。

そのとき、彼は忘れていた。

自身もまた、一匹の蟻でしかないことを。

大敦は虫のように這いずりながら、ゆっくりと蝸九へと近づいていった。

彼の意思ではない。

「止まらぬか、我の命に従え」

大敦は、自らの足に、腕に命令するが、自身の肉体は、その言葉に耳を傾けようとはしなかった。

蠢く巨大な肉体がじりじりと迫ってくる恐怖に、大敦は絶叫した。

「やめろ、我は壙国の王である。この伍州を支配する者なのだ」

その声は、玄室に虚《むな》しく響くのみ。

彼の肉体でさえも、それが真実ではないと知っていた。壙国の王は螞帝であり、さらに言えばそれを生み出した螞九に他ならないのだ。

故《ゆえ》に、大敦の命を聞く必要はない。

螞九の肉体から伸ばされた無数の手は、大敦の頭を、肩を、腕を、体じゅうの至るところを摑《つか》み、肉塊のなかに引きずり込んだ。

もはや、大敦は声をあげることさえ出来なかった。

自らの骨が粉々に砕かれる音を聞きながら、彼の意識は激痛によって塗りつぶされ、暗い場所に沈んでいった後、二度と浮かび上がることはなかった。

その様子を、少沢は眺めている。

だが、不思議と怖《おそ》れる心はなかった。

「還るのか」

と、感慨深げに一言だけ発した。

少沢は、螞九へ向かって両手を前に組み一礼すると、自らの足でその肉体へと向かった。

そして、道端にある水たまりを飛び越すような気軽さで、巨大な肉塊のなかにひょいと己《おの》が身を投じたのであった。

封宮の最奥《さいおう》にある玄室に残ったのは蟎九のみとなった。

数多《あまた》の王族たちの体を捏《こ》ねて丸めたような肉塊は、いつの間にか蹲《うずくま》る人の姿を象《かたど》っていた。

その巨大な身体《からだ》が、ぶるりと震える。

手足を折り畳むようにして蹲っていた蟎九の身体は、手のひらと膝《ひざ》を地面について、四つん這いの姿勢となった。

その巨大な手のひらで、何度か地を均すように大きく動かすと、ぎゅっと拳《こぶし》を握り込んだ。彼が摑《つか》んだものは、遠い時を経てもその場に取り残されていた、矢形の首飾り。

蟎九は玄室を出て、身を詰まらせるようにしながら細い回廊に進んでゆく。封宮にあった王子たちも彼の身体へと加わり、より巨《おお》きくなりながら地上を目指した。

回廊の突き当たりで、蟎九は身をもたげた。

壙邑の地面を突き破るようにして、彼の巨体が現れる。

身体に纏《まと》わりついた瓦礫《がれき》が、ぱらぱらと落ちる。壙邑にあるどの高楼より、彼の背丈はなお高かった。蟎九を目撃した民たちは逃げることさえできず、その場にくずおれた。

壙邑に散っていた王子たちは内なる声に命じられ、螞九の方に駈けてゆく。

栽南から戻り、連弩や虎戦車の補修をしていた王子たちは、それら兵器もろとも螞九に取り込まれていった。栽南の侵攻に備えて城を守る準備をしていた王子たちも、守城兵器を抱えたまま、その一部と化していった。

螞九は背筋を伸ばし、身体に対してあまりに不釣り合いな小さい頭――その部分だけは、もとの螞九の頭そのものであった――を巡らせる。

そして、一つの方向へと視線を定めた。

南である。

螞九は歩きだした。

一歩で百の閭路《ろじ》を越え、二歩で壙邑の城壁を跨《また》いだ。

螞九はゆっくりとした足取りで、しかし空を飛ぶ鳥たちよりも速く、遠い栽南への道のりを歩み始めた。

第四章　目前

バスを乗り継いだ末に辿《たど》り着いたのは、伍州《ごしゅう》の南端にあたる場所だった。そこに広がっていたのは、この国の首都で見たものとは正反対とも言える光景。なだらかな丘陵には棚田がどこまでも続き、その向こうにボウリングピンのような形の奇峰が並んでいた。道脇に点々とする家の板葺《いたぶ》き屋根は、時の重さに耐えかねるようにぐねぐねと波打っていた。

梁思原《りょうしげん》と父が協力して見つけた旅の目的地は、ここから遠くないはずだった。だが、手元の地図につけられた赤い丸印が、いったいどこを指しているのか定かでない。辺りには目印となる建物もなく、自分の居る場所さえもよく分からなかった。

そこでバス停の近くに佇《たたず》んでいた、編みの荒い麦わら帽を被《かぶ》った老人に尋ねてみた。

「ここに、行きたいのです」

と、地図上の赤丸を指差してみる。

すると、柔和な笑みを浮かべていた老人の顔は、急に強張《こわば》った。何やら口走りながら、焦《あせ》ったように私の肩を叩《たた》いてくる。彼の口にした言葉の意味は分からなかったが、ニュアンスはきちんと伝わってきた。

「早まるんじゃない。お前には未来がある」と、励ましてくれているのだ。

私が向かおうとする先は、よほど辺鄙《へんぴ》な場所のようだ。少なくとも、伍州の言葉も分からない観光客が、足を踏み入れるような所ではないのだろう。彼の目には、私が世をはかなんで姿を消そうとする青年にでも映っているらしい。

私は身振り手振りで、自然の中を健全に散策したいだけだということを伝えた。しばらくして、どうにか老人は意図するところを察してくれたようだ。ひとつの方向を指し示したのち、にっこり笑って言葉をかけてくれた。それは、私が知っている数少ないこの国の言葉のひとつだった。

旅《イールー》のご無事《ピンアン》を。

背負ったバックパックを担《かつ》ぎ直すと、カタカタと小さな音がした。そこに収められているのは、壙《こう》と裁南《じなん》の物語と、矢形の首飾り。

父の言うことを真に受けて、はるばる伍州までやってきたことを、馬鹿《ばか》らしく思わぬこともない。偽史と小説によって編まれたその物語が真実を伝えているとは、今でも完全に信じきれてはいなかった。

だが、私はこうして旅を続けている。

壙と裁南をめぐる物語が史実と呼びうるものなのか、もはや気にはならなかった。父たちがその物語の結末を追い求めてきたことは、紛れもない事実なのだから。

彼らが辿ってきた旅の終着点を、私自身も眺めてみたいと思っている。

「さあ、ゆこう」

私は声に出し、老人が示した方向へと足を踏み出す。

終わりは近い。

私が、自らの足で結末を齎《もたら》さなければならないのだ。

螞九が五千年前に始めた長い旅は、ようやく辿り着こうとしている。

紫の花が咲き乱れる、その場所に。

＊

壙軍を退けたのちも、しばらく裁南には慌ただしい日々が続いていた。

傷ついた識人《しきじん》たちを治療し、戦いに斃《たお》れた壙の兵たちを弔った。久しぶりに真气《しんき》は巫祝《ふしゆく》としての役割に戻り、壙兵たちの魂が迷わず冥府《めいふ》に向かえるよう祈った。

一段落がついたのは、戦いから半年程も経《た》ってからのことであった。

その日、裁南の族長たちは、王宮の広堂へ集まった。

炎能《えんのう》は、微鳳《びほう》の喪に服しており、その身にすっぽりと黒い布を纏《まと》っていた。体毛に覆《おお》われた彼は、布を被《かぶ》ると熱くなりすぎてしまい、背中から絶えず湯気が立ち昇っていた。

族長たちの視線の先にあるのは、女王である瑤花《ようか》であった。

籐《とう》で編まれた簡素な玉座に座る瑤花は、どことなく気が抜けた様子である。いつまで経っても口火を切ろうとしない彼女に代わって、真気が族長たちへと語りかけた。

「先日の戦いでは、栽南にある諸氏、諸族の長《おさ》たちの活躍により、見事に壙軍を退けることが出来た。しかし、栽南にも少なからず犠牲が出ている。先《ま》ずは、そのことを悼《いた》みたい」

そう言うと、真気はしばらく目を閉じた。

「先の戦いでの傷が癒《い》えきらぬ中であるが、壙国に対してどのように応対してゆくべきか考えておかねばならぬ。そのため、今日はみなに集まっていただいた」

広堂を埋め尽くす族長たちは、ううむと唸《うな》り声をあげる。

頭を悩ませている様子であるが、彼らは基本的に楽天主義であり、かつ面倒事を厭《いと》う性質である。このまま壙が大人しくしてくれないかと、内心では願っていた。

そのなかで、声を張り上げるものがあった。

「このまえ壙のやつらを懲《こ》らしめてやったとはいえ、仕留めたわけではないでしょう。いっそ、こっちから壙の都に攻め入ったらどうでしょう」

と、言ったのは豪鳳《ごうほう》である。

彼にとって壙とは、おやじである微鳳を手にかけた憎き相手である。

だが、その一方で反対する者もあった。

「豪鳳よ、おぬしの言うことも尤《もっと》もであるが、微鳳をはじめ亡《な》くなった者の喪も明けきらぬときである。兵を挙げて、新たな犠牲を出すのは避けたい」

炎能の声は悲しみに沈んでいた。

豪鳳と炎能は、互いに視線を合わせる。軍事の長と文事の長は、正反対の意見を唱えた。両者とも相手にも理があることも分かっており、議論は膠着《こうちゃく》した。

「瑤花よ、そなたはどう思う」と、真気が水を向けたところ、

「えっ」

瑤花は、間の抜けた声を返した。

このところの彼女は、心ここにあらずの様子である。だが、どのような理由があろうと、今は王たる責務を果たしてもらわねばならぬ時だった。

その自覚を促そうと、真気は語気を強めて言う。

「炎能、豪鳳、どちらも道理にかなった主張をしている。故に、王であるそなたが決断を下さねばならぬのだ」

それでも、瑤花はどこか上《うわ》の空。

「どうなんだろ。そもそも、壙はまた来るのかな」

「大敦はまだ生きている。奴《やつ》の性格ならば、栽南をこのまま捨て置くことはない」

瑤花はしばし俯《うつむ》く。

自分でも、何が気になっているのか摑《つか》みきれずにいたのであろう。

「ま、いいや」

瑤花は、開き直ったように顔をあげる。

「また壙が攻めてくるにせよ、攻めてこないにせよ、備えだけはしておきましょう。何か嫌がらせをしてくるようだったら、こっちから攻めても良いんだし。じゃあ、そういうことで」

栽南は、かつてのような日常を取り戻していった。

その一方で、識人たちは侵攻を受けた際の備えも忘れてはいなかった。豪鳳たち有翼の識人は、喙《くちばし》の先で羽をつくろった。炎能も、切り出した竹で己の牙《きば》をこすっている。

そして、瑤花はといえば——、

「ずいぶんと古い弓であるな」

と、真気は尋ねた。

王宮に登る階段に腰掛ける瑤花に、真気は声を掛けた。

彼女が手にするのは一張の弓であった。繰り返し弦《つる》を引き、反りを確かめている。

「役に立ちそうなのは、これしか持ってないからね」

実戦ではまるで使えそうにない古い弓で、弭《ゆはず》はいちど折れてしまったらしく、その部分だけ膠《にかわ》で塗り固めて補修されていた。

真気は弓をじっと見つめる。心の隅に何かが引っかかったが、その正体に思い当たることはなかった。

「それを使うような事態にならねば良いのだがな」

瑤花は、しばらく沈黙していたが、

「どうだろうね」

瑤花は手を止め、どこか遠くへと目を遣《や》った。

普段であれば、戦いを厭うはずの瑤花は、

「でも、きっと来ると思うよ」

と、らしくないことを言った。

むろん、瑤花は何が来るかまでは分からなかった。ふと心に浮かんだ言葉を口にしただけであろう。

だが、奇《く》しくもそのとき、封宮《ほうきゅう》の奥深くでは蝺九が目覚めたところであった。

＊
　昏い。

　昏い、ただ昏《くら》い。

闇《やみ》のなかにあるということしか、おれには分からなかった。

いまが何時《いつ》なのかも、ここが何処《どこ》なのかも。

そして自身が誰であるのかも、さっぱり覚えていなかった。

確かめようとして、気付く。頭を巡らすための首もなく、そもそも周囲を見るための目もない。

だが、絶望することもなかった。

それを感じるための心まで失われているのかも知れない。

暗闇のなかにあると、次第に眠くなってくる。

ひたすら、ねむい。

おれは、闇よりもさらに昏い場所に、ふたたび沈み込もうとしていた。

そのとき、

「瑤花」

声がした。
聞き間違えることはない。
瑤花。
覚えている。
おれが、その名前を忘れるわけもなかった。
「瑤花だと」
と、声に出してみる。
次第に思い出されてくる。黄金に輝く茅《かや》のなかに、一輪の花のように立つ彼女の姿を。
周囲を取り巻く炎のなかで、彼女へと誓ったその約束のことも。
おれは目を開く。
寝ている場合ではなかった。如何《いか》なる状態であろうと、やるべきことは一つ。
彼女に誓ったのだ。
おれは行かねばならない。どこへ向かうべきかは覚えている。
あのとき、瑤花は言った。
載南と。
足を踏み出そうとして、それが備わっていないことに気付く。
だから、何だというのだ。足がなかろうが、腕が千切れていようが、どうあっても辿り着いてみせよう。
その意思が、おれを前へと進ませる。
身体《からだ》が、進みはじめる。足の、手の感覚が、蘇《よみがえ》りはじめる。
さっそく戻った手で、胸もとを探ってみる。
ない。
そこにあるはずのものがなかった。これでは、約束を果たすことができない。慌《あわ》てて
おれは、辺りに手を這《は》わせる。
あった。
そこには、矢を象った首飾りが転がっていた。しっかと握りしめ、おれは再び歩き始
める。
戴南へ。
瑤花は、そこに居るのだ。
不思議なことに、どこへ向かえば良いか、自《おの》ずと分かる気がした。
おれの足は、身体は、その地を知っている。

＊

最初に彼の訪れを認めたのは、豪鳳の眷属《けんぞく》である有翼の識人であった。

認めた、というのは語弊があるかもしれない。実際にはその反対で、裁南の空高くを飛んでいたその識人は、己の目に映るものをなにかの間違いであろうと思った。

大河をひと跨《また》ぎで越え、山稜を突き崩しながら進む巨人など、この世に在ってはならぬのだ。

有翼の識人の目には、巨人は無頭であるように映った。実際には、きちんと頭を持ち合わせている。ただ、小さすぎて見えないだけであった。

巨人の首の上には、蠕九の頭が備わっていた。

見る間に、その巨人は裁南の方へと近づいてくる。考えている余裕はない。

「これは、一大事だ……」

有翼の識人は翼をはばたかせ、裁南の王宮へ急いだ。

王宮に集ったのは、瑤花と真气、それに文武の両長である。

報告を耳にするなり、

「さすがに、見間違いじゃないか」

と、疑ったのは豪鳳であった。百者百様の識人であれ、それほど巨大な者の例はない。

有翼の識人は首を振る。

「あれほど大きければ、見間違えようもありません。あの足なら、遅くとも半日あれば
ここまで辿り着くでしょう」

「半日だと」

炎能は絶句した。

「時間がなさすぎる」

「すぐに、確かめてきましょう」

豪鳳は、そう言って王宮を飛び出そうとするが、

「待って」

瑤花が呼び止めた。

「確認するまでもない。うかうかしてると、ここまで辿り着いちゃう」

彼女は、真気へと水を向けた。

「螞帝が作った武器じゃないかな?」

今考えられるのは、壙国からの攻撃という可能性だったが、

「いや、聞いたこともない」

真気は、慌てたように首を横に振った。

いったい巨人とは何者か。瑤花は気に掛かったが、今は考えを巡らせている場合ではない。

「とにかく、最悪のことを考えて動きましょう。炎能と豪鳳は、手分けしてこのことをみんなに知らせて。特に小さい子どもとお年寄りは、早く避難させるように」

瑤花はきびきびと指示を出す。

「では、その巨人とやらを迎え撃つのは如何《いか》にしましょう。他の族長たちを呼び集めるにしても、時が必要です」

豪鳳の問いに瑤花は、

「それなら、わたしに任せて」

「そ、そなたが」

真気は面食らい、あたふたと彼女を思い留まらせようとした。

「巨人の前に、そなたが立ち塞《ふさ》がったとてどうなろう。単に、己の身を危険に晒《さら》すだけではないか」

王としての責任から、捨て鉢なことを言い出したと思ったのである。

「分かったから」

瑤花は少々鬱陶《うっとう》しそうに言う。

炎能はその場に膝《ひざ》をつき、拝跪《はいき》しながら請《こ》うた。

「瑤花様、御身にご負担をおかけし、恐縮至極でございます。族長たちに声をかけましたらすぐさまご助力にあがりますので、それまでこの地を固守していただけますよう、何卒《なにとぞ》お願い申し上げます」

真気はまったく状況が理解できず、

（どういうことだ）

きょろきょろと、瑤花と炎能の間に視線を行き来させることしか出来なかった。

＊

暑い。

身体が焼けるようだ。

だが、この暑さは決して不快ではない。

遠い南に歩いてきたのだ。

瑤花のいる、熱暑の国の近くまで。

それにしても暑い。身体が溶けてしまっているのではないか。

そうだとしても構わない。身体を失おうと、おれは約束を果たさねばならない。

もうすぐだ。

栽南は、もうすぐそこまで迫っている。

そのことがおれには分かった。

香りだ。

彼女の匂《にお》いがする。

花だ。

ずいぶんと、待たせてしまった。

やっと。

やっと、おれは瑤花との誓いを果たすことができる。

＊

「ついてこなくて良いって言ってるのに」

瑤花が振り向くと、そこには真気が青褪《あおざ》めた顔で佇んでいた。

二人がいるのは、壙と栽南の国境。

他に識人たちの姿はなく、そこにあるのは瑤花と真気のみ。戦うための武器といえば、瑤花が携えた古い弓くらいのものであった。

　載南の都からここまで、大人の足でも優に三時間はかかる距離を、二人はその半分で駈《か》けてきた。瑤花は息を切らせてもいないが、真気は今にも倒れそうな表情を浮かべていた。

「だから、わたしだけで大丈夫だって言ったのに。あんまり、役に立ちそうにないし」

　瑤花がずけずけ言うと、真気はきっと表情を引き締めた。

「余がここにあるのは、載南の皆に救われたおかげだ。役に立とうが立たなかろうが、逃げはせぬ！」

　瑤花は呆《あき》れたように肩をすくめたが、それ以上は何も言おうとしなかった。

　そうする間にも、巨人はすぐそこまで迫っている。

　有翼の識人の報告に誇張はなく、むしろその凄《すさ》まじさを伝え切れていなかった。

「なんだ、あれは」

　真気は、その身を強張《こわば》らせた。

　近づくにつれ、その異常なまでの大きさが際立《きわだ》つ。

　無頭に見えるその巨人は、茅野を進むがごとく、棕櫚《しゅろ》の高木をくしゃり、くしゃりと踏み潰している。

　緩慢に足を進めているようにも映ったが、その一歩は森を跨《また》ぎ越すほどのもの。国境の草原に踏み入ると、凄まじい速さで目前に迫ってきた。

野に立つ二人の姿を認めてか、巨人は足を止めた。

瑤花と真気は、顎《あご》をのけぞらせてその巨軀《きょく》を見上げた。岩峰のように聳《そび》えるその身体からは、ぼとぼと肉の欠片《かけら》のようなものが欠け落ちていた。

（もしや、腐れてでもいるのか？）

真気が落ちた肉片を訝《いぶか》しげに見つめると——それは、一つ一つが人体そのもの。

はっとして巨人に目を戻す。

怖気《おぞけ》が走った。

それは人の群れであった。

数千、数万という人体が組み合わされて、巨人の身体を成していた。

真気は、崩れるように膝をついた。

それは、あまりに忌まわしい巨人の姿を目にしたためか、それとも巨人の一部になろうとする蟻としての本能に、気付かず抗《あらが》っていたためか。

一方、巨人を目の当《ま》たりにした瑤花は、どう思ったか分からない。

ただ、栽南の女王としての責務が彼女を動かした。栽南の地を、巨人から護《まも》らねばならなかった。

瑤花は、一歩、二歩と巨人の前に進み出ていった。

そして、すぅっと息を吸う。

「この先は、裁南の土地。あなたは大きすぎるから、裁南に入ったら色んなものを壊してしまう。せっかくここまで来たところ悪いけど、もといた場所へ帰ってください」

ありったけの大声を出し、巨人へと呼びかけたのである。

それを聞いた真气は、蹲《うずくま》ったまま呻《うめ》いた。

「馬鹿《ばか》な。言葉が通じる相手でもあるまいに」

しかし、巨人の身体は逡巡《しゅんじゅん》するように僅《わず》かに傾《かし》いだ。

あたかも瑤花の言葉が届いたかのように。

ただし、それは一瞬のこと。巨人は屈《かが》み込むと、瑤花を叩き潰《つぶ》そうとするように、その手を突き下ろしてきたのである。

「瑤花ッ」

真气はもんどり打って、瑤花の前に己が身を投げ出した。もとより戦力になれるとは思ってはおらず、せめて彼女の楯《たて》になろうとした。

だが、それを見た瑤花は――、

「どいて」

と、真气の奥襟を摑むと、その細腕に備わっていたとは信じがたい膂力《りょりょく》にて、彼を後方に投げ飛ばした。

遠い叢《くさむら》のなかに落ちた真气の姿に僅かに頰を緩めるも、すぐさま振り向き、天から月が落ちるがごとく迫る巨人の拳《こぶし》を見据える。

「仕方ない」

瑤花は携えていた弓を肩に掛けると、両の手のひらをぱちりと打ち鳴らした。

途端、地が爆《は》ぜた。

彼女の手の音に、土の中で眠る龍《りゅう》たちが一斉に目覚めたようにも見えた。土中から現れたその太い縄状のものは、鎌首《かまくび》を擡《もた》げるようにゆらいだ直後、鞭《むち》のように鋭くしなって巨人の腕に絡《から》みついていった。

それは葛《かずら》である。

木の幹より太い葛が何千本と地中から生え、巨人の腕に巻き付いてゆく。突き下ろされた拳は瑤花へと届かず、彼女の鼻先で留め置かれた。

瑤花は術を休めず、

「はっ」

と気迫を込めながら、続けざまに両の手を打つ。そのたび地中から葛が伸び、巨人へと幾重にも巻き付いていった。

「こんなもんかな」

全身を捕縛された巨人を見上げ、瑤花は満足げに言った。

あっけに取られてその様子を眺めていた真気は、そのとき並み居る識人のなかでなぜ瑤花が王であるかを理解したのである。

瑤花は、花の識人である。

その身に権能として花を預かり、また全《すべ》ての花を従える者であった。

瑤花は、花のなかでも菫《すみれ》の性質を色濃く備えている。

菫は、花閉じたまま実を結ぶ。瑤花も同じく子を成すために他者を必要としない。自らが花と散る直前、己の全てを引き写した一人の子を産む。

そのようにして、女王瑤花は邃古《すいこ》から裁南の地を護り続けているのであった。

だが、瑤花も目の前の巨人が嗎九の成れの果てであるとは気付かない。その姿は、彼女の記憶にある嗎九の姿とは、あまりに異なり過ぎていた。

*

やっとだ。

ようやく、見つけた。

その姿を忘れるわけもなかった。

最後に彼女を見たのは、いつだっただろう。昨日のことだとも、千年前のことだとも思える。

駆け寄ろうとするが、思うように足が進んでくれない。泥を踏んでいるかのようだ。

それでも、次第に近づいてくる。

足を止める。

すぐ目の前には、何度も思い返した彼女の姿があった。

風に揺れる、短く切り揃《そろ》えられた前髪も。

少しつり上がった大きな目も。

何も変わっていない。

瑤花がいた。

これで、ようやく誓いを遂げることができる。

彼女の口が動いた。

なにか言ったのだろうか。おれの耳はうまく聞き取ってくれなかった。

でも、きっと大丈夫だ。

これを渡せば、見ることができるはず。ずっと待ち望んでいた、彼女の笑顔を。

そっと、おれは手を差し出した。そのなかには矢が握られている。彼女に渡すと誓った、矢形の首飾りが。

だが——手は止まってしまった。

もう少しだというのに。
自分の腕をみれば、そこには葛が巻き付いている。
またた。
おれは思い出す。
自分と瑤花とを引き裂いた、あの沽人《こじん》のことを。
頭に腐れた葛の冠を戴《いただ》いた、憎き王を。
その葛が、再びおれの前に立ち塞《ふさ》がった。
そうするうち、腕も、足も、どこも動かせなくなった。
だが、身じろぎひとつできないおれの身体の内側で、何か蠢《うごめ》くものを感じた。
怒りだ。
もう、邪魔はさせない。
炎のように激しい怒りが、この身を包んでゆく。

*

「真気、もう大丈夫だよ」
瑤花の声が響いた。

その声色から険は消え、いつもの長閑《のど》けさが戻っている。

瑤花の背後には、葛に巻かれた巨人の姿があった。

「なんたることだ……」

本当に、彼女はひとりで巨人を止めてしまったのである。真気はふらつく足取りで、近付いてゆく。

（心配したのが馬鹿みたいであったな）

内心よぎったその思いを振り払うように、

「まあ良い」

と、声に出した。

今こうして、二人が無事にある。それ以上は、望むべくもなかった。

歩んでくる真気に、瑤花は弱ったように眉《まゆ》を寄せた。

「これ、どうしようか」

彼女の傍には、葛で幾重にも巻かれた巨人の姿があった。捕縛を解くわけにはゆかず、このままにしておくのも邪魔だった。何より、正体が分からぬというのも収まりが悪い。

真気は葛に巻かれた巨人に目を遣り、首をかしげる。

あらためて見れば、あまりに奇妙だった。

その体軀は、無数の人体によって構成されていた。いったいどのような経緯《いきさつ》により、この裁南へとやって来たのか。尋ねようにも、巨人には頭が備わっておらぬようで、語る口も持たなかった。

瑤花も、巨人を見て腕を組む。

「ものしりの炎能なら、何かわかるかなあ――」

その刹那《せつな》、巨人は炎の塊となった。

全身から吹き出した業火《ごうか》に、彼を捕縛していた葛は一瞬で焼かれ、ばらばらと地に散った。

激しい熱に、見上げる瑤花たちは目を細めた。

巨軀の至るところから、口を開けた虎《とら》の顔が突き出ていた。虎戦車である。巨人は体内に取り込んだ兵器を使い、葛を焼き払ったのだ。

巨人はぶるりと身体を震わせ炭となった葛を払い落とすと、再び瑤花の頭上に拳を突き落としてくる。

そのとき、巨人の腕の上をさっと影がよぎった。

「瑤花様！」

豪鳳が空を滑空している。

羽をすぼめて錐《きり》のようになると、その勢いのまま巨人に突撃した。豪鳳の身体は巨人の右前腕を突き抜け、それを成していた王子たちを地に弾き飛ばした。

再び、空高くへと舞い上がった豪鳳は、

「瑤花様、お逃げください。ここは我らが」

豪鳳の周囲には、有翼の眷属たちが群がっている。彼らはこぞって巨人の身体に取り付くと、鋭い嘴《くちばし》で体表を突き刺していった。

「みんなっ」

瑤花は、鳥の識人たちを不安げに見つめる。

その間にも、巨人は腕を振り回して有翼の識人たちを叩《たた》き落とそうとするが、身軽な彼らは空中でひらりと身を躱《かわ》し、容易に打たれることはない。巨人の攻撃をすり抜け、王子たちを引き剝《は》がしてゆく。

真気は、呆然《ぼうぜん》と立つ瑤花の腕を引く。

「豪鳳殿の言うとおり、この場から退《ひ》くのだ。王であるそなたが此処にあっては、他の者も存分に戦うことができぬ」

瑤花は一瞬躊躇《ためら》ったが、こくりと頷《うなず》いた。二人は、巨人に背を向けて走り去ってゆく。

すると背後から、立て続けに空気を切り裂くような音が響いた。

すぐさま、瑤花は振り返る。

彼女の目が捉《とら》えたのは――地に落ちる、豪鳳たちの姿であった。

巨人の姿は、変化を見せている。豪鳳に貫かれた腕の孔《あな》は塞がっており、そこを埋めていたのは数十台の連弩《れんど》。右腕の肘《ひじ》から先は、王子と連弩とを無造作に捏《こ》ね合わせたような塊に変わっていた。

それでも連弩は従前の機能を失っておらず、巨人が右腕を振りかざすたび何千本という矢が放たれ、有翼の識人たちを射抜いていった。

「豪鳳、みんなっ」

瑤花は叫び、彼らが落ちた方へ駆け寄ろうとする。

その腕に、真气は必死で縋《すが》り付いた。

「行ってはならぬ。何のために、彼らが巨人の足止めをしてくれたのだ」

瑤花が見つめる先で、巨人はゆっくりと右足を振り上げる。落ちた豪鳳たちに、止《とど》めの一撃を加えようとするように。

それを見た瑤花は真气を振り払い、豪鳳のもとへ向かおうとすると――、

「お逃げください」

一瞬で、声が過ぎ去っていった。

その声の主は草を巻き上げながら疾駆すると、巨人の全体重を支えている左足に正面からぶつかった。丘ほどもある巨人の足は炸裂《さくれつ》し、周囲に赤い飛沫《しぶき》を散らした。

抉《えぐ》れた足の中には、返り血で濡れた炎能が身をうずめていた。

彼が与えたその一撃により、巨人の足は形を留めておくことができなくなった。自重に耐えかねたように、足首より下がぐしゃりと潰れた。巨人は身体を二度、三度と大きく揺らがせたのち、ゆっくり前のめりに倒れていった。

大地を揺るがす轟音《ごうおん》とともに、烈風が野を薙《な》ぎ払った。

巻き起こった土煙の向こうから、

「瑤花様、ご無事ですか」

炎能の声がした。

瑤花も、少しだけ表情をゆるませ、

「私はだいじょうぶ。それよりも、豪鳳やみんなが」と、案ずるような声を返した。

だが、巨人はまだ斃《たお》れたわけではなかった。

土煙がゆらぐ。

野に満ちる土煙を割るようにして、巨軀がせり上がってきた。

それを目に止めた途端、炎能は大声を張り上げる。

「瑤花様、お逃げください。今すぐに！」

巨人は――いや、それはもはや人ではない。人の肉と兵器とが無秩序に混ざりあった奇怪なる塊が、山を成していた。

その山が動き出す。

見れば、山の麓《ふもと》にはずらりと虎戦車が並び、巨大な塊を牽引《けんいん》していた。奇怪なる肉の山は、瑤花目掛けてにじり寄るように移動を始めた。

「皆の者、瑤花様をお護りするのだ。我に続け」

炎能は奇怪なる山に駈け上り、それを成す人を、兵器を、牙を立て食い千切っていった。

彼が伴ってきた他の識人もそれに続き、山を止めようと捨て身の攻撃を加える。いくら巨大であるとはいえ、それを構成しているのは人の肉体。鋭い牙や爪《つめ》を備えた数多《あまた》の識人によって、表面から徐々に抉り取られていった。

「みんな……」

瑤花が呟いたそのとき――、
眩《まばゆ》いばかりの光に、周囲は包まれた。

咄嗟《とっさ》に瑤花は目をつむる。

瞼《まぶた》を開いた瞬間、彼女の前にそびえ立っていたのは火山である。

その頂きから、黒煙が吹き上がっていた。山頂だけでなく、山肌全てが炎に包まれていた。

奇怪なる山は、自らに取り付く識人もろとも爆発したのである。

瑤花は、息を詰まらせる。

酸鼻をきわめる光景が広がっていた。辺りには肉の焼け焦げる臭いが漂い、人のものとも識人のものとも分からぬ黒焦げの肉体が、そこらじゅうに散らばっていた。

奇怪なる山は、その身に蓄えていた爆薬を使用した。識人たちを斃《たお》すため、蟇帝《ばてい》によって考案された守城兵器により、己の肉体ごと吹き飛ばしたのだった。

山はそれで沈黙した訳ではなかった。

炭と化した表面が真っ二つに裂け、その内側からずるずると這い出してきたものがある。

それより醜悪なものを、この世に見つけることは出来ない。

赤く潰れた王子たちの肉体が、黒焦げになった識人たちを取り込み、だんだら縞《じま》を成していた。その潰れた肉塊が、蛇のような細長い体軀を伴って、地をうねりながら迫ってきたのである。

瑤花は、ただ立ち尽くしている。

彼女の足元には、先の爆発により吹き飛ばされた、炭化した識人が転がっていた。

炭が、口を開く。

「お逃げ下さい」

その声は、炎能のものであった。

彼は最後まで瑤花の身を案じながら、絶命した。

放心したように立つ瑤花の腕を、真気が力のかぎり引く。

「何をしているのだ、瑤花よ。炎能の声が聞こえなかったか。ここから逃げるのだ」

叫ぶ真気の目からは、幾筋もの涙が流れ落ちていた。

だが、瑤花は動かない。

近づいてくるその大蟒蛇《おおうわばみ》を、じっと見つめていた。

＊

怒りの炎が、おれの身を包んだ。

熱かった。だがそのおかげで、葛の縛《いまし》めが解けた。

再び、瑤花に手を差し伸べる。

彼女の目が、おれを見つめている。

だが、またしても届かない。伸ばした腕に痛みが走った。

いったい、何が起こったのだろう。

分かるのは、おれたちの再会を妨げようとする者が、そこにあるということだった。

なぜだ。

なぜ、邪魔をする。

襲ってくる者たちを、がむしゃらに振り払った。

そうするうち、身体が熱くなる。怒りの炎が、おれ自身を包んでいるのだ。

息が苦しい。

身体から、焼ける臭いがした。

自らの怒りで、おれは燃え尽きてしまうだろうか。

その前に、やるべきことがあった。

おれの右手には、矢が握られていた。

彼女に、誓ったのだ。

次に会ったときこそ、この矢を渡そうと。たとえ燃え尽きようと、誓いを果たさなければならない。

そのために、おれはここまで歩いてきたんだ。

すぐそこに、瑤花がいる。

*

瑤花は、向かってくる大蟒蛇をじっと見つめていた。

彼女の目に、怒りの色はなかった。

むろん家族に等しい識人たちを屠《ほふ》ったその者に対して憎しみを持たないはずはない。

だが、それ以上に彼女の胸を占めていたのは、戸惑いである。

瑤花は、目の前の相手を理解することができなかった。

なぜ、それほどまでに自分の元を目指すのか。人の姿を捨て、己を焼き、地を這う奇怪な獣となってまで。そこには、牢固《ろうこ》たる意思を感じずにはいられなかった。

放心したように佇《たたず》む瑤花の腕を、真気は泣き叫びながら引いた。

「瑤花よ、逃げねばならぬ。裁南の王であるそなたを護《まも》るため、皆は身を楯にしてくれたのだぞ」

そこで、瑤花はふと気を取り直した。

自分は裁南の王なのである。

この地にある民たちのためにも、自分がこの獣を封じねばならない。

たとえ、己の身と引き換えにしても。

「真気」

瑤花は、傍らにある者の名をそっと呼んだ。

「わたしたちのこと、忘れないでね」

それから笑った。

目の奥に、僅かな憂いを滲ませて。

そのとき、真気は切望した。彼女の笑顔を失いたくはないと。同時に、叶わぬ願いだと分かった。彼に出来たのは、瑤花の笑顔を深く心の底に刻むことだけだった。

次の瞬間。

真気は、一面の紫の中にあった。

どこへ視線を送っても、そこには花が咲いている。足元から目が届く限りの彼方《かなた》まで、紫の花が広がっていた。戦いに斃れた王子と識人のうえも、悼《いた》むように花が覆っていた。

瑤花の心の色を写し取ったような、菫《すみれ》の花だった。

その花は、迫りくる大蟒蛇をも包んでいる。

それでも近づいて来ようとするが、身体を動かす端からぼろぼろと崩れ落ちていった。

菫は大蟒蛇の全身深くに根を張り、その結合を解いていた。さらに、菫の種子は白く柔らかい果実に包まれ、独特の芳香を放つ。王子たちの体内に潜む蟻たちは、その香りに惹《ひ》きつけられ、人の肉体を操り続けることが出来なくなったのだ。

大蟒蛇は進むにつれ、急速に崩壊していった。

だが、止まらない。

最後の力を振り絞るように、瑤花へとにじり寄ってくる。

「どうして」

思わず、瑤花は呟いた。

もはや大蟒蛇は自らの身を保つことともままならず、激しい苦しみの中にあるということが見て取れた。それなのに、進み続けるのはなぜであろう。この地を攻め滅ぼそうとするのではなく、止《や》むに止まれぬ別の理由があるに違いなかった。

だが、いくら気になろうと、理由を問うている暇はなかった。

瑤花に、残された時間はなかった。

大蟒蛇を止めるため、瑤花はその身に預っている権能を全て野に放った。権能無くしては、識人という存在は成り立たない。しばらくすれば、彼女の身は露と消えてしまうはずだった。

その前に、大蟒蛇を止めねばならない。

瑤花は肩にかけていた弓を取り、真っすぐに構えた。

残された最後の手段が、弓だった。

矢を番《つが》え、弦《つる》を引く。

徐々に近づいてくる大蟒蛇の姿を、その瞳《ひとみ》で捉えた。

すると涙が落ちた。

自分でも理由がわからなかった。大蟒蛇を見つめていると、ただただ涙が溢れてきた。

そして瑤花が矢を放つのと同時に――、

「瑤花！」

声が聞こえた。

瑤花は、はっと目を見開き間近に迫った大蟒蛇を見遣る。すると大蟒蛇の鼻先、崩れた体表から僅かに蝎九の顔が覗いていた。

その瞬間、瑤花の矢は深々と彼の眉間《みけん》を貫いていた。

＊

もう少しだ。

手を伸ばせば触れられるほどの距離に、瑤花はいた。

あそこまで行けば、矢を渡すことができる。ようやく、約束は果たされるのだ。

なのに、身体が思うように進んでくれない。

気付けばおれに足はなく、腕も消えてしまっていた。これでは、うまく歩けるはずもなかった。

そして、眠い。

強烈な眠気が襲ってくる。

おれの意識は、再び闇に沈み込もうとしていた。

あと、もう少しなのに。

そのときだ。

ふと、花の香りがした。

香りだけではなく、おれは紫の花のなかにいた。

その花を忘れるわけがない。瑤花がくれた花冠に飾られていた、菫だった。

やっと気付く。

瑤花は花の識人だったのだ。

目を向けると、瑤花は泣いていた。

その手に弓を構えて。

胸の中が、ふわりと温かくなった。あの壊れた弓を、まだ取っておいてくれたのだ。

でもどうして、おれを狙っているのだろう。

もしかすると、気付いていないのかもしれない。おれの姿は、以前とは変わってしまったから。

だから、おれは叫んだ。

「瑤花！」

それは、彼女が矢を放つのと同時だった。

見惚《みと》れるほど、美しい射法だった。その矢が自分の眉間を捉えたのは、確かめずとも分かった。

見事、と声を掛けたかったが叶わない。
おれの意識は昏《くら》く、深いところへと沈んでゆく。
悪くはない。こうして最後まで、瑤花の香りに包まれてゆけるのだから。
ただ――、
結局、これは渡せずじまいだったな。

*

瑤花が放った矢が鵠《まと》を捉えた瞬間、大蟒蛇は崩れ去った。跡には、数多の王子たちの軀《からだ》が列を成すように重なるだけとなった。

取り返しのつかないことをしてしまったことに、瑤花は気付いた。

自分が射抜いたのは、螞九だったのだ。

彼が、なぜ大蟒蛇に身をやつしてまで自らの元に辿り着こうとしたのか、その理由も理解した。

眉間を矢に貫かれた螞九の頭が、花のなかに転がっている。その傍らには、矢形の首飾りがあった。

彼は遠い約束を果たすため、裁南を訪ねたのだ。

「蝸九……」

瑤花は歩み寄ろうとしたが、残された時間はとうに尽きている。

風に吹き散らされるように、彼女の身体は次第に薄れていった。

足を踏み降ろすと、そこに菫の花々が群れ咲いた。

やがて身体は消え失《う》せ、菫の足跡だけが点々と残された。足跡は蝸九に辿り着くことなく、その僅か五メートル手前で途切れていた。

真気はただ見守ることしか出来なかった。

瑤花と蝸九。

二人の間に何があったのか、そのときの真気には知る由もなかった。分かったのは、邂逅《かいこう》を果たそうとする寸前、二人とも消えてしまったということだけだった。

地に満ちた菫の花を優しく撫《な》ぜるように、風が吹き抜けた。

揺れる紫の花を見つめていると、瑤花が最後に残した言葉が耳の奥に蘇った。

わたしたちのこと、忘れないでね。

「どうして、忘れることができようか」

真気は涙に濡れる目で、辺りを眺め回した。

そこに識人たちの姿はなく、紫の花々が地を彩《いろど》るだけだった。

それが、邃古から裁南の地に在り続けていた、女王瑤花の最期《さいご》であった。

最終章　黒と紫

旅は、終わりを迎えようとしていた。

私が背負ったバックパックには、矢形の首飾りが収められている。これを瑤花《ようか》の元に届けるというのが、旅の最終的な目的だった。螞九《ばきゅう》が辿《たど》り着けなかった五メートルの距離を、梁斉河《りょうせいか》、梁思原《りょうしげん》、田辺幸宏《たなべゆきひろ》、そして私の四人で、代わりに歩もうというのだ。

考えてみれば、気が遠くなるほど長い旅だった。

梁斉河が、伍州《ごしゅう》科学院からこの青銅器を持ち出したのは七十年前のこと。巨人となった螞九が矢形の首飾りを握って壙邑《こうゆう》を発《た》ったのは、さらに五千年を遡《さかのぼ》る。五千と七十年という時を経て、私は目的地の手前まで来ることができた。

だがそこで、再び迷ってしまったのである。

伍州は広い。父が目的地として地図上につけた赤丸は、直径十キロメートルにも及ぶ範囲を示している。そこを探し当てるには、ひたすら歩き回るしかなかった。頼りとなるのは、父が纏《まと》めた物語だけ。作中の描写と重なる景色がないか、文章を読みながら辺りを見回した。

私が探しているのは、瑤花が消えた花野《はなの》である。

残念ながら作中に手掛かりは少ない。棕櫚《しゅろ》の高木が遠くに見えると書かれていたが、何千年も経《た》っていれば植生そのものが変わっているだろう。実際に私がしていたのは、足の向くまま彷徨《さまよ》うことに過ぎなかった。

歩き疲れて膝《ひざ》に手をつくと、ふと足元に咲く一輪の花が目に留まった。茎は長いが、薄く紫がかったようにも見える白い花が、天を向いていた。菫の一種かもしれない。

その花は、土に埋もれかけた農道の傍らに咲いていた。

「これは、農道か？」

違和感に、思わず声を漏らした。

人気のない片田舎に通っている道にしては、しっかりと石畳が敷かれている。土に埋まっていなければ、もとの道幅はずっと広いものだったはずだ。今手にしている物語には、これと同じ道が描かれていた。

「馳道《ちどう》だ」

この道が馳道であるなら、その果ては栽南《じなん》に続いているはず。

確信した私は、早足になって歩き出していた。

辺りには、何もない。

濃緑の草原の中を、土にまみれた石畳が続いている。日差しを遮るものはなく、秋だるというのに力強い日差しが頭上から照りつけてくる。だがこの暑さが、栽南が近くにあることを教えてくれていた。

考えてみれば、不思議だった。

私たちは、なぜこの物語に突き動かされるように矢形の青銅器を運んできたのか。

母国から旅立つときには厄介事としか思えなかった。

言葉を右から左へ流す仕事に疲れそこから離れたというのに、また似たようなことを押し付けられている。良い年にもなって、亡《な》き父のおつかいをするのだ。そんな自分を、自嘲《じちょう》的に眺めることしか出来なかった。

だが、いまは違った。

梁斉河、梁思原、そして父の田辺幸宏。

螞九と瑤花の物語を読み進めるうち、自分も三人が辿ってきた道の続きを歩んでみたいと思った。彼らが残した思いが、自分を遥々《はるばる》この地に連れてきたのだ。私ひとりでは、決して辿り着くことのなかった場所に。

いや、私たちだけではない。この物語は、数千年も前から様々な人の手から手へ、口から口へと伝わり、形を変えながらここまで運ばれてきたのだ。人々の思いにより、途方もなく長い物語は紡《つむ》がれたのだ。

不思議な気分だった。

私たちはこの物語に触れたことで、時も場所も隔てて皆同じ景色を眺めたのだ。

ふと気付けば、靴底から伝わる感触が変わっていた。

物思いに耽《ふけ》るうち、長い距離を歩いていたようだ。足元を見れば、土に覆《おお》われた石畳はない。草が踏み倒されただけの獣道の只中に、私はいた。

目を上げると、草原を一条《ひとすじ》の淡緑が貫いていた。

どこからか、調子の外れた縞白鷴《シマハッカン》の鳴き声が聞こえてきた。

私の額を汗が流れ落ちる。照りつける日は、さらに強さを増していた。

いつしか私は壙《こう》国の領域を越え――、

「栽南だ」

かつて瑤花が統《す》べた、熱暑の国へと足を踏み入れていた。

考えることをやめ、ゆっくりと足を進める。

すると噎《む》せ返るような青い草の香りに、花の芳香が漂い始める。歩くにつれ、その甘い香りはいっそう濃くなっていった。花の王がこの地を統べた証《あかし》は、消えることなく残り続けていた。

辺りには、色とりどりの花が混じっている。最も鮮やかに映えるのは、紫の色。

もはやそこは草原ではなく、菫《すみれ》の花野だった。

野に群れ咲いている菫は、進むに従って広がりを増してゆく。

その中でも、最も美しく花たちが咲いている場所まで来て、私は足を止めた。

ここに違いない。

瑤花が最期《さいご》を遂げた場所だと、直感した。

私は背負っていたバックパックを下ろし、密閉されたビニール袋から矢形の首飾りを取り出した。

「ようやく、鵠《まと》に届いたな」

と声を掛け、地に咲く菫にそっと矢を添えた。

膝を折ったまま、しばらくその場に留まっていると、菫の陰に蟻《あり》たちが行き交っているのを見つけた。菫の種子を運ぶのは、蟻たちの仕事である。蟻が生息するのは当たり前のことかも知れなかったが、私の目には特別な意味を持つように映った。瑤花の子孫かもしれぬ菫と、蝸九の子孫かもしれぬ蟻たちは、共にこの地で暮らしていたのだ。

それだけで、少し何かが報われたような気がした。

矢形の首飾りの周りに、蟻たちが群がってくる。急に置かれた得体が知れぬものの正体を、探ろうとしているのだろうか。

「驚かせるつもりはなかった。これは、危険なものじゃないんだ」

教えてやるが、蟻たちに言葉が伝わるわけもない。

集まってくる蟻たちの数は、むしろ増してゆくばかりだった。互いに重なり合って黒山のごとくなり、矢を覆い尽くそうとしている。

いくら何でも、多すぎやしないか。

そう気付いたときには、蟻たちの山はひとつの形を取り始めていた。

それは手だ。

人の手が、しっかと矢形の首飾りを摑《つか》んでいた。

ただの蟻ではなく、蝺九の蟻だ。蝺九の肉片が転じた蟻たちはさらに集まると、急速に元の姿を取り戻していった。

蝺九は野に散りながら、今この時を待っていたのだ。

＊

眼前に広がる花野を目にした瞬間、おれの頭に記憶の奔流が押し寄せてきた。

数多の王子たちに編まれた巨軀《きょく》を操り、栽南までやってきたことを思い出した。巨人となった自分が、何を仕出かしたのかも。その報いとして瑤花の矢に射抜かれ、おれは事切れたはずだった。

それなのに、今こうして矢形の首飾りを手にしている。奇跡でも起こらなければ、ありえぬはずのことだった。おれは識人《しきじん》としての力を失い、ただの蟻となってこの野原に散っていたのだから。

だが、奇跡などではない。この地から失われた矢形の首飾りを取り戻し、遥か遠くから運んできてくれた者たちがいた。彼らの思いが籠《こ》められた矢に、蟻たちは惹《ひ》き寄せられた。その結果、おれはもう一度だけ人の形を取ることができたのだ。

おれは、手元の矢に目を落とす。

遠い日の誓いを、忘れるわけもなかった。

瑤花との約束を果たす時が来た。

栽南の地を襲った自分が、おめおめ彼女の前に姿を現すのは躊躇《ため》われた。

だが、心に決めていた。

旅してくれた彼らのためにも、やらねばならない。

瑤花がどこにいるのかは知っている。そうでなければ、これほど鮮やかな紫に色づくことがあろうか。

一面に咲く菫こそが、彼女だった。

「瑤花！」

喉《のど》が張り裂けんばかりに、おれは叫んだ。

紫の野に、ことさら美しい一輪の花が咲いていた。

目から涙が溢《あふ》れそうになるが、すんでのところで堪《こら》えた。おれは顔をしゃんとさせてから、再びその名を呼んだ。

「瑤花」

するとう、彼女はゆっくりと振り向いた。

短く切り揃《そろ》えられた前髪が、風にふわりと揺れた。

「螞九」

瑤花は、おれの名を呼び返した。

少し離れた場所に彼女は佇み、真っすぐにこちらを見つめている。

おれは矢を握りしめ、一歩、二歩と数えるように彼女に近付いてゆき、六歩目で手の届くほどの距離となった。

瑤花は、頰を膨らませむくれた表情となる。

「待ちくたびれちゃったよ」

「すまない」

彼女の言うとおりだった。たったこれだけの距離を歩むためだけに、五千と七十年の月日を費やしたのだ。

おれは矢形の首飾りを、瑤花へと差し出した。

言うべきことは山ほどあったはずだが、何ひとつ出てこない。

「これを」

と、絞り出すのがやっとだった。

瑤花は顔を綻《ほころ》ばせた。

おれの手から矢を取り上げると、矢筈《やはず》から伸びた麻紐《あさひも》を両手で摑《つか》み、首の後ろで器用に結わえた。

「似合うかな」

瑤花は、花が咲くように笑った。

つられて、おれも笑顔になった。その拍子に、何も悲しくはないというのに涙が頬を伝い落ちた。

時の彼方から放たれた矢は、ようやくあるべき場所に届いたのだ。

この場所が、約束の果てだった。

そのとき風が吹いた。

大地に咲く菫の花が、一斉に空へと舞い上がった。

「風だ」

ぽつりと瑤花が呟《つぶや》いた。

おれと瑤花は自然と手を取り合い、どこか遠くに飛び去ってゆく無数の花びらを見つめていた。この手を二度と離さないと、おれは心に誓った。

風に乗り、紫の花びらは運ばれてゆく。

どこか、どこか、遠くへと。

＊

疾風が野を駆けた。

吹き抜ける風は、私の体を激しく打ちながら過ぎ去ってゆく。

野を埋め尽くす紫の花びらが一斉に空に舞い上がり、視界が紫一色に染まった。

私が手にしていた物語が綴《つづ》られた紙の束は風に砕《くだ》かれ、花びらを追うように宙に吹き散らされていった。惜しいとは思わなかった。物語は、自らの役割を果たし終えたのだ。

黒と紫は混ざり合いながら、どこか遠くへと運ばれていった。

白昼夢を見たように、蝺九と瑤花の姿は消えていた。

だが、それは幻ではなかったのだ。足元から、矢形の首飾りは消えていた。識人である彼女たちは、別の世界の住人である。二つの世界が交差したその一瞬に、私は居合わせたということなのだろう。

頬に手を当てると、そこはまだ濡れていた。すがすがしい涙だった。やるべきことを全うしたという充足感が、私の体を満たしていた。

旅は終わったのだ。

あとは帰るだけ、と体を翻《ひるがえ》そうとした瞬間——、

「大儀であったな」

声がした。

振り向くと、野には二人の者が並んで立っていた。

「そなたたちの働きがなければ、全てが水泡に帰すところであった」

一人は、少年の面影を残す小柄な男性。目深《まぶか》に被《かぶ》った冕冠《べんかん》の奥に、涼やかな表情が見て取れた。はじめて会うはずだったが、彼の名は知っている。

真気《しんき》だ。

「得体のしれぬ青銅器を携えて海を渡る酔狂な者がいようとは、いやはや驚かされた」

やや呆《あき》れたように言う、猫背ぎみで青白い顔をした老人も見覚えがある。

少沢《しょうたく》だった。

あまりに唐突な彼らとの出会いを、私は驚かなかった。

知っていたような気がした。この旅は、ずっと彼らと共にあったことを。南朱列国演義《なんしゅれっこくえんぎ》と歴世神王拾記《れきせいしんのうじゅうき》の、どの頁《ページ》にも記されていないその光景は、しっかりと私の頭のなかに焼きついていた。

物語が尽きたあと、真気はどうしたのか。

瑤花の最期《さいご》を看取《みと》った彼は、消えた彼女の姿を追い求めるように野を埋め尽くす菫に目を遣《や》り、それからどこかへ歩み去っていった。瑤花との約束を果たすためである。

瑤花は散り際《ぎわ》に言った。自分たちを忘れないで欲しいと。真気は、その願いを叶えるため、移ろいやすい人の記憶より永く留まるものを考案した。文字を綴《つづ》り、物語を残すという方法をである。

その結果生まれたのが、『南朱列国演義』に収められた物語であった。

一方、螞九がその身を儚《はかな》くしたのち、しばらくして積み重なる王子たちの軀《むくろ》の山から、むっくり体を起こした者があった。その老人は、用心深げにあたりを見渡すと、いそいそと北を目指して逃げ帰っていった。

それが少沢である。

彼の正体は蟻であり、もとは螞九の肉片であった。肉片であった頃の彼が位置していたのは、螞九の小指の先。巨人となった螞九に取り込まれた際も、彼はそこに収まった。

螞九が矢形の青銅器を握りしめる際、小指の先も掌《てのひら》のなかに折り込まれる形となり、外傷から護《まも》られていた。巨人となった螞九に、少沢を護ろうとする意志があったのかは分からない。

いずれにせよ、少沢は螞九の生涯を後世に伝える役割を果たした。

彼が著した書が、『歴世神王拾記』である。

私が読んだ二書とは、真气と少沢——二人の、螞九の蟻が残したものであった。

彼らは、螞帝のように蟻を遣わせて人の頭に情報を運び込むのではなく、単に文字を綴った。蟻列《ぎれつ》にも似た黒い文字の連なりによって、人々に物語を届けたのである。

そしてその物語は、私をこの地へと誘《いざな》った。

「あなた達が著した物語のせいで、ずいぶん遠くまで来ることになりました」

「そうではない」

真气はゆるりと首を振った。

「我々がこの結末を期待し、物語を綴ったことは確かである。だがそれを齎《もたら》したのは、あくまでその方の意志であろう」

「私の意志？」

少沢は、にやりと笑みを浮かべた。

「自らの意志がなければ、偶《たま》さか辿り着くわけがなかろう。こんな栽南くんだりに」

その少沢の物言いに、真气はじろりと白い目を送ってから、

「栽南は、この地を識《し》らぬ者がみだりに立ち入ることができぬ土地ということだ。古伝にその所在を尋ね、自らの足で険路を踏破せねばならぬ」

「そうだったのですね……」

私がしみじみと呟くと、真气は僅かに笑みを浮かべて頷《うなず》いた。

「栽南に辿り着いたことを、誇るが良い」

すると、少沢が横槍《よこやり》を入れる。

「しかし、おぬしがいくら苦労して栽南の地を訪れたといっても、誰が喜んでくれるわけでも、褒めてくれるわけでもないのだがな」

私はしばし考えて、

「そのとおりです」と、認めた。

「でも、こうしてお二人に出会ったことで、世界は広くなりました。私の足だけでは届かぬ場所までも、心は遠くへゆける」

私は首を巡らせ、もう一度だけ栽南を眺める。

足元は菫の紫に包まれ、遠くなるにつれ草原の緑と混じり合っていった。視界の限り草原は続き、遠い地平線は暑さのせいで揺らいで見えた。その草原を、草を踏み倒しただけの淡緑の獣道が真っすぐに貫いている。

私の故郷へと通じる道だ。

「行こう」

自らを奮い立たせるように声を出した。

花野を背にした私は、その言葉が響いた方向に新しい一歩を踏み出した。

解説

杉江松恋

出会いのときめき、そして大切なものを守り続ける行為の尊さ。

高丘哲次『約束の果て　黒と紫の国』はそういうことを書いた小説だ。題名の意味は、最後まで読み通したときに初めて腑《ふ》に落ちることになる。わかった瞬間に、体の奥底にずんと重く、熱いものを受け止めたような感覚が生まれる。

これはなんという小説を読んでしまったものか。

初めて読み終えたときの感想である。なんという小説か。今回の再読でもほとんど同じ感慨を覚えた。一口で言うならば、心に灯火《ともしび》を点《つ》ける小説だ。

少し困ってしまうのは、『約束の果て』という小説では大胆な試みが行われていて、そのまま内容を紹介するのが難しいことなのである。中核に達するためにはいくつもの隔壁を破らなければならない。それを突破する行為自体が楽しいので、以下は読者の興を削《そ》がないように気をつけながら作品の形を説明することにする。

第一章の前に序にあたる文章が置かれている。誰だかわからない〈私〉による述懐が記されたもので、分量は僅《わず》か二ページに過ぎない。ただし物語の中核はすでに端的な形でここに記されている。語り手は言う。「偽史と小説によって編まれた真の歴史は、ようやく終わりへ辿《たど》り着こうとしている。遠古の伍州《ごしゅう》に樹《た》てられた壙《こう》と裁南《じなん》という二国の結末を、私は運んできたのだ」と。おや、と思った人も少し待って、この一文も読んでもらいたい。

――残された五メートルの旅路を終えるまでに、五千と七十年もの月日が費やされた。

本作に備わっている魅力の三分の一は、この「五千と七十年もの月日」を要して完結する物語であるという点にある。気の遠くなるような時間の経過が綴《つづ》られる小説なのだ。それが、五メートルという人間の歩みならば瞬時に到達してしまう距離を埋めるために費やされる。この構図が壮大なロマンティシズムの源泉となっている。

これが最も外側にある小説の秘密だ。もう少し踏み込もう。第一章「旅立ちの諸相」は一人の考古学研究者が困惑している場面から始まる。彼こと梁斉河《りょうせいか》は、伍州科学院考古学研究所の所員なのだが、一つの青銅器が発掘されたことから面倒に巻き込まれる。その青銅器は矢を象《かたど》ったような装身具で「壙の蟜九《ばきゅう》という者が裁南国の瑤花《ようか》に捧《ささ》げた」という銘文が刻まれていた。それが問題なのである。伍州の歴史上に壙と裁南という国が存在していたという事実はないからだ。梁斉河の上司は政治上の思惑からその二国が存在したという証拠を発見しろと彼に命じる。捜索したところ『南朱列国演義《なんしゅれつこくえんぎ》』『歴世《れきせい》神王拾記《しんのうじゅうき》』という二書の中に記述があることが判明した。どちらも真っ当な史書ではない。前者は通俗小説、後者は偽史と見なされているものだ。梁斉河はやむなく「歴史の真実を求めるため」「虚構のなかへと手を伸ば」す。

以降、この二書の内容が交互に記されていく。重要なのは、伍州という国の存在も架空のものであることだ。そのモデルは中国である。分類するならば、架空の中国上代を舞台にした幻想小説ということになるだろう。架空の国の考古学研究者が、虚構と思われる歴史が記された二つの書物を手に取ることから始まる小説なのだ。なぜ作者がこうした構造を用いたのかは、ずっと後に明かされる。

二つの書物に記されているのは、どちらも出会いの物語だ。『南朱列国演義』は壙国から真気《しんき》という少年が栽南国へと遣わされる場面から始まる。国境に近い場所で彼をたった一人で迎えたのは、瑤花という童女であった。実は栽南国第一の王女である。瑤花によって真気は王宮へと誘《いざな》われ、そこで祈りの日々が始まる。

壙は伍州の中央に位置して強大な力を持ち、栽南は辺境の国である。壙の王権を成り立たせているものは巫祝《ふしゅく》であると説明される。すなわち地神に祈ることでその国を守ることができる。その加護をもたらすために真気は栽南にやってきたのだが、彼は瑤花に頼んで地下の祭祀《さいし》所を作らせ、そこに籠《こも》るのである。祈りに集中するため、両眼を閉じたまま。

『歴世神王拾記』は、壙国の始祖である蝺帝《ばてい》の記述から始まる。これまで地の底に秘されていた事績を明らかにするためと称し、記述者はまず蝺九という少年を登場させる。蝺九はとある小部族に生まれた子だ。十三の齢《よわい》に達したとき、彼は宴礼射儀《えんれいしゃぎ》なる祭礼に向かうための隊列に加えられる。かつて伍州を統《す》べる地神は自らの権能を分け与えた識神を創《つく》り出し、彼らを使役した。すでに識神は転生して識人《しきじん》と呼ばれるようになっていたが、彼らを労《ねぎら》うための催しが年に一度行われていたのである。それが宴礼射儀である。その名からもわかる通り、この宴においては腕自慢の者による弓比べが行われる。促されて蝺九もまた参加するが、彼の腕は弱く、矢を満足に射ることができない。弦《つる》から放たれた矢は惨《みじ》めにも足元に落ちてしまった。大勢が嗤《わら》う中、蝺九を褒めたたえた者がいた。瑤花という名の童女である。「小さい板に矢を当てたひとはたくさんいたけど、大地を射抜いたのはあなただけだった」と瑤花は言う。これがもう一つの出会いだ。外から二番目の壁を過ぎて中に入ると、ボーイ・ミーツ・ガールを描いた二つの物語が現れる。真气と蝺九、二人の少年が出会った童女の名はいずれも瑤花だ。なぜ同じ名前なのか、二つの物語がどのような関係にあるのかはやはりずっと後でわかることになる。

真气は壙という大きな国を代表する存在である。蝺九は宴礼射儀なる長く続けられてきた祭祀に参加することで歴史の一部となる。そうした立場とは別に、瑤花と巡《めぐ》り会ったことで彼らは自身の心に温かいものが宿るという経験をする。ひととひとの出会いによって生み出されるものの柔らかさ、かけがえのない重みが二つの物語では描かれるのだ。『約束の果て』を構成する魅力の、次の三分の一はこれである。

ささてさて。

ここまで書いてきたのは、序破急で言えば序にすぎない部分である。真気と瑤花の物語、蝸九と瑤花の物語は、この後に大きな波乱を迎える。だが、それは書かないでおこう。ページを繰りながらはらはらする体験をしてもらいたいからだ。

本書が中国大陸らしい場所の架空国家を舞台にしていることはすでに書いた。詳しい方であれば、その歴史においては中央と周縁国家との間で絶えざる闘いが繰り広げられたことはご存じだろう。中央に王朝を築いた者は、辺土に住む者を忌《い》むべき存在として蔑視《べっし》し、掃討しようとした。しかし周縁国家との戦いはしばしば王朝を衰退させる原因となった。伍州という国はそうした歴史を寓話《ぐうわ》的に体現したものとも読むことができる。また中国は『西遊記』や『封神演義《ほうしんえんぎ》』など神怪小説の豊富な原産国である。その系譜上にある作品として読むことも可能だ。詳しくは書かないが、識人という魅力的な設定のことだけは頭の片隅に置いておいていただきたい。

先ほどから何度か、なぜそうなのか、どういう意図があるのか、という説明を後回しにしてきた。そうした謎は読者の興味を惹《ひ》きつけ、ページを繰らせる物語の牽引《けんいん》力になっているのだが、先に進めば何かがあるに違いない、と予想しながら読んでいても、絶対に仰天する瞬間が中盤に訪れる。どんなすれっからしの小説好きでも、この展開には目を剝《む》くはずだ。

以下、初読の際に興奮を引きずったまま書いた自分の文章をそのまま引用する。

――読み進め、新たなことが判明するたびに感嘆する。一言で表せば、人間の想像力を操る小説だ。作者が文字を使って読者を操るのである。文字はイメージを喚起するが、それはあらかじめ在る器の大きさにしか広がらない。たとえば読者の受容器が家庭におけるサイズのモニターだったとしたら、そうしたものとして世界を見てしまうのだ。しかし作者は、それとは単位がまったく異なる映像を準備していたのである。さながら自宅の居間で爆音上映が始まってしまうような、と喩《たと》えを書いてみてもまったく言い表せてないことにもどかしさを覚える。しかしそれもそのはずだ。他の喩えはふさわしくない。

――これは、絶対に小説でしか表現できない魔術を用いた作品なのだから。

（KADOKAWA文芸WEBマガジン『カドブン』二〇二〇年六月十日更新）

一口で言えば文章に籠《こ》められた奇想ということになるのだろうが、短く言い切ってしまうのは小説に対して礼を失するような気がする。文字を一つひとつ拾い、文脈を辿ることによって初めて到達できる幻想郷だからである。梁斉河が物語の案内人を務めることを先に書いたが、実は二つの奇書を読者に紹介するだけが彼の役割なのではない。

「歴史の真実を求めるため」「虚構のなかへと手を伸ばば」さんとした梁斉河の挑戦は彼ひとりに終わらず、別の者の手に受け継がれるのである。物語の冒頭に登場した〈私〉は、その試みがあまりに迂遠《うえん》であることに感嘆し、次のように言う。

——正直なところ、彼らがなぜここまでの情熱を傾けたのか理解できない。（中略）自らの仕事を擲《なげう》ってまで、あるいは体調を崩してまで、物語を結末へと導こうとするのはあまりに理不尽だと思えた。

五千と七十年。そう、五千と七十年である。それほどの長い歳月をかけて本作の物語は完結する。物語を文字によって綴り、文字によって閉じる。そうした行いがいかに貴重なものかという問いかけが本作の土台にはある。これは枠の小説であり、その内と外では二つの思いが開陳される。読者が最初に気づくのは、前述した二つの、出会いの物語だ。出会いによって生まれたかけがえのない思いを持ち続けること。それが枠の内側で語られるとすれば、外側にあるのは物語を言葉で伝え残すことへの思いである。言葉があるからこそ、内の物語の外の試みも可能となる。言葉で物語を綴ろう、他の形ではなく。いくつもの隔壁を抜けて中核にたどり着いたとき、読者はそうした作者の声を聴くはずである。実はその声は、初めから小説の中に鳴り響いていたのだ。小説という表現形式の底知れない豊かさを示す。それこそが本作の魅力を形成する最後の三分の一である。与えられた行数が尽きてしまった。本作は日本ファンタジーノベル大賞２０１９を受賞した、高丘哲次のデビュー作である。これに続く第二長篇は本稿を書いている段階ではまだないが、『小説新潮』に「円の終端」（二〇二〇年六月号）「ネクストステップ」（同十二月号）などの秀逸な短篇が発表されている。特に同誌二〇二一年十二月号に掲載された「ギャラクシー大相撲《おおずもう》～横綱の逆襲～」は、本作とはまったく違った風合いの短篇で、作家が他にも着想の引き出しを隠し持っていることを窺《うかが》わせてくれた。想像力から生れた物語を、そして文字によって綴られた小説を愛する人々に高丘哲次をお薦めする次第である。

なんといっても風景がいい。『約束の果て』はどこまでも続く草原の小説である。冒頭で〈私〉が足を運んだ広野は、物語の終わりにもう一度描かれる。吹き渡る風は草をそよがせ、読者の心にもつむじを巻き起こして、胸を騒がせるだろう。

この思いはなんだろうかと問う人に答えよう。

これこそが小説を読む楽しみなのだ。喜びなのだ。

（二〇二二年八月、書評家）

この作品は二〇二〇年三月新潮社より刊行された。
文庫化にあたり、大幅に改訂を行った。

約《やく》束《そく》の果《は》て

黒と紫の国

新潮文庫　た－134－1

令和四年十二月一日発行

著者　高《たか》丘《おか》哲《てつ》次《じ》

発行者　佐藤隆信

発行所　株式会社　新潮社

郵便番号　一六二―八七一一
東京都新宿区矢来町七一
電話　編集部（〇三）三二六六―五四四〇
読者係（〇三）三二六六―五一一一
https://www.shinchosha.co.jp

価格はカバーに表示してあります。

乱丁・落丁本は、ご面倒ですが小社読者係宛ご送付ください。送料小社負担にてお取替えいたします。

印刷・株式会社三秀舎　製本・株式会社植木製本所

ISBN978-4-10-104381-4 C0193